2인조

정해연 장편소설

엘릭시르

세상에 공짜는 없다.
그러나 사람들은 자신에게만은
특별한 일이 벌어질지 모른다고 생각한다.
사기꾼은 그 틈새에서 탄생한다.

1

하늘이 파랬다. 슬그머니 불어오는 미풍 사이로 봄의 따스함이 스며들었다. 나형조는 숨을 크게 들이쉬어 가슴을 부풀렸다. 잘 차려입은 양복의 매무새를 한번 고치며 고급 세단에 몸을 기댔다. 하늘을 올려다보며 생각했다.

'출소하기 참 좋은 날씨군.'

그는 지금 의정부교도소 앞에 서 있다. 이제 오 분 뒤면 그가 기다리고 있던 김형래가 모습을 드러낼 것이다. 왠지 그를 기다리던 지난 두 달보다 지금의 오 분이 더욱 길게 느껴졌다. 김형래가 자신을 보면 얼마나 기뻐할지 나름 기대되었다. 나형조는 목을 빼고 두 달 전까지만 해도 자신이 들어가 있던 의정부교도소 안을 연신 넘겨다보았다. 시계를 보기 위해 아마도 세번째로 소매를 걷는데 귀에 익숙한 음성이 들려왔다.

"어이, 나형!"

김형래였다. 오늘 출소하는 건 두 명뿐인지 김형래 뒤로 추레한 점퍼를 걸친 남자가 어깨를 구부정하게 굽힌 채 철문의 문턱을 넘었다. 데리러 온 가족이 하나도 없는지 하늘을 빤히 올려다보다가 곧 고개를 숙이고 길을 따라 걸었다. 그쪽으로 가면 버스 정류장이 있을 터였다. 마중 나온 가족이 없는 건 김형래도 마찬가지지만 태도는 저 남자와 전혀 다르다. 김형래에게는 나형조 자신이 있기 때문이다.

"헤이, 김형!"

김형래가 그랬던 것처럼 나형조는 이름의 앞 두 음절만으로 그를 불렀다. 김형래가 나형조의 행색을 훑어보았다. 놀랍다는 듯 그의 두 눈이 휘둥그레졌다. 당연한 일이다. 저 안에서는 자신의 이런 모습을 보지 못했으니까. 나형조는 헛웃으며 자신이 입고 있는 명품 브랜드의 양복 깃을 보란듯 척하니 손으로 잡아올렸다가 내렸다. 김형래가 출소 두 달 만에 기름기가 좔좔 흐르게 된 자신의 모습을 눈이 부셔서 제대로 보지도 못할 거라는 생각에 가슴이 부풀었다. 하지만 김형래는 입을 비쭉 내밀고는 핏 하고 웃음을 흘렸다.

"어디서 또 도둑질을 해 왔어?"

"거참, 오랜만에 보는데 굵지 맙시다?"

"잘 지냈어?"

김형래가 웃으며 손을 내밀었다. 나형조도 벙긋 웃으며 그 손을 잡았다. 김형래의 손은 마르고 차가우며 거칠었지만 나형조의 손은 부드럽고 살도 어느 정도 올라 있었다. 둘은 맞잡은 손을 흔들어 악수했다.

"난 약속 지켰다?"

"뭐, 나도 안 지킬 이유는 없지."

나형조의 말에 김형래가 대답했다. 둘의 얼굴에는 비슷한 웃음이 걸려 있었다. 뭔가 비밀을 공유하는 듯한 웃음이다.

둘의 인연이 시작된 것은 벌써 삼 년 전이다. 김형래가 판결받은 삼 년 사 개월 형 중 고작 육 개월째를 지내고 있을 때, 삼 년 형을 받은 나형조가 같은 방에 입소하게 되었다. 나형조는 교도소에 들어온 것이 처음은 아니었다. 불과 일 년 전에도 같은 죄목으로 수감되었다가 출소했다. 그래서 나형조는 교도소의 생리에 대해 잘 알고 있었다. 그리고 자신이 어떤 모습으로 이 방에 들어서야 하는지도 머릿속에 훤했다.

"들어가."

교도관이 그렇게 말하는 순간 나형조는 눈을 부릅떴다. 턱이 각진 사각형 얼굴인데다 이마에는 어린 시절 놀다가 생긴 흉터가 있고, 광대뼈도 툭 불거졌으니 험한 표정을 짓는 것만으로도 상대의 기를 제압할 수 있을 거라는 계산이었다. 범죄자가 득시글거리는 감방 안에서 온갖 잔심부름이나 하는 셔틀이 되지 않으려면 그럴 수밖에 없었다. 화려한 공작새가 그러듯 다른 사람들을 기죽이기 위해 제대로 생기지도 않은 상반신의 근육을 잔뜩 부풀리며 안으로 들어갔다. 하지만 방에 들어간 순간, 그때까지의 긴장감은 곧 온몸의 힘을 빼도 이 안에서 살아남을 수 있겠다는 안도로 바뀌었다. 안에는 안경 낀 말라깽이와 책을 읽는 샌님과 성경책을 보던 놈팡이뿐이었기 때문이다. 서열을 세워 자신을 괴롭힐 만한 사람은 단연코 없어 보였다. 대충 생각해봐도 앞으로 이곳에서 보낼 삼년은 편할 것 같았다.

"오늘 들어왔어요? 아니면 이감?"

교도관이 문을 닫고 돌아간 직후 말라깽이가 앉은 채로 물어왔다. 나형조는 감방 가운데에 털썩 앉으며 대답했다.

"오늘 들어왔지만 첫 경험은 아니니 만만하게 볼 생각은 마쇼."

"내가 뭘."

사납게 대답하는 나형조의 눈을 피하며 말라깽이가 벽에 몸을 붙였다. 나형조와 더 이야기하고 싶지 않은 것 같았다. 나형조는 모두에게 들리도록 한숨을 내쉬었다. 어차피 서열을 정할 게 아니라면 사이좋게, 그러니까 편히 지내는 방법밖에 없다. 그래야만 삼 년이라는 시간이 지루하지 않게 지나갈 것이다.

"이왕 한방에서 지내게 됐으니 통성명이나 합시다. 나는 나형조요. 나이는 마흔여덟."

"저는 스물여덟 살입니다. 이름은 이호민이고요."

말라깽이가 가장 먼저 대답했다. 나형조는 그의 얼굴을 보았다. 여기 있는 세 명 중 가장 범죄자 같지 않은 놈이었다. 얼굴에는 '나 순해요'라고 쓰여 있었고, 나형조에게도 가장 적극적으로 대답하는 걸로 보아 친화력도 좋은 것 같았다. 나형조는 그의 머리끝부터 발끝까지 훑어보며 물었다.

"나쁜 짓 하게 생기진 않았는데, 뭣 때문에 들어왔어?"

상대가 어리다는 것을 알고 나형조는 곧장 반말을 던졌다. 말라깽이는 반말은 상관없는 건지 그저 뒷머리를 긁적거리며 쑥스럽다는 듯 헤헤 웃었다.

"공연음란죄……"

"공연 뭐? 그게 뭐야?"

"사람들 앞에서 흔들었다는 소리잖아요."

대답을 한 이는 벽에 기대어 책을 읽고 있던 샌님이었다. 나형조는 사람들 앞에서 뭘 흔들었다는 거냐고 물으려다가 다음 순간 '무엇'을 흔들었는지 깨달았다. 나형조는 곧장 인상을 찌푸리며 무서운 눈으로 말라깽이를 쳐다보았다. 갑자기 말라깽이가 왜 말랐는지 알 것 같았으며, 왠지 놈이 더럽게 느껴졌다. 나형조는 속으로 만약 저놈이 자기 앞에서 바지를 내리고 흔든다면 종신형을 받더라도 놈의 것을 잘라버리리라 맹세했다. 말라깽이는 나형조의 무서운 눈길을 피해 구석으로 슬금슬금 가더니만 몸을 오그렸다.

"너는?"

샌님과 말을 튼 김에 나형조가 물었다. 샌님은 한눈에도 곧장 반말이 나올 만큼 어려 보였다. 샌님은 읽고 있던 책을 덮더니 입맛을 쩝 다셨다.

"보이스 피싱 수금책인데…… 전 억울해요. 그냥 알바인 줄 알았다고요."

나형조는 고개를 절레절레 흔들었다. 이런 사례는 뉴스에서도 많이 보았다. 인터넷 구인 구직 사이트에서 고액 아르바이트로 사람들을 유인해 보이스 피싱 수금에 이용해먹는 사람들이 있다는 건 알고 있었다. 얼핏 당하는 사람들이 억울해 보이기는 하지만, 자신이 보이스 피싱에 이용되고 있다는 걸 정말 몰랐을까 생각하면 '억울하기는 무슨' 하면서 코웃음이 쳐졌다.

코웃음소리를 듣자 샌님이 발끈하여 말했다.

"아저씨는 뭔데요?"

"나? 강도."

샌님은 나형조가 그랬던 것보다 더 크게 웃음을 터뜨렸다.

"난 또 무슨 대단히 억울한 죄를 뒤집어쓰고 들어온 줄 알았네. 나보다 아저씨가 더 나쁜 놈이면서!"

나형조는 고개를 저었다.

"난 서민은 안 건드렸어."

"대도 나셨네요."

샌님이 비죽였다. 이걸 확! 나형조는 샌님을 향해 주먹을 휘두르려다가 참았다. 첫날부터 교도관에게 찍혀 일인실에 갇힐 수는 없는 것이다. 나형조는 이 시끄러운 와중에도 성경책에서 눈을 떼지 않는 놈팡이에게 관심을 돌렸다. 나이는 이 안에서 자신과 가장 비슷해 보였다. 나형조가 놈팡이 쪽으로 고개를 돌리며 물었다.

"형씨는?"

자신을 향한 말이라는 것을 알았는지 그제야 놈팡이가 고개를 들었다. 계속 성경책에 코를 박고 있었지만 어쩌면 자신에게 관심을 기울여주길 기다리고 있었을지도 모르겠다는 생각이 들었다.

놈팡이는 피부가 하앴다. 얼굴형이 둥근데다 인자한 미소를 띠고 있었는데, 머리가 살짝 곱슬이라 그런지 성경책만 들고 있지 않았다면 부처님이라는 별명을 붙여줄 수도 있을 것 같았다.

"나는 사기요."

놈팡이가 대답했다.

"하나님 아버지도 사기꾼은 받아주나보지?"

어쩌면 화를 낼 수도 있을 질문이었지만 놈팡이는 특유의 인자하고 부드러운 웃음만 지을 뿐이었다.

"아까 마흔여덟이라고 했지요? 나도 마흔여덟이요. 동갑이니 잘 지내봅시다."

"이름이 뭐요?"

"나는 김형래요."

파핫! 나형조가 웃음을 터뜨렸다.

"뭔 형래? 혹시 어릴 때 별명이 심형……"

"안 돼!"

구석에 쭈그리고 앉아 있던 말라깽이가 놀라운 속도로 달려들어 나형조의 입을 막았다. 동시에 샌님이 두 사람 사이를 가로막으려고 했지만 나형조의 멱살을 잡는 김형래의 손이 더 빨랐다. 김형래의 부릅뜬 눈은 형형했으며, 순간적으로 붉어진 목덜미에 퍼런 핏대가 툭 불거졌다. 멱살을 쥔 손에서 대단한 힘이 전해졌다. 나형조는 어떻게 사람이 이렇게 변신이라도 하듯 순식간에 바뀔 수 있는지 놀라웠다. 그러나 그 놀라움보다 먼저 두려움이 일었다. 몸을 부풀려가며 기선 제압을 하려 했지만 사실 싸움에는 도무지 자신이 없었기 때문이다. 나형조는 김형래의 살기 띤 눈빛을 보면서 생각했다. 이 사람은 어쩌면 대단한 싸움꾼인지도 모른다. 무섭다. 여기서 죽고 싶지는 않다.

"도, 도대체 왜 이래!"

나형조는 소리를 지르며 멱살을 틀어쥔 손에서 벗어나기 위해 몸을 버둥거렸다. 간신히 두 사람 사이에 끼어든 샌님이 온 힘을 다해 김형래의 손을 떼어놓았다. 김형래는 눈을 희번덕거리면서 더 사나운 기세로 나형조를 향해 몸을 일으키려 했다.

"형님! 형님! 그만하세요. 또 일인실에 갇히고 싶으세요?"

샌님의 말에 나형조는 김형래가 폭력을 행사해 일인실에

간힌 적이 있는 무서운 놈이라는 걸 알 수 있었다.

조금 뒤 기적처럼 교도관이 저녁 시간임을 알린 덕에 나형조는 김형래에게서 벗어날 수 있었다. 저녁식사를 하면서 샌님으로부터 김형래에 대한 정보를 들은 나형조는 다시는 그를 심형래로 부르지 않겠다고 맹세했다.

"어릴 때부터 심형래라고 놀림을 많이 받았대요. 코미디언 심형래 알죠? 저 형님 어릴 때면 심형래가 영구 역할로 활약이 아주 대단했을 때니까 얼마나 심했겠어요. 애들이 걸핏하면 놀려댔겠죠. 저 형님한테는 아주 트라우마더라고요. 원래 한방에 다섯 명인데 왜 우리 방은 형님 오기 전까지 두 명이나 없었는 줄 알아요? 둘 다 저 형님한테 아작나서라고요. 한 놈은 코가 아작났고, 또 한 놈은 앞니가 몽땅 날아갔죠."

그런 일을 겪었으니 일반적인 예상대로라면 두 사람은 가까워질 수 없는 사이가 됐을지도 모른다. 하지만 의외로 그 방에서 두 사람이 가장 빠르게 친해졌다. 똑같이 이름 가운데에 '형'자가 들어가 서로를 '김형' '나형'으로 부르며 가까워졌고, 다른 두 명은 형기가 짧아 일찍 퇴소했기 때문이기도 했다. 둘은 출소일까지 비슷했고, 친해지면서 가끔 서로 속내를 이야기하기도 했다. 김형래는 '심형래' 이야기만 안 나오면 전혀 위험하지 않은 사람이었다.

16

두 사람의 가장 중요한 공통점은 둘 다 출소하면 갈 곳이 없다는 것이었다. 가석방으로 두 달 먼저 출소일이 잡힌 나형조는 자신이 먼저 밖에 나가면 자리를 잡고 김형래를 데리러 오겠다고 약속까지 했다.

그리고 그 약속을 오늘 지킨 것이다.

"무슨 생각을 그렇게 해?"

김형래가 물은 순간 나형조는 깊이 잠겼던 생각에서 빠져나왔다. 둘의 첫 만남을 생각하면 어이가 없어 웃음이 실실 나기도 했다. 멱살을 잡히던 그 순간에는 둘이 이렇게나 친해져서 미래를 같이 이야기하는 사이가 될 줄 몰랐던 것이다. 미소를 감추지 못하며, 나형조는 자신이 끌고 온 고급 세단의 보닛을 손으로 탕탕 두드렸다.

"이제 시작해보자고."

"이건 웬 차야? 근사한데?"

"뭘 물어? 뻔한 걸. 그래도 내가 싹 씻어서 왔다고."

나형조는 맘에 드는 차를 찾느라 몇 주 동안 밤을 꼬박 바쳤다고까지 설명하지는 않았다. 압구정동의 어느 편의점 앞에서 이 차를 발견했을 때 나형조는 운명을 느꼈다. 차에는 시동이 걸려 있었고, 운전자는 편의점에 들어간 것 같았다.

몰래 다가가 슬쩍 들여다보니 차 키도 콘솔박스에 들어 있었다. 차는 그의 마음에 쏙 들었다. 모든 면에서 자신이 이 차를 가지지 못할 이유가 하나도 없다고 생각했다. 그는 곧장 운전석에 올라 차를 몰았다. 차주가 도난 사실을 언제 알게 될지, 어떤 표정을 지을지, 얼마나 깊은 황당함이나 낙담에 빠질지 따위는 나형조의 관심거리가 아니었다.

그는 미리 알아둔 브로커의 공장으로 향했다. 차는 곧장 입고되었고, 번호판을 갈아치우는 데는 몇 분도 걸리지 않았다. 차를 싹 씻어서 왔다는 말은 이 차를 대포차로 만들어 왔다는 말과 다르지 않았다.

"어디로 먼저 모실까?"

나형조가 물었다. 김형래가 그의 얼굴을 빤히 보았다.

"자리를 잡아놓는다더니 아무 계획이 없는 거야?"

김형래의 말에 나형조는 여유로운 웃음을 지으며 고개를 흔들었다.

"아무 계획이 없다니. 그건 이 나형조 님에게 어울리는 말이 아니야."

"그럼 어디로 가냐고 왜 나한테 물어?"

"집에 안 가봐도 되겠냐고 묻는 거지. 나이든 어머니가 계시다고 하지 않았어?"

순간 둘 사이의 대화가 끊겼다. 김형래가 고개를 땅바닥으로 떨궜다.

수감생활 동안 김형래는 노모 걱정을 가장 많이 했다. 고혈압과 당뇨는 잘 관리하고 있는지, 아들이 체포되는 걸 눈앞에서 보았으니 모두 포기하고 아무런 관리도 하지 않는 건 아닌지, 설마 벌써 돌아가신 건 아닌지 걱정을 했다. 김형래는 삼대독자였다. 그러니 다른 건 다 몰라도 모친이 돌아가셨다면 연락이라도 오지 않았겠느냐며, 나형조가 김형래를 다독인 적이 많았다. 편지를 보내보라고도 해봤지만 김형래는 고개를 저었다. 그의 어머니는 글을 읽지 못한다고 했다. 물론 옆집 사람이나 친한 지인에게 읽어달라고 할 수도 있겠지만 자식이 교도소에 있는 게 무슨 좋은 꼴이라고 주변에 알리느냐며 거부했다. 나중에 알고 보니 김형래가 성경을 읽기 시작한 것도 어머니의 영향이었다. 그의 어머니는 평소 김형래와 함께 교회에 가고 싶어했다는 것이다. 어머니는 글은 읽지 못해도 열성적으로 교회에 나갔다. 기도의 주제는 늘 김형래의 개과천선이었다.

김형래는 잠시 생각을 하다 대답했다.

"이 상태로는 못 가."

"이 상태? 어떤 상태?"

"떳떳하지 못한 상태."

하, 나형조는 자신도 모르게 어이없다는 웃음을 뱉었다. 지금부터 두 사람이 하려는 일은 당연히 떳떳한 일이 아니다. 그들은 지난 두 달간 나형조가 알아놓은 집을 작업할 계획이었다. 일단은 그 집 사람들을 꾀어내 김형래의 실력으로 사기를 쳐보고, 안 되면 현금이나 현금성 재산들을 나형조가 훔쳐낼 계획이다. 그런 계획을 짠 당사자인 나형조 역시 떳떳지 못하다는 걸 알고 있다. 범죄임을 인지하고 있는 것이다. 아무리 너그러이 생각해보려 해도 범죄로 번 돈을 가지고 금의환향하겠다는 청사진이 떳떳하다고는 할 수 없다.

나형조의 속을 알았는지 김형래가 말했다.

"딱 한 번이야. 가게 하나 낼 돈만 만들면 손 씻을 거야."

"그러고는?"

"장사하면서 교회 다닐 거야."

지랄 염병. 소리가 목구멍까지 기어올라왔지만 입 밖으로 내뱉지는 않았다. 그가 세운 '떳떳함'의 기준이 무엇이든 자신과는 상관없었다.

"근데 너는 만나고 왔냐?"

"누굴?"

"마누라."

순간 나형조의 얼굴이 일그러졌다.

"시발. 너 같으면 너 신고해서 감방살이하게 만든 마누라를 찾아가겠냐?"

"뭐 그건 그렇지."

김형래가 고개를 끄덕이면서 대답했다. 나형조는 바닥에 침을 퉤 뱉으며 운전석의 문을 열었다. 빨리 기분을 전환하고 싶었다. 두 달이나 기다려 오늘을 맞이했다. 처음부터 찜찜한 기분으로 시작하긴 싫었다. 아내에 대한 생각은 모두 떨쳐내는 게 낫다. 그가 열린 운전석 문 앞에 선 채 말했다.

"인제 그만 나불대고 가보실까."

"좋지."

나형조가 운전석에 앉고 김형래는 조수석에 올라탔다. 시동을 걸자 차체가 가볍게 떨렸다. 주차장을 벗어난 차는 아주 부드럽게 도로로 진입했다. 비싼 만큼 승차감이 아주 좋았다. 그것이 두 사람의 앞날과 같다고, 나형조는 생각했다.

2

나형조는 영인시 수매동의 이면도로를 따라 차를 몰았다. 도로 양쪽으로 고급 빌라나 새로 올린 주택이 즐비했다. 저 멀리 하늘 높이 솟은 아파트도 보였다. 이곳은 얼마 전 재개발로 지하철 노선이 뚫리면서 집값이 거의 청담동급으로 오른 동네였다.

조수석에 앉은 김형래가 양옆을 두리번거리며 물었다.

"타깃은 낙점된 거지?"

"대충은."

"대충?"

"영역 설정은 끝났어. 대상만 물색하면 돼."

"결정된 건 아무것도 없다는 거랑 뭐가 달라?"

"여기서 아무 집이나 골라도 돼. 이 동네 사람 모두 우리 타깃이라는 거지."

나형조는 어깨를 으쓱 올려 뻐기며 설명을 이었다.

이 동네 사람 대부분은 원래부터 여기 살던 주민들, 즉 운이 좋아 부자가 된 사람들이다. 그런 사람들은 갑자기 부자가 되었으나 세상 이치에 밝지 못하므로 돈만 많다. 사기를 치기 딱 좋고 현금도 많이 소유하고 있는 사람들이라는 거다. 그러니 타깃을 설정해 투자 사기를 치다가 안 되면 현금을 빼앗아 달아나자는 것이 나형조의 계획이었다. 그 말을 들은 김형래가 의미심장하게 웃었다. 한쪽 눈썹이 쓰윽 올라갔다. 눈이 빛났다. 나형조의 계획이 마음에 드는 모양이었다.

"길 좁다. 조심해."

옆에 앉은 김형래가 말했다. 그의 말대로 운전에 주의하지 않으면 도로변에 불법 주차한 차들과 부딪칠 것 같았다. 아파트처럼 주차장이 마련되어 있는 것이 아니고 차고가 따로 없는 빌라나 주택들뿐이라 주차 공간이 부족한 모양이었다. 만약 여기서 접촉 사고라도 난다면 재미없는 일이 벌어진다. 이 차는 번호판 갈이를 한 대포차다. 물론 보험도 없다. 당연한 말이지만 당장은 사고 처리를 해줄 돈도 없다.

"알아."

대답하면서 나형조는 핸들을 천천히 오른쪽으로 돌렸다. 차를 대고 일단 동네를 어슬렁거려보기로 했다. 그들은 목표물을 주의깊게 찾아볼 계획이었다. 나이는 많고 세상 이치에 밝지 않으며 돈은 많으나 의논할 자식들이 없는 자. 그런 사람을 찾을 수 있다면 시간을 얼마나 들이든 상관없다. 집을 보는 척 부동산에 들르거나 동네 슈퍼를 기웃거리며 정보를 모으는 방법도 있다.

―타닥.

"지금 어디 부딪힌 거 아냐?"

김형래가 심각한 얼굴로 나형조를 보았다. 나형조 역시 똑같은 걸 느끼고 순간적으로 브레이크를 밟았다. 아랫입술을 살짝 깨물면서 짜증스러운 신음을 냈다. 일단 차를 세우고 운전석에서 내렸다. 나형조를 따라 김형래도 차에서 내렸다. 부딪힌 곳은 차의 오른쪽 후면인 것 같았다. 나형조는 보닛 앞을 빙 돌아 김형래의 옆으로 갔다. 김형래가 더욱 심각해진 표정으로 차 뒤쪽을 바라보고 있었다. 김형래의 시선이 향한 곳을 바라본 순간, 나형조는 그대로 얼어붙고 말았다. 흰머리가 성성한 노인이 주저앉아 있었기 때문이다. 멀지 않은 곳에 노인이 짚었던 걸로 보이는 지팡이가 떨어져 있었다. 지팡이를 짚던 팔을 부딪힌 듯 노인은 오른팔을 감싸고 있었다. 주저앉으면서 허리가 잘못됐는지 몇 번 일어나려다가 실패했다.

노인이 고개를 휙 치켜들었다.

"뭐 하고 있어? 당장 와서 일으키지 않고!"

나형조와 김형래는 노인이 버럭 소리를 질렀을 때에야 정신을 번뜩 차렸다. 이대로 도망가야 하는 것 아닐까, 얼굴을 보였는데 괜찮을까, 오락가락하던 생각들이 노인의 고함에 일순 날아가버린 두 사람은 홀린 듯이 노인에게 빠른 걸음을 옮겼다. 왼팔을 나형조가, 오른팔을 김형래가 잡았다. 두 사람에게 의지해 일어나던 노인은 통증이 있는 듯 얼굴을 구기고 끙, 신음을 뱉었다. 김형래가 조금 더 힘을 주자 노인이 고막이 터져라 외쳤다.

"아파! 좀 살살해! 노인네 골병들일 일 있어?"

"죄송합니다. 죄송합니다."

자기도 모르게 고개를 숙여가며 김형래가 사과했다.

"많이 아프시죠? 저희 차를 타고 병원에 가시죠."

김형래의 말에 나형조가 눈을 크게 떴다. 검은자위를 양옆으로 굴리면서 입을 뻐끔거렸다. 어쩌려고 그러느냐는 말인 것 같았다. 김형래는 미간을 살짝 구기면서 노인이 눈치채지 못하도록 턱으로 왼쪽을 가리켰다. 나형조의 입이 알았다는 듯 벌어졌다. 나형조는 고개를 끄덕였다.

'병원에 데려다주는 척하고 도망치면 돼.'

김형래가 하려는 말을, 나형조는 알아들을 수 있었다. 역시 함께 보낸 삼 년은 허송세월이 아니었다. 나형조는 감탄했다.

'역시 사기꾼은 달라.'

노인이 바닥에서 일어나 어느 정도 균형을 잡은 것 같자 나형조는 얼른 뒷좌석 문을 열었다. 노인에게 타라는 제스처를 해 보였다. 노인은 잠시 무슨 생각을 하는 것 같더니 단호히 손을 가로저었다. 어리둥절한 얼굴로 서 있는 나형조를 향해 노인이 말했다.

"됐어. 일단 들어와."

"네?"

나형조가 어리벙벙한 얼굴로 되물었다. 노인의 오른팔을 붙들고 있던 김형래 역시 생각지도 못했던 말인지 눈을 깜박이며 나형조를 향해 눈빛으로 신호를 보냈다. 그 신호를 읽었지만 노인이 무슨 생각인지 알 수 없는 건 나형조도 마찬가지였다. 나형조는 그저 고개를 절레절레 저을 수밖에 없었다.

"그럼 날 그냥 땅바닥에 내버려두고 가려고? 집까지 부축해줘야 할 거 아니야?"

노인이 또다시 고함을 쳤다. 바로 옆에 붙어 있던 김형래는 쨍한 소리에 귀가 아픈지 한쪽 얼굴을 찡그렸다. 어쩌면 노인은 군인 출신인지도 모른다는 생각을 했다. 늙어서도 이런 성량이면 젊었을 때 부대 하나는 통솔했을 가능성이 다분하다. 하는 말이 거의 명령조인 것만 봐도 그렇다.

"여기가 우리집이야."

노인이 바로 옆쪽을 가리켰다. 몇 개의 계단 위로 대문이 보였다. 그제야 나형조와 김형래는 사고가 왜 났는지를 알 수 있었다. 분명히 조심해서 운전했지만 주차된 차와 차 사이에서 튀어나온 노인을 보지 못한 것이다. 일반적인 사고였다면 보험사를 불러 불법 주차된 차의 과실을 물었겠지만 지금은 그럴 수도 없다. 이쪽은 보험도 없는, 심지어 등록도 되지 않은 대포차이기 때문이다.

둘은 옆에 세워진 차량을 발로 걷어차주고 싶은 감정을 애써 억누르며 노인을 양옆에서 부축해 계단을 올랐다. 다섯 개의 계단을 오르자 멋들어진 나무 대문이 나왔다. 김형래는 슬쩍 고개를 돌려 담장의 길이를 확인했다. 대충 봐도 노인의 집은 정원을 포함해 이백 평은 족히 될 것 같았다. 오른

땅값으로 계산했을 때 이 집의 가격이 어느 정도 될지 가늠해보는 사이 노인이 열쇠로 대문을 열었다.

두 사람은 노인을 부축해 들어서자마자 터져나오는 탄성을 억눌러야 했다. 김형래의 예상대로 대지 면적은 이백 평 가까이 되어 보였다. 잔디밭은 잘 관리되어 있었고 정원 한쪽에 화단도 곱게 자리하고 있었다. 대문에서부터 건물까지 돌을 듬성듬성 박아 길을 만들어놓았다. 새로 지은 듯한 이층짜리 건물은 올려다보는 것만으로도 위압감이 들었다.

"일단 들어와."

노인은 두 사람의 부축을 받아 현관 앞까지 갔다. 문을 열자 생각 외로 썰렁한 공기가 두 사람을 맞이했다. 집안은 더없이 조용했다. 노인이 그 큰 목소리로 아무도 부르지 않는 것을 보아 가족이 있는 것 같지는 않았다. 모두 외출했는지, 노인 혼자 사는지는 알 수가 없었다. 나형조는 잠시 노인이 혼자 사는 사람이기를 바랐다. 옷깃만 스쳐도 인연이라는데, 이걸 인연 삼아 그에게 사기를 칠 수도 있었다. 그렇게 생각하니 갑자기 노인에게 친근감이 들었다.

"조심, 조심."

나형조는 노인을 부축하면서 신발을 조심스럽게 벗겨주었다. 이어 거실로 올라섰다. 집안을 둘러보며 두 사람은 살짝 입을 벌렸다. 거실만 봐도 온통 고급 자재로 지어진 집이라는 걸 알 수 있었다. 나무로 이루어진 벽과 바닥에서는 편백향이 났고, 발코니 창으로 내다보이는 정원은 마치 그림 같았다. 소파는 거실 정중앙에 디귿자로 자리 잡았고, 텔레비전이 있어야 할 곳에는 낮은 장식장만 놓여 있었다. 장식장 위에 얼마짜리인지 모를 도자기 몇 점도 있었다. 거실 벽에는 의미를 알 수 없이 이런저런 색들로 칠해진 대형 그림 하나만 걸려 있을 뿐 가족사진 같은 것은 없었다.

"앉으세요."

나형조가 가장 상석인 일인용 소파에 노인을 앉혔다. 노인은 신음소리를 내면서 앉았다. 후, 숨을 내쉬는 것으로 보아 안으로 들어오는 데도 꽤 힘이 든 것 같았다.

"정말 병원에 안 가보셔도 되겠어요?"

김형래가 물었다. 지금의 질문만은 진심이었다. 아무래도 혼자 사는 노인 같은데 돌봐줄 가족도 없이 집에 그냥 놔둬도 되는지 걱정이 되었다. 자기 엄마와 비슷한 연배로 보였다. 엄마 생각이 절로 났다. 엄마 역시 어딘가 다치더라도 병원에 데려다줄 사람이 없었다.

"앉아."

마치 명령 같은 말에 두 사람은 거의 동시에 노인 옆 소파에 엉덩이를 대고 앉았다. 모르는 사람이 봤다면 엄격한 교도관과 잘 교화된 죄수들이라고 생각했을지도 모른다.

나형조와 김형래는 자리에 앉아서야 노인의 얼굴을 자세히 볼 수 있었다. 노인은 놀랄 만큼 머리숱이 많았다. 대신 이마에는 세월의 무게에 짓눌려 생겼을 주름이 자글자글했다. 입술 위 인중 부분에도 세로 주름이 잔뜩 져 있었으며, 합죽이처럼 보였지만 이가 없는 것 같지는 않았다. 제대로 깎지 않은 수염이 턱을 가리고 있었다.

처벌만 기다리듯 가만히 앉아 있는 두 사람에게 노인의 앓는소리가 들렸다. 아파서 그런 줄 알았건만 노인은 어느새 일어나 있었다. 노인은 절뚝거리며 현관으로 가 신발을 정리했다. 그러고는 신발장에서 빗자루를 꺼내 신발장 앞 바닥을 슬슬 쓸었다. 두 사람은 자신이 먼지를 끌고 들어온 불청객 같다는 생각을 했다. 그렇게 느끼고 나니 집안이 더 제대로 보였다. 반짝이지 않는 공간이 없었다. 어쩌면 노인에게 결벽증이 있는지도 몰랐다.

"왜 어이없다는 얼굴들이야?"

노인이 두 사람의 시선을 느끼고는 심술궂게 물었다. 두 사람이 무슨 생각을 하며 자신을 보고 있는지 아는 것 같았다.

"아니, 그게 아니고……"

"요즘 것들은 몰라서 그래. 집안의 현관이 깨끗해야 그 길을 따라 복이 들어온다고."

미신 신봉자일지도.

"자, 그럼."

먼지를 쓰레기통에 쏟고 온 노인이 다시 상석에 앉았다. 두 사람은 그렇게 하지 않으면 혼나기라도 할 것처럼 자세를 고쳐 앉았다. 그런 두 사람 앞으로 노인이 손을 뻗었다. 쫙 펼쳐진 노인의 손바닥은 조금 누렇게 떠 있었다. 두 사람은 노인의 손바닥을 보다가 동시에 고개를 들었다. 둘은 똑같이 입을 벌리고 눈은 멍청하게 껌벅였다.

노인이 답답하다는 듯 말했다.

"돈으로 달라고. 치료비."

"아, 저……"

나형조가 당황한 사이 김형래가 말했다.

"죄송합니다, 어르신. 지금 현금이 없어서 그런데, 계좌번호를 알려주시면 은행에 가서 바로 송금해드리겠습니다."

김형래는 나형조를 향해 살짝 눈짓을 했다. 은행으로 가는 척하고 도망가면 그뿐 아니냐는 것이다. 나형조가 역시 사기꾼이 낫다고 생각하고 있는데 노인이 픽 웃었다.

"아주 날 물렁이 취급을 하네. 요즘 핸드폰으로 다 송금할 수 있는 거 알아. 그걸로 해주면 되잖아?"

"……"

이번에는 김형래도 입을 다물 수밖에 없었다.

"아니면 보험을 부르든가."

김형래가 아랫입술을 깨물었다. 나형조는 자신이라도 뭐라고 말을 하려고 했지만 노인이 더 빨랐다.

"경찰은?"

어느새 노인은 입술에 미소를 머금고 있었다. 주름진 눈꺼풀 사이에서 반짝이는 눈이 교활해 보였다.

나형조는 알 수 있었다. 이 노인이 뭔가 감을 잡았다는 것을. 이렇게 되면 노인을 내버려두고 도망가는 수밖에 없다. 어차피 다친 노인이다. 두 사람이 마음만 먹으면 노인에게 잡히지 않고 내빼는 것은 식은 죽 먹기다. 나형조는 아주 잠깐 노인을 제압하고 집안에 있는 귀중품들과 돈을 훔쳐갈 생각까지 했다. 하지만 노인이 두 사람의 얼굴을 봤다는 것이 마음에 걸렸다. 출소한 지 얼마 안 됐으니 용의자 특정까지는 얼마 걸리지도 않을 것이다.

'고작 이 정도 일 때문에 큰일을 망칠 수는 없는 노릇이다. 일단 도망가자.'

그런 의미를 담아서 김형래에게 눈짓을 보내는데 노인이

먼저 말했다.

"그럼 돈은 내가 주지."

"에?"

두 사람은 동시에 어안이 벙벙해져 되물었다. 지금 들은 소리를 납득할 수 없어서였다. 두 사람은 서로를 바라보았다가, 동시에 노인에게로 고개를 돌렸다.

"경찰도 보험도 못 부르는 걸 보니 당신 둘, 제대로 벌어먹는 사람은 아닌 것 같고, 당장 현금 얼마 쥐여줄 돈도 없는 걸 보니 오늘 저녁을 먹을 돈도 없겠어. 안 그래?"

"……돗자리를 까시죠."

나형조의 말에 김형래가 그의 다리를 쿡 찔렀다. 그러나 나형조는 이왕 들킨 김에 얘기나 들어보자 싶은 생각이었다. 김형래에게 가만히 있으라는 눈짓을 보냈다.

노인이 피식 웃었다.

"내 집 놔두고 어디에 돗자리를 깔아? 난 여기 있을 테니 당신네들이 내 부탁 좀 들어줘."

역시 노인은 뭔가 원하는 것이 있었다.

"……말씀하시죠."

노인은 한숨을 길게 내쉬었다. 이야기를 꺼내기 위해 어느 정도 마음의 준비가 필요한 모양이었다. 그는 주름진 눈을

꾹 감았다가 천천히 떴다. 그러고는 입고 있던 점퍼의 안주
머니에서 지갑을 꺼냈다. 김형래는 순간적으로 노인의 두툼
한 지갑에 신경이 쏠렸지만, 일단 나형조가 어떻게 움직일지
가만히 지켜보기로 했다.

노인은 지갑 안에서 작은 사진 하나를 꺼냈다. 나형조와 김
형래 또래로 보이는 남자의 반명함판 사진이었다.

"아들이야."

나형조가 사진을 받아 얼굴을 확인한 후 김형래에게 넘겼
다. 김형래는 사진을 보았지만 이걸 가지고 딱히 뭘 해야 하
는지 알 수 없어 테이블 위에 내려놓았다. 노인은 사진을 다
시 가져가지 않았다. 마치 두 사람에게 이 사진이 필요할 거
라고 말하는 듯했다.

"아들이랑 연락이 끊긴 지 벌써 칠 년이야. 집을 나갔지.
내가 너무 일방적으로 훈계만 했는지도 몰라. 그걸 이제야
알았어."

나형조는 자신들이 이 집안에 들어오기까지 겪었던 노인
의 태도에 대해 생각했다. 걸핏하면 지르는 고함. 고압적인
태도. 결벽증까지. 자세한 이야기를 몰라도 왠지 자식이 집
을 나간 이유를 알 것만 같았다. 이 집에 들어온 지 얼마 되
지도 않았는데 벌써 몇 번이나 나가고 싶었으니 말이다. 이

노인과 같이 살라고 하면 아무리 대업을 위해서라도 받아들이기 힘들 것 같았다.

"그때는 다 자식 잘되라고 그런 거였는데…… 이렇게까지 연을 끊을 줄은 몰랐어. 그래서 부탁하는 거야. 내 아들을 좀 찾아줘."

나형조와 김형래는 서로 마주보았다. 눈빛이 오가고 김형래가 말했다.

"사람 찾아주는 심부름센터 같은 데를 찾아가보시지, 왜 안면도 없는 저희한테 그런 부탁을 하십니까?"

노인이 고개를 저었다.

"심부름센터 같은 데는 소용없어. 사람은 잘 찾아줄지 모르지만 우리 아들을 잘 설득할 수 있을까? 안될 거야. 그래서 난 돈이 훨씬 급한 사람을 찾아 부탁하기로 한 거야. 돈이 절박한 사람이라면 내 아들 마음도 돌려놓을 수 있겠지."

대충 이해는 됐다. 심부름센터라면 아들을 찾아 납치를 해서라도 앞에 데려다줄 수는 있어도 설득은 가능하지 않을 것이다.

"아들이 집을 나간 이유가 단지 그것뿐입니까? 다른 일이 있었던 건 아니고요?"

나형조의 질문에 노인은 고개를 저었다.

"나도 잘 모르겠어. 말 한 마디, 편지 한 장 남기지 않았으니까."

노인이 자리에서 일어났다. 그리고 절뚝이며 서랍장 쪽으로 향하더니 서랍장의 위 칸을 쭉 당겼다. 두 사람은 자신도 모르게 그쪽으로 시선이 갔다. 서랍 안에는 엄청나게 많은 약들이 있었다. 노인은 그 안에서 서류 한 장을 꺼내 자리로 돌아와 두 사람 앞에 놓았다.

나형조가 서류를 들어 확인한 뒤 김형래에게 내밀었다. 어쩐지 얼굴이 어두웠다. 김형래는 그것을 받아 훑어보았다. 서류는 진단서였다. 병명에 이르러 시선이 멈추었다.

원발성 간암

"육 개월 정도 남았대. 그전에 꼭 아들을 찾고 싶어. 그리고 내 손녀도."

"손녀도 있으셨습니까?"

"응. 갓난쟁이였지. 아들이 늦게 결혼했거든."

김형래는 서류를 테이블 위에 올려놓았다. 나형조는 고개만 끄덕이고 있었다. 왜 아들을 그렇게 간절히 찾는지는 알 것 같았다. 인생의 종지부를 찍기 전에 헤어진 아들의 얼굴만이라도 한번 보고 싶은 것이다. 하지만 감정에 끌려서는 안 된다. 두 사람은 대업을 앞두고 있다. 괜히 이런 일에 말려들었다가 시간 낭비만 해서는 안 되었다. 나형조는 김형래의 허벅지에 손을 슬쩍 올려놓았다. 진정하라는 뜻이었다. 그도 그럴 것이 김형래는 당장이라도 아들을 찾아주겠다고 약속할 듯 눈썹을 팔자로 만든 채 노인을 동정하고 있었다. 나형조는 김형래가 노인들에게 약한 것을 익히 알고 있었다. 그러니 자신이라도 정신을 똑바로 차려야 한다.

"그럼 저희한테 뭘 주실 겁니까?"

"내가 아까 말했잖아. 돈을 준다고."

"그러니까, 얼마를 말씀하시는 겁니까? 설마 아들을 찾아오면 그때 알아서 적당히 챙겨주겠다, 그렇게 대충 얼버무리려는 건 아니죠?"

"설마 그렇기야 하겠나."

"그렇죠? 저희도 기름값 정도는 있어야 움직일 수 있으니까 말씀드리는 겁니다."

착수금을 말하는 것이었다. 일이 귀찮아진다 싶으면 착수금만 받고 튀는 방법도 있다.

"선금으로 천만 원을 주지."

"저희를 어떻게 믿으시고요? 저희가 돈만 받고 튈 수도 있

2인조

37

잖습니까?"

나형조는 눈치도 없이 말하는 김형래의 옆구리를 사정없이 강타할 뻔했다. 김형래를 향해 인상을 구기고 눈짓을 보내기도 전에 노인이 말했다.

"자네 둘의 신분증을 줘. 그걸 맡아놓지."

나형조는 잘못 걸렸다는 듯 살짝 인상을 찡그렸다. 김형래가 오늘 출소한 바람에 가짜 신분증을 만들 시간도 없었다. 물론 나형조도 아직 만들지 못했다. 이 일을 맡으려면 꼼짝없이 진짜 신분증을 건네야 한다. 일이 잘못되면 대업은 시작도 못 해보고 경찰에 잡힐 수도 있었다. 그 정도 위험을 감수할 만한 일인지 파악이 필요했다.

"그럼 아드님을 데리고 오면요?"

"얼마를 원하나?"

이 영감탱이가 밀당을 하나? 나형조는 크게 불러놓고 협상을 시작할 생각이었다.

"일억."

"좋아."

엇, 하며 나형조와 김형래가 서로 마주보았다. 아주 잠깐 이 동네가 어떤 동네인지 잊고 있었다. 젠장, 소리가 나오려는 것을 참고 나형조가 노인에게로 고개를 돌렸다.

"삼억."

노인이 주름진 눈을 부릅떴다. 이글거리는 살기를 두 사람은 분명히 알아볼 수 있었다.

"……일억에 하겠습니다."

3

"정말로 이걸 하겠다고?"

목소리가 크게 나지 않도록 애쓰며 김형래가 물었다. 아까까지만 해도 분위기에 휩쓸렸지만, 지금은 짚을 건 확실히 짚어봐야겠다고 생각하는 중이다. 어릴 땐 안 그랬지만 크면서 신중해진 성격 탓이다.

두 사람은 지금 정원에 나와 있다. 노인에게는 담배를 한대 피우고 오겠다는 핑계를 댔다. 나형조는 담배를 물고 있지만 김형래는 담배를 피우지 않는다. 중요한 건 노인에게 말한 대로 흡연 유무가 아니다. 저 의뭉스러운 노인의 의뢰를 정말 받아들여야 하는 것인가이다. 결정을 내리기 위해서는 두 사람이 의논할 시간이 필요했다.

"안 할 이유가 없잖아."

나형조가 담배꽁초를 바닥에 버리고는 운동화로 비벼 껐다. 그러나 딴에는 이렇게 잘 가꿔진 고급 정원에 담배꽁초를 버리는 것이 마음에 걸렸는지 곧 주워서 점퍼 주머니에 넣었다. 저걸 털지도 않고 빨래해버리면 어쩌려고 그러나 싶어 김형래의 이맛살이 찌푸려졌다. 하지만 빨래 정도는 각자 알아서 하자고 하면 된다. 김형래는 중요한 화제로 정신을 돌렸다.

"이름도 모르는 노인네야."

"이름이야 이제 물어보면 되지."

"처음 본 사람이라고. 대체 뭘 믿고?"

나형조가 김형래의 얼굴에 제 얼굴을 바짝 갖다댔다. 김형래에게 상대의 역한 담배 냄새가 훅 풍겨왔다.

"맞아. 처음 본 사람이지. 그런데도 우리한테 부탁을 하잖아. 그것도 선금으로 천만 원씩이나 주면서 말이야. 뭘 믿고 그러겠느냐고. 그만큼 급하다는 뜻 아니겠어?"

"그러다가 나중에 약속한 금액을 안 주면?"

그렇게 말하는 김형래의 코앞에 나형조는 검지를 세워 좌우로 흔들었다.

"그럴 영감은 아니야. 아까 천만 원 얘기할 때 슬쩍 오른쪽을 보던 거 못 봤어? 문틈으로 봤는데, 안방에 금고가 있었단 말이야."

못 봤다. 그 와중에 그걸 본 나형조도 대단하다고 김형래는 생각했다. 역시 도둑 출신은 다른 건가.

"이런 가정집에 금고가 있는 이유가 뭘 것 같아? 필요하니까 있는 거야. 왜 필요하겠어? 없어지면 안 되는 걸 넣어놓으려고야. 뭐가 없어지면 안 될까? 당연히 돈이지. 금일 수도 있고."

"돈이 있어도 안 주면?"

"안 주면 내가 가만히 있을 놈으로 보여?"

나형조가 으르렁거리듯 이빨을 드러냈다. 주먹을 얼굴 앞에 들이밀고는 위아래로 흔들었다. 아무리 노인이라도 봐주지 않는다는 뜻인 모양이다. 그래도 김형래의 어두운 낯빛은 밝아지지 않았다. 노인을 폭행하거나 협박하는 건 김형래가 바라는 일이 아니었다. 두 사람은 단지 사기를 치려던 것뿐이었다. 폭행이나 협박보다 사기가 나은 게 아니라는 걸 김형래는 깨닫지 못하고 있었다.

나형조가 말을 이었다.

"김형. 걱정하지 마. 나 나형조야. 아들을 찾아왔는데도 돈을 안 주면 어떻게 해서라도 받아낼 거라고."

나형조는 김형래의 어깨에 팔을 두르고 그가 건물을 볼 수 있도록 몸을 돌려세웠다.

"봐, 김형. 저 노인네가 돈이 없어도 이 집을 저당잡히면 우리가 약속받은 돈보다 몇십 배는 더 나올 거야. 여차하면 저 노인네를 묶어서 사채업자한테 넘기면 돼. 내가 아는 놈들도 여럿 되니까 그건 걱정 말라고."

돌아선 덕분에 두 사람은 1층 발코니 창을 통해 거실에 앉아 있는 노인과 시선이 마주쳤다. 나형조는 여유롭게 웃음을 지어 보였지만 김형래는 영 웃음이 나지 않았다. 노인을 묶어둔다는 말이 마음에 걸렸기 때문이다. 하지만 나형조는 이미 마음을 먹은 듯했다. 아마 무슨 말을 더 하더라도 그의 마음을 돌릴 수는 없을 터였다. 차라리 노인의 아들을 찾아주고 약속된 돈을 받는 게 가장 좋은 시나리오일 것이다.

"이름만 아는 아들을 어떻게 찾아? 벌써 헤어진 지 칠 년이나 됐다는데?"

나형조는 양팔을 벌리고 자신만만하게 말했다.

"찾으면 다 방법이 있어. 두드려라. 그러면 열릴 것이다."

별다른 계획은 없다는 말인 듯했다.

잠시 뒤 안으로 들어간 두 사람은 다시 노인과 마주앉았다. 노인은 그사이 옷을 갈아입고 두 사람을 위해 차를 준비해주었다. 김형래가 조심스레 손을 뻗어 찻잔을 들고 마셔보았다. 어떤 차인지는 모르지만 떫은맛이 강했다. 교도소 안에서 믹스커피도 소중히 마시던 사람이 갑자기 이런 차를 대접받는다고 입에 맞을 리가 없다. 옆을 보니 나형조는 찻잔에 손도 대지 않고 있었다.

노인이 뭔가를 테이블에 올려놓더니 두 사람 앞으로 밀었다. 얼핏 봐도 신분증이었다. 나형조가 그것을 집어들어 확인한 후 김형래에게 건넸다.

이름은 박청만. 1951년 9월 18일 생. 법이 개정되어 올해 6월부터는 만 나이로 계산될 테니 일흔둘, 아니 생일이 아직 안 지났으니 일흔하나인 셈이었다. 주소는 영인시 수매동. 현재 주소인 것 같다.

"혹시 돈을 안 줄까 걱정할까봐 보여주는 거야. 내 신분을 확인해두라고. 원한다면 계약서라도 쓰지."

"그건 됐고요."

섣부르게 대답하는 나형조의 옆구리를 김형래가 팔꿈치로 슬쩍 찔렀다. 초짜 사기꾼들도 그렇게 어영부영 일하지는 않는다. 나형조는 계약서가 얼마나 중요한지 모르는 모양이다.

하긴. 다른 사람 집에 들어가 도둑질을 하면서 계약서를 쓰지는 않을 테니 모를 수도 있다. 김형래는 자신이 정신을 바짝 차려야 한다고 생각했다.

하지만 이미 나형조가 계약서는 쓰지 않아도 된다고 말해 버렸다. 여기서 자신이 다시 계약서 얘기를 꺼내면 나형조를 무시하는 것처럼 보일 수도 있다. 나형조는 같은 생각을 하고 있는지 김형래를 잠깐 봤다가 다시 박청만에게로 고개를 돌렸다.

"아, 그럼 이제 본론으로 들어가시죠."

"본론?"

"아드님이 어떤 사람인지, 어쩌다 연을 끊게 됐는지, 그런 걸 알려주셔야 찾는 데 도움이 될 거 아닙니까?"

돈에만 신경쓰는 줄 알았더니 머리도 굴릴 줄 안다. 김형래는 나형조를 보며 잠깐 감탄했다.

음, 소리를 내며 박청만이 턱에다 손을 가져다댔다. 어디부터 이야기를 꺼내야 할지 머릿속에 떠오르는 것들을 정리하는 중일 터다. 잠시 뒤 박청만이 지갑에서 조금 전의 그 사진을 꺼내 테이블 위에 놓았다.

"이름은 박수철이야. 나이는 자네들과 비슷해. 올해로 마흔둘이 됐겠구먼."

이쪽은 쉰하고도 한 살을 더 먹었다. 그렇게 젊어 보이나 싶어 나형조가 히죽거렸다. 김형래가 다시 한번 그의 옆구리를 찔렀다. 지금은 박청만의 이야기에 집중할 때다.

"손녀 이름은 박미래. 지금 나이는 아마…… 여덟 살이 됐겠네."

노인이 잠시 눈을 내리깔았다. 마지막으로 본 손녀의 얼굴을 떠올리고 있는지도 모른다. 아들이 집을 나간 게 칠 년 전, 손녀가 지금 나이로 여덟 살이면 완전히 갓난아기 때 보고 못 보았다는 뜻이다. 손녀의 사진은 갓난아기일 때 말고는 없을 듯했다. 김형래는 테이블에 놓인 박수철의 사진을 좀더 유심히 살폈다. 그의 얼굴을 기억해놔야 좋을 것 같다.

"수철이가 결혼을 하면서 분가를 했어. 신혼 때는 신혼이라고, 미래를 낳았을 때는 아기가 어리다고 잘 오지 않았지만, 그 녀석이 제대로 가정을 꾸리고 살고 있다는 생각만 해도 흐뭇했어. 둘이 이혼하기 전까지는 말이야."

"이혼을 했어요?"

박청만이 고개를 끄덕였다.

"임신하기 전부터 며느리가 외도를 했대. 도저히 용서할 수 없다고 하더군. 이혼하고 신혼집을 정리한 뒤 이 집에 들어왔지. 이 동네가 재개발되기 전이었으니까 집이 무척 허름

했어. 웃풍이 센 창고방을 아이와 수철이가 썼어."

"속상하셨겠네요."

김형래가 위로를 건네듯 말했다. 노인과 한참 이야기를 나누고 있자니 자꾸만 박청만의 얼굴 위에 자신의 엄마가 겹친다. 글을 몰라 아들에게 편지 한 장 못하는 엄마를 떠올리며 가슴을 치던 게 한두 번이 아니다. 다음번에 엄마를 만날 때에는 꼭 성공한 모습으로 찾아뵙겠다고 매일 밤 다짐했었다.

"속상하다마다. 다 내 죄인 것 같았어. 나도 아내와 이혼했거든. 수철이가 대학생 때였지. 다 컸다고 생각했었지만, 그래도 상처는 컸겠지. 내 불행한 삶을 아들이 빼닮은 것 같아서 속이 무척 상하고 미안했어."

"그런데요?"

나형조가 물었다.

"그애는 아드님 애가 맞습니까?"

김형래가 화들짝 놀라며 나형조의 팔을 잡았다.

'실례잖아.'

입을 한껏 앙다물고 눈을 희번덕거리는 그의 얼굴이 그렇게 말하고 있었다. 나형조는 '뭐 어때'라고 대답하듯 고개를 갸우뚱했다. 박청만이 한숨 같은 웃음을 지었다.

"다행히 우리 아들 애가 맞더군. 수철이가 유전자 검사를

2인조
47

했다고 했어."

"수철 씨는 왜 집을 나간 건가요?"

김형래가 묻자 박청만이 기다렸다는 듯 고개를 퍼뜩 들었다.

"그걸 모르겠어. 무슨 생각을 한 건지, 그날 무슨 일이 있었는지. 밖에 나갔다가 돌아와보니 짐이 하나도 없었어. 손녀까지도 말이야. 남겨놓은 거라고는 그 녀석이 이혼하고 이 집에 들어올 때 내가 개통해준 핸드폰뿐이었어. 무슨 이유인지는 몰라도 내가 사준 건 들고 나가고 싶지 않았나보지."

아무 일도 없었는데 집을 나가는 사람은 없다. 헤어진 아내와 다시 살게 됐더라도 아버지에게 말하고 나갈 일이다. 박청만은 모르지만 분명 아들의 심기를 건드린 어떤 일이 있었을 거라고 나형조는 생각했다.

"일은요? 직장이 있지 않았습니까?"

"원래 회사에 다녔지. 근데 집에 들어올 때는 퇴직 상태였어. 무슨 일인지는 말하지 않았지만 눈치로 봐서는 잘린 것 같아. 며느리가 바람피우는 상황에 일이나 제대로 할 수 있었겠어? 여기 사는 동안 내가 생활비를 거의 다 댔지. 아들은 일자리를 알아본다고 나가기는 했지만 쉽지 않았고."

그렇다면 직장 쪽으로는 알아볼 게 없을 것 같았다. 김형래가 좋은 생각이 났다는 듯 몸을 앞으로 기울였다.

"핸드폰을 놓고 나갔다고 하셨잖아요? 저장되어 있는 친구분들이나 통화 내역에 남아 있는 사람들 쪽으로 알아보진 않으셨어요?"

김형래의 기대를 단번에 무너트릴 정도의 한숨이 박청만의 주름진 입술 사이로 새어나왔다.

"나갈 때 이미 다 지워놓고 나갔더구먼."

김형래와 나형조도 동시에 한숨을 푹 내쉬었다. 무슨 일인지 모르겠지만 그 정도면 정말로 아버지와 인연을 끊겠다는 거였다. 문제는 이 남자를 어디서부터 찾아야 하는지 모르겠다는 데 있다. 이혼했으며, 친구의 연락처도 없고, 직장도 없다는 이 남자를 말이다.

나형조는 불길한 기운을 느꼈다. 아무래도 아들을 찾을 수는 없을 것 같다. 일이 이렇게 되면 착수금만 먹고 떨어지는 게 나을지도 몰랐다. 박청만이 두 사람의 신분증을 달라고 한 게 마음에 걸리지만 정히 돌려받으려고 한다면 힘을 행사하는 방법도 있다.

'그러고 보니……'

나형조의 머릿속을 번뜩 스치는 것이 있었다. 찻잔을 드는 박청만의 노리끼리한 손을 보고 나서였다. 시선을 옮겨 살핀 얼굴도 노란빛이 돌았다. 처음엔 몰랐지만 간암이라는 걸 알고 보니 황달 기운이 있음을 알아차릴 수 있었다. 간암 환자에게 황달 증상이 나타나면 위험한 상태라는 정보를 어디선가 들은 기억이 있다. 그렇다는 건, 이 노인에게 허락된 시간이 얼마 남지 않았다는 뜻이었다. 어차피 아들도 없는 판에 박청만을 위협해 두 사람에게 이 집을 증여한다는 유서를 남기게 하는 것도 좋을 듯했다. 어디 가서 애써 사기를 치는 것보다 훨씬 더 돈이 들어오는 일이다.

"있습니다!"

느닷없이 김형래가 소리를 쳤다. 나형조는 자신의 생각을 들키기라도 한 것처럼 펄쩍 뛰어오를 정도로 놀랐다. 박청만 역시 어리둥절한 얼굴로 김형래를 보았다. 정작 소리를 지른 김형래는 벙긋 웃는 게 환희에 찬 얼굴이었다.

"아드님을 찾을 방법이요. 전혀 없는 건 아니에요."

"뭔데?"

묻기는 나형조가 물었지만, 김형래는 박청만을 향해 대답하듯 물었다.

"아드님 핸드폰, 해지하셨어요?"

박청만은 여전히 멍한 얼굴로 고개를 저었다.

"아들이 언제 돌아올지 모르니 계속 가지고 있었어. 요금도 내가 내주고 있었거든. 자동이체로 요금이 계속 빠져나가 니까 아직 살아 있지."

핸드폰이 마치 아들과의 마지막 연결고리인 것처럼 느껴 져서 앞으로도 해지할 생각은 없다고 박청만이 말했다.

"됐어요. 그럼."

"뭔데?"

여전히 감을 잡지 못하는 나형조를 향해 김형래가 말했다.

"아드님의 주민등록등본을 떼보면 지금 주소가 어디로 나 오는지 알 수 있잖아."

김형래의 답에 나형조는 하, 어이없다는 듯한 웃음을 터뜨 렸다.

"김형. 한동안 사회 물을 못 먹어서 감이 떨어졌어? 본인 도 아닌데 우리가 그걸 어떻게 떼?"

"다 방법이 있지. 어르신, 혹시 아드님 주민등록번호 아세 요?"

박청만은 또다시 고개를 흔들었다. 나형조는 '대체 아들에 대해서 아는 게 뭐야!' 하고 소리를 지르고 싶었지만 참을 수 밖에 없었다. 김형래가 그 정도는 이미 예상했다는 듯 다음 말을 이었기 때문이다.

"자, 그럼 이렇게 하면 돼."

김형래가 설명하기 시작했다. 그의 계획은 이러했다. 일단 컴퓨터로 박청만의 가족관계증명서를 뗀다. 거기에는 당연히 아들인 박수철의 주민등록번호도 나와 있다. 그 주민등록번호로 박수철의 주민등록등본을 뗀다. 거기에는 박수철의 현재 주소가 나와 있을 것이다. 물론 등본을 떼려면 본인 확인을 해야 한다. 하지만 본인 확인을 핸드폰으로 하는 방법도 있다. 박수철의 핸드폰이 살아 있기 때문에 그걸로 본인 확인 절차를 이행하면 되는 것이었다.

"그런 방법이 있다는 건 정말 생각도 못 했어. 역시 젊은이들한테 맡기니까 달라."

자신 역시 생각지도 못한 방법이라고, 나형조는 생각했다. 역시 사기꾼은 다르다는 건가. 공문서를 떼는 것쯤 얼마든지 방법이 있었군. 나형조는 한 가지 더 배운 기분이었다. 사회에서 '큰 사기를 치다 들어왔다'던 김형래의 말이 거짓은 아닌 것 같았다.

박청만은 감동한 것 같았다. 얼른 일어나 안방으로 보이는 곳에 들어갔다. 잠시 후 방에서 나온 박청만의 손에 핸드폰이 들려 있었다. 스마트폰이긴 하지만 요즘 사용하는 것보다 훨씬 성능이 떨어지는 제품이었다. 박수철이 집을 나간 것이 칠 년 전이라고 하니 무리는 아니다.

김형래가 핸드폰을 받았다. 핸드폰의 옆면에 있는 버튼을 누르자 곧장 불이 들어왔다. 다행히 잠겨 있지는 않았다. 김형래는 핸드폰을 이리저리 만져보더니 고개를 끄덕였다.

"한번 해볼게요. 집에 컴퓨터는 있죠?"

"응. 작은방에. 아들이 쓰다 놓고 간 거야."

그것 역시 박청만이 사준 건지도 모른다. 그러니 놓고 갔을지도.

두 사람은 박청만의 안내로 작은방으로 들어갔다. 박청만은 자신은 도움이 안 될 테니 식사 준비를 하겠다고 했다. 벌써 점심시간이 훨씬 지난 것이다. 나형조는 그제야 허기를 느꼈다. 그래서 박청만을 굳이 말리지는 않았다. 아들을 찾아줄 기막힌 방법을 알아냈는데 그 정도 서비스는 받아도 좋다는 생각이 들었다. 물론 방법을 알아낸 건 김형래였지만 나형조에게 그건 중요한 사실이 아니었다.

김형래가 컴퓨터 앞에 앉아 작업을 시작했다. 나형조는 책상 옆 벽에 기대어 작업중인 김형래를 보았다. 그는 피식 웃으며 말했다.

"역시 사기꾼이라 달라. 본인이 없어도 주민등록등본까지 떼고 말이야."

김형래가 표정 하나 바뀌지 않고 말했다.

"나형이 너무 모르는 거야. 그냥 눈앞에 보이는 거 도둑질할 줄만 알지."

"이게!"

나형조가 벽에서 등을 떼며 으르렁거렸다. 김형래는 꼼짝도 하지 않고 열심히 손가락을 놀렸다.

"아까 사회 물을 못 먹었느니 하는 얘기는 왜 해? 어르신이 눈치채면 어쩌려고."

"왜? 우리가 별 좀 단 놈들인 거 알면 실망이라도 할까봐 그래?"

김형래가 한숨을 내쉬며 고개를 절레절레 흔들었다.

"생각이 진짜 짧구나. 그러니까 잡혀서 들어왔지."

"너는 생각이 길어서 들어왔냐!"

"목소리 낮춰. 어르신이 알았다가 혹시라도 나중에 신고할까봐 그러지. 신분증도 뺏기게 생겼는데 정보를 하나라도 덜 줘야 하지 않겠어?"

"아······"

나형조는 쩝, 입맛을 다시며 다시 벽에 등을 기댔다. 김형래는 계속 작업에 열중했다. 그 모습을 보던 나형조가 설핏 웃었다.

"아까는 하네 마네 하더니 열심히 하네."

김형래의 손이 키보드 위에서 잠깐 멈추었다. 다시 김형래는 키보드를 두드리며 대답했다.

"찾아주고 싶어. 저 어르신 아들."

"왜? 노인네가 불쌍해서?"

"……우리 엄마가 떠올라서."

머지않아 김형래의 어머니 역시 그의 출소 사실을 알게 될 것이다. 출소한 아들의 행방을 찾을 수 없어 애만 태우리라. 알면서도, 그런 엄마가 안타까우면서도 김형래는 연락할 생각이 없다. 이미 한번 크게 실망시켰으니 이 모습으로는 엄마 앞에 나타날 수 없다. 제대로 한 몫을 챙기기 전까지는 말이다. 그러고 나서 올바르게 사는 모습을 보여드릴 작정이다. 지금의 불효는 미래의 효도를 위해 잠시 생각지 않기로 했다.

"됐다!"

김형래의 침울한 대답에 나형조 역시 마음이 무겁던 차였다. 이 집을 꿀꺽하자는 제안은 일단 상황을 보며 하자고 생각했다. 그 순간 김형래가 환희에 찬 소리를 내질렀다. 그의 손에는 주소와 주민등록번호가 나온 종이가 쥐여 있었다. 역시, 라고 생각하며 나형조가 엄지손가락을 치켜들었다. 방문이 벌컥 열리고 박청만이 들어왔다.

"찾았어?"

"네! 아드님 주민등록등본을 뗐어요. 주소지가 제선시 이평동으로 등록되어 있네요."

"그렇게 먼 곳에……"

나형조가 앞으로 나서며 박청만을 안심시키듯 부드럽게 미소 지었다.

"일단 목적지는 생겼으니 걱정하지 마세요, 어르신. 우리가 찾아볼 테니까요. 혹시 여기 살지 않더라도 추적하는 건 우리 전문입니다."

정작 실마리를 찾은 것은 김형래지만 나형조가 어깨를 으쓱거렸다. 박청만은 일단 아들이 어디로 갔는지 알아낸 것만으로도 기쁜지 눈시울이 붉어졌다.

"그래, 그래. 고생들 했어. 자, 식사 차려놨으니 이서들 오라고."

4

두 사람은 박청만의 뒤를 따라 주방으로 들어갔다. 된장찌 개와 김치, 나물 몇 가지가 식탁 위에 정갈하게 차려져 있었 다. 급하게 차리느라 냉장고에 있던 재료들만으로 만든 것 같았지만 냄새는 훌륭했다. 사실 나형조와 김형래는 반찬이 어떻든지 아무런 상관이 없었다. 숟가락 긁는 소리만 들어도 소름끼쳤던 스테인리스 식판에 밥을 먹지 않아도 된다는 사 실만으로 기뻤다. 뚝배기 안에서 부글부글 끓는 된장찌개를 보는 것만으로도 입맛이 돌았다. 교도소 안에서는 국이든 찌 개든 잔뜩 식은 채로 식판에 받아야만 했다.

음식은 대체로 심심했지만 먹을 만했다.

한창 식사를 하던 도중에 나형조가 조심스레 말을 꺼냈다.

"그럼 선금은……"

박청만이 말없이 일어섰다. 주방을 나가 거실을 가로질러 안방으로 들어갔다. 뭘 하는지 궁금해진 두 사람이 그의 뒤를 따라가보니 진짜로 안방 안에 나형조가 말했던 금고가 있었다. 나형조가 목을 길게 뺐다. 김형래는 그가 왜 그러는지 알고 있었다. 금고 안에 돈이 얼마나 더 있는지, 혹은 돈 될 만한 것이 뭐가 있는지 확인하려는 것이다.

박청만은 조심성 없게도 두 사람을 의식하지 않고 금고를 열었다. 안에 오만 원짜리 지폐 묶음이 확연히 보였고, 종이 봉투에 들어 있는 서류가 몇 개쯤 보였다. 그 안에서 박청만은 지폐 묶음을 턱턱 꺼내 손에 들었는데 아무래도 두 사람에게 줄 돈을 세는 것 같았다. 그것을 보고 나형조는 히죽 웃었고, 김형래는 그 웃음이 들킬세라 나형조의 옆구리를 찔렀다. 박청만은 금고를 닫고 비밀번호를 눌렀다. 비밀번호가 보이지는 않았지만 김형래는 나형조의 계획이 틀어질 것을 걱정하지는 않았다. 나형조는 교도소 안에서도 수차례 자신의 실력을 자랑해왔다. 도둑은 재능이 일순위라는 말을 하기도 했다. 아마 저런 금고쯤 손쉽게 요리할 수 있을 것이었다. 나형조의 얼굴을 보니 역시나 신이 난 얼굴을 간신히 숨기고 있었다. 입이 찢어지게 웃고 싶은 걸 참는 건지 입술을 간신히 안으로 말아넣고 있었던 것이다. 반짝거리는 눈에 욕심이 그득했다.

두 사람은 박청만이 금고를 닫는 것을 보고 서둘러 식탁 의자에 앉았다. 박청만은 그걸 아는지 모르는지 돈을 넣은 봉투를 들고서 주방으로 돌아왔다.

"세봐도 되죠?"

자리에 앉은 박청만이 돈봉투를 식탁 위에 올려놓았다. 나형조가 성급히 엉덩이를 들고 일어나 봉투에 손을 갖다댔다. 김형래가 말리지도 못할 정도로 눈 깜짝할 새였다.

나형조가 돈봉투에 손을 댄 순간 그 손을 박청만이 콱 잡았다.

"주민등록증."

나형조가 크게 뜬 눈을 껌벅였다.

"맡겨놓기로 했잖아. 당신들 신분증."

나형조가 씁쓸한 얼굴로 볼을 부풀렸다. 잠깐 고민하다가 점퍼 안주머니에 손을 집어넣었다. 지갑에서 신분증을 꺼냈다. 찜찜한 얼굴로 신분증을 내밀자, 박청만이 기다렸다는 듯 신분증을 채갔다. 박청만이 신분증 속 사진과 나형조의 얼굴을 번갈아 보았다. 나형조는 찜찜한 표정을 얼른 고치면서 생각했다.

'아들을 찾아다주면 그만인 일이다.'

경찰에 신고할 일도 없다. 여차하면 돌아와 박청만을 제압하고 신분증을 빼앗아 도망가면 된다. 워낙 노인이라 두 사람의 주민등록번호는 외우지도 못할 거다.

"그쪽은?"

박청만이 턱으로 김형래를 가리켰다. 김형래가 나형조를 보았다. 나형조가 고개를 끄덕였다. 할 수 없이 김형래도 지갑에서 신분증을 꺼냈다. 박청만은 이번에도 받은 신분증 속 사진과 김형래의 얼굴을 확인했다.

"김형래? 심형……"

"안 돼!"

나형조는 눈을 희빈덕기리며 분연히 일어서는 김형래를 간신히 막으면서 소리쳤다. 박청만은 무슨 일인지 모르겠다는 듯 어리둥절한 얼굴로 두 사람을 번갈아 보았다.

"자, 그럼 곧 보자고. 자주 연락하는 거 잊지 말고."

박청만이 차에 올라타는 두 사람을 향해 자신의 핸드폰을 흔들며 인사했다. 두 사람은 이미 박청만과 연락처를 교환한 터였다. 박청만은 궁금할 때마다 연락할 생각인 것 같았다.

김형래는 생각보다 귀찮은 일에 휘말린 건 아닌지 걱정되었지만 이미 시작된 일은 돌이킬 수 없었다.

"알았어요."

운전석에 앉은 나형조가 귀찮은 듯 대답하며 시동을 걸었다. 박청만이 한 발 뒤로 물러섰다.

"들어가세요."

김형래가 인사하자 박청만이 고개를 끄덕거리고는 뒷짐을 지고 있던 손을 내밀었다.

"가다가 입 심심하면 먹어."

그의 손안에는 사탕 몇 개가 들려 있었다. 뭘 기대했던 건지 몰라도 나형조가 시큰둥하게 말했다.

"뭘 귀찮게!"

"잘 먹을게요. 감사합니다."

나형조의 핀잔을 막으며 김형래가 인사했다. 김형래의 가슴이 뭔가 묵직한 것이 놓인 듯 뻐근해졌다. 또 자신의 엄마가 생각났기 때문이었다. 엄마는 옛날부터 집에 오는 사람을 맨입으로 보낸 적이 없었다. 준비해놓은 것이 없으면 물이라도 건넸다.

김형래가 생각에 빠진 사이 차가 출발했다. 번뜩 정신을 차리고 사이드미러를 보았을 때 이미 박청만의 모습은 보이지 않았다. 집안으로 들어간 모양이었다.

"김형, 무슨 생각을 그렇게 해?"

나형조가 물었지만 김형래는 대답을 하지 못한 채 사이드 미러로 멀어져가는 박청만의 집을 보았다.

"어?"

김형래가 의아하다는 듯 고개를 갸웃했다.

"왜?"

"잠깐만. 차 좀 세워봐."

"뭔데?"

되물으면서도 나형조는 브레이크를 밟았다. 차가 멈추자 김형래가 창문 밖으로 머리를 빼고 뒤를 보았다. 저멀리 박청만의 집 앞에 어떤 여자가 서 있었다. 아까 처음 사이드미러로 여자를 봤을 때 그녀는 초인종을 누르고 있었다. 지금은 대문을 향해 서서 박청만이 문을 열어주기를 기다리고 있는 것 같았다. 하지만 대답이 없는지 고개를 푹 숙였다.

"누구지?"

이상했다. 박청만은 바로 조금 전 집으로 들어갔다. 그런데 왜 응답하지 않는 걸까? 여자를 피하는 걸까?

"아이, 난 또. 옆집 사람인가보지. 여자친구거나."

나형조는 낄낄거리며 다시 차를 출발시켰다.

김형래는 사이드미러에서 시선을 떼고 앞을 보고 바로 앉았다. 아까 그 여자의 모습을 떠올려보았다. 멀리서 보기에는 박청만보다 열댓 살은 젊은 것 같았다. 굵은 볼륨을 넣은 단발에 몸은 날씬한 편이었다. 긴 카디건을 옆에 끼고 있는 것으로 보아 어딘가 멀리서 걸어오다가 벗은 게 아닐까 싶었다. 나형조의 말처럼 옆집 사람은 아닐 것 같았다. 누구일까? 궁금했지만 나형조의 말대로 여자친구일지도 모른다. 김형래는 창밖으로 흐르는 풍경처럼 생각을 뒤로 물렀다.

"그럼 일단 그 영감 아들 주소지로 가보는 거지?"

"그렇지. 우리 똑똑한 사기꾼 씨가 알아낸 주소지로."

"거기 그대로 살까?"

"가능성 있지. 이거, 생각보다 일이 쉽게 끝날지도 모르겠어."

나형조는 신이 난 얼굴로 액셀을 더 세게 밟았다.

"아니요. 그 사람은 지금 여기 안 살아요. 전 세입자인데 우리가 들어올 일이 있어서 내보냈거든요."

현관문을 조금만 열고 얼굴 반쪽만 빼쭉 내보인 여자는 두 사람이 찾는 사람의 이름을 듣고 고개를 갸웃거리며 말했다. 문에 체인이 걸려 있었다. 나형조가 물었다.

"그럼 이 사람 어디로 이사갔는지 아세요?"

나형조의 태도는 성급하다고 여겨질 만큼 조급했다. 그 기세에 여자는 벌써 경계하는 표정이었다.

"아니요. 저희는 그런 거 몰라요."

"여기 이사오신 지는 얼마나 되셨죠?"

나형조를 뒤로 밀어내며 김형래가 질문했다. 나형조보다는 훨씬 사근사근한 목소리다. 여자의 얼굴이 확실히 편안해졌다.

"한 팔 개월쯤?"

김형래는 안타까운 한숨을 흘렸다. 박청만이 조금만 더 일찍 아들을 찾으려 했다면 손쉽게 찾았을지도 모른다. 하지만 팔 개월 전 두 사람은 교도소에 수감되어 있었다. 후회해봐야 소용없는 이야기라는 뜻이다.

"그럼 이만."

여자는 서둘러 문을 닫았다.

"뭐야, 진짜. 마음처럼 되는 일이 없네."

나형조가 불평을 터뜨렸다. 아파트 복도가 왕왕 울릴 만큼 큰 목소리였다. 아마 안에 들어간 여자도 들었을 것이다. 더 물어보고 싶은 게 있어도 더이상은 대답을 안 해줄지도 모른다. 이래서 도둑놈들은 안된다. 다른 사람의 감정을 컨트롤

64

하는 방법을 모르기 때문이다.

"이제 어쩔 거야?"

나형조는 마치 이 상황이 김형래의 책임이라도 되는 듯 말했다. 김형래는 머리를 굴렸다. 그러고는 나형조의 어깨를 툭툭 치며 따라오라고 손짓했다.

두 사람은 엘리베이터를 탔다. 김형래가 곧장 1층 버튼을 눌렀다.

"뭐야. 이대로 대책도 없이 돌아가자고?"

"그럴 리가 있나. 머리를 좀 굴려, 머리를."

김형래는 검지로 자신의 머리를 가리키며 핀잔을 주었다. 나형조는 입술을 일그러뜨리며 김형래를 위아래로 쳐다보았지만 별말은 하지 않았다. 아무래도 김형래에게 뭔가 계획이 있는 것 같으니 굳이 심기를 거스를 생각은 없었다.

엘리베이터가 1층에 다다랐다. 김형래는 그대로 엘리베이터에서 내렸다. 통로를 따라 걸어갔지만 건물 밖으로 나가지는 않았다. 현관 안쪽에 설치된 우편함 앞에서 걸음을 멈추었다. 스테인리스로 된 우편함에는 세대마다 호수가 붙어 있었다. 김형래는 그중에서 1203호를 찾았다. 조금 전 두 사람이 찾아갔던 집이다. 나형조는 김형래가 곧 신기라도 부릴 것처럼 기대에 가득찬 눈으로 지켜보았다. 본인도 아니면서 주민등록등본을 떼는 일도 해내지 않았던가! 하지만 우편함에 집어넣었던 김형래의 손에는 아무것도 들려 있지 않았다. 우편함은 텅 비어 있었다.

"뭐야, 아무것도 없어?"

나형조의 물음에도 김형래는 대답하지 않았다. 대신 우편함 아래쪽에 별도로 붙어 있는 반송함에 손을 넣었다. 입주민들이 잘못 배송되거나 다른 이에게 온 우편물을 받았을 때 넣어두면 집배원이 수거해가도록 만든 것이었다. 반송함 안에는 여섯 개의 우편물이 들어 있었다. 김형래는 그걸 빼 들고 주의깊게 하나씩 확인했다. 두 개를 남기고 네 개의 우편물을 반송함에 다시 넣었다.

"역시. 박수철 앞으로 온 거야."

"누구?"

나형조의 어리둥절한 표정을 보자 김형래는 짜증이 났다. 이런 녀석과 대업을 이루려 했다는 게 믿기지 않는다. 교도소 안에서는 자신이 대도라도 되는 양 뻐기던 녀석이었는데 교도소 밖으로 나오자 그냥 멍청이가 되어 있었다. 사실은 머리가 엄청나게 나쁜 녀석 아닐까? 그래서 교도소에도 잡혀 온 거라면 이제라도 찢어져야 하는 것 아닐까, 김형래는 잠시 고민했다.

"박수철. 박청만 할아버지가 찾는 아들이잖아. 벌써 이름도 잊어버렸어?"

나형조의 입이 헤 벌어졌다.

"아, 맞다, 맞다. 그런 이름이었지? 그래서 그게 뭐?"

김형래는 한숨을 쉬었다.

"가만히 따라오기나 해."

그는 다시 엘리베이터로 향했다. 나형조도 뒤에서 뭔가 불평 가득한 욕설을 중얼거리며 따라왔다. 두 사람은 다시 12층으로 향했다. 초인종을 눌렀다. 벨이 울리다가 끊긴 걸로 보아 안에서 두 사람의 얼굴을 확인한 것 같았다. 안에서 '저 인간들은 뭐야?' 하면서 짜증스러워할 여자의 표정이 상상되었다.

"잠시만요. 드릴 말씀이 있어서요. 잠깐만 시간을 좀 내주세요."

인터폰에 대고 말했지만 안에서는 응답이 없었다. 나형조가 앞으로 나서더니 현관문을 주먹으로 쾅쾅 두드렸다. 화들짝 놀란 김형래가 말렸지만 소용없었다. 이러다가 경비실에 신고가 들어갈지도 모른다. 경찰이라도 불렀다가는 큰일이 되고 만다. 김형래가 나형조의 팔에 매달렸을 때 다행히도 현관문이 빼꼼 열렸다. 역시나 아까처럼 체인이 걸려 있고 여자는 얼굴만 내보인 상태였다.

"무슨 일이신데요?"

여자가 짜증스럽게 말했다.

"아까 저희가 찾던 박수철 씨가 세입자였다고 하셨죠? 그럼 계약서에 그분 연락처가 남아 있지 않나요?"

"그거야 있겠지만 제가 알려드릴 수는 없죠. 개인정보보호 이런 거 모르세요?"

나형조가 김형래의 옆구리를 찌르며 앞으로 밀쳤다. '네 실력'을 뽐내보라는 이야기였다. 김형래는 최대한 진중한 표정을 지으며 말했다.

"사실 그 친구가 저희 후배입니다. 아버지랑 싸워 집을 나갔어요. 전화번호를 바꿨는지 저희랑은 연락도 안 되고요."

"그런데요?"

"그 친구 아버님이 말기 암이십니다. 살날이 얼마 안 남으셨어요. 아버님이 마지막으로 아들을 꼭 만나고 싶어하세요. 수철이 그 친구도 아버지의 병환은 꿈에도 모를 겁니다. 알려줘야만 해요. 부탁드립니다."

지금 한 말 중에 거짓말이라고는 박수철이 그들의 후배라는 사실뿐이었다. 나머지는 모두 진짜다. 진짜의 이야기 사이에 끼워넣은 하나의 거짓 정도는 티가 안 난다고 김형래는 믿고 있다. 아니, 가짜까지도 진짜로 만들 수 있다고 생각한다. 김형래는 정중히 허리를 숙였다. 뒤에서 나형조가 "흑" 하는 소리를 냈다. 나름 격한 감정을 표현하고 싶은 모양인데 발연기를 할 거면 차라리 가만히 있어줬으면 좋겠다.

여자의 얼굴에는 이제 경계심이 거의 사라져 있었다. 약간은 안타까워하는 마음도 얼핏 비쳤다. 그녀는 한 손을 뺨에 갖다대며 고개를 기울였다.

"그래서 저한테 뭘……"

"그 친구 전화번호를 알려달라고는 하지 않겠습니다. 그냥 그 친구한테 전화를 걸어주세요. 그리고……"

김형래는 1층에서 챙겨온 우편물을 꺼냈다.

"이걸 찾으러 오라고만 해주십시오."

"그냥 반송하라고 하면요?"

"그건 어쩔 수 없는 일이죠, 뭐. 더이상 무리한 부탁은 드리지 않겠습니다."

여자의 얼굴에 그늘이 드리웠다. 이런 부탁을 들어줘도 되나 고민하는 것이 분명하다. 선후배 사이라는 것은 거짓말이고 범죄에 이용당하는 걸지도 모른다고 생각할 수도 있다. 만약 진짜로 그렇게 생각해 일이 틀어진다면 다 나형조 때문이다. 아까부터 거칠게 행동하는 바람에 의심을 산 게 분명하다. 거절당한다면 김형래는 나형조의 궁둥이를 힘껏 걷어차주리라 생각했다. 그리고 모든 일에는 그에 맞는 톤 앤드 매너가 있음을 가르쳐줄 작정이다. 그러지 않으면 모처럼 마음먹은 대업 따위는 공중에 흩어져버리고 말 것이다.

여자는 쉽게 결정을 내리지 못하고 있었다. 그때 나형조가 김형래를 밀며 앞으로 나섰다. 김형래는 나형조가 또 일을 그르치는 것이 아닐까 싶어 말리려 했는데 순간 나형조가 주머니에서 뭔가를 홱 꺼냈다.

오만 원짜리 현금이었다. 대충 삼십만 원쯤 되는 것 같았다. 나형조가 허리를 구십 도로 숙였다.

"부탁드립니다."

그 부탁은 아주 잘 먹혔다. 여자는 어쩔 수 없다는 얼굴로 돈을 받아들고 안으로 들어갔다. 문은 닫았지만 곧 돌아오리라는 것을 알 수 있었다. 나형조가 당당하게 턱을 치켜들었다.

"착수금은 이렇게 쓰는 거라고."

"아, 예, 예."

대답을 하면서 김형래는 어쩌면 나형조 이 녀석은 배움이 빠른지도 모른다는 생각을 했다.

문 앞에서 기다린 지 칠 분쯤 지났을 때 여자가 문을 열었다. 이번에도 체인을 걸고 반쪽 얼굴만 밖으로 내보였다. 이

쫌 되니 여자의 나머지 반쪽 얼굴이 궁금해질 지경이다.

"내일 가지러 오신대요. 3시에."

"아, 다행이네요."

"그럼 전 이제 어떻게 하면 되죠?"

"오면 그냥 아까 그 우편물들을 들려 보내시면 됩니다. 나머지는 저희가 다 알아서 할게요."

"별문제 없는 거죠?"

김형래는 부드럽게 웃었다.

"당연하죠."

여자는 만족스러운 얼굴로 문을 닫고 들어갔다. 두 사람만이 아파트 복도에 남았다. 두 사람은 서로를 보았다. 아무래도 오늘밤은 이 근처에서 하루 묵어야 할 것 같았다.

5

아파트 단지를 벗어나 이정표를 따라 대학가 쪽으로 향하니 구석진 골목 안쪽으로 모텔들이 많이 보였다. 술집에서 나온 무리가 비틀거리며 옆을 지나갔다. 김형래는 몸을 살짝 비틀어 그들을 피하면서 인상을 구겼다.

"영감한테 받은 선수금 있잖아. 꼭 이런 데서 자야겠어? 남자 둘이?"

"아껴야지. 내일 아들을 찾을 수 있을지도 없을지도 모르는데 막 쓰면 되겠어?"

앞서가던 나형조가 걸음을 멈추지 않고 계속 나아가면서 대답했다. 그는 아마도 오늘밤 이 구역에서 가장 후지고 가장 싼 모텔을 찾을 모양인 듯했다.

"아까 그 아줌마가 말했잖아. 3시에 찾으러 온다고 했다고. 분명 그때 만날 텐데 무슨 걱정이야?"

"만나면 그만인가? 영감한테 데려다놔야 끝이지."

나형조는 김형래의 말을 들을 생각이 없는 것 같았다. 김형래는 불만스럽다는 듯 길가에 있던 작은 돌을 걷어차면서 뒤를 따랐다. 문득 이상한 생각이 들었다. 혹시 선수금으로 받은 돈을 나형조 혼자 꿀꺽하려는 건 아닐까 하는 생각. 내일 아침 잠에서 깨면 나형조가 사라지고 없는 건 아닐까. 나중에 받을 수 있을지 없을지 알 수 없는 돈보다 당장 손에 쥔 돈이 더 크게 느껴질 수도 있는 법이다. 게다가 나형조는 도둑놈이다. 제 버릇 개 못 준다는 건 그가 하는 말만 봐도 알 수 있었다. 그는 연신 '돈만 들고 튀자'거나 '실력을 행사하면 된다' 따위의 말을 해왔다. 오죽하면 나형조의 아내가 그를 신고했을까.

김형래가 그 사실을 안 것은 교도소 안에서였다. 나형조는 그때 이미 별을 네 개나 단 전과범이었다. 김형래와 친해진 뒤, 나형조는 그에게만 말했다. 자신을 신고한 것은 아내라고. 그래서 아내를 용서하지 못하겠다고.

"김형, 무슨 생각을 그렇게 해? 오늘은 여기서 잡시다."

갑작스레 들려온 나형조의 목소리에 김형래는 퍼뜩 정신을 차렸다. 나형조가 가리키는 쪽을 보니 자다가 무너진다 해도 이상하지 않을 정도로 낡은 건물이 서 있었다. 간판 불이 껌벅거렸다. 화려하게 보이려고 점멸등을 단 게 아니라 수명을 다한 것이 분명해 보였다. 간판을 단 이후로 단 한 번도 청소한 적이 없는 듯했다.

김형래는 주변을 둘러보았다. 다른 모텔들도 많았지만 이곳보다 더 낫다고 할 수 없는 지경이었다. 돈이 부족한 이들이나 찾아올 만한 모텔들이었다. 김형래는 두말없이 나형조의 뒤를 따랐다.

안으로 들어서자 1층에 작은 사무실이 보였고 복도 쪽으로 난 창문이 있었다. 거기서 돈을 받고 카드키를 주는 모양이었다. 창문 안쪽에서 갓 군대에서 제대했겠다 싶은 머리를 한 남자가 가느다란 눈으로 두 사람을 빠르게 훑었다.

"대실이요?"

"뭐라는 거야! 자고 갈 겁니다!"

김형래가 펄쩍 뛰며 소리를 질렀다. 상대방이 그러거나 말거나 남자는 무심한 얼굴로 카드키를 내밀면서 아무 일 아니라는 듯 말했다.

"그러세요. 칠만 원이요."

나형조가 옆구리에 끼고 있던 가죽 손가방에서 칠만 원을 꺼냈다. 얼핏 보니 안에 현금이 두둑하게 들어 있었다. 박청만에게서 받은 돈일 터다.

"우리는 오늘 일 때문에 여기서 묵고 갈……"

"됐으니까 빨리 올라와, 김형."

나형조는 아무렇지 않다는 듯 김형래의 어깨를 툭툭 치고는 오른쪽으로 난 계단을 올라가기 시작했다. 김형래는 계단을 오르는 나형조의 뒷모습과 대수롭지 않다는 듯 창문 안으로 사라진 남자를 번갈아 보며 답답함에 가슴을 쳤다. 하지만 더이상 설명하는 게 더 구차하다는 것 또한 알고 있다. 김형래는 잠자코 나형조의 뒤를 따랐다.

"김형 먼저 씻을래, 나 먼저 씻을까?"

카드키에 적힌 709호 문을 열며 나형조가 물었다. 김형래는 펄쩍 뛰며 자기도 모르게 제 앞섶을 쥐었다. 나형조는 어이가 없다는 얼굴로 물었다.

"그럼 하루종일 땀 흘리고 안 씻을 거야? 대체 뭔 생각을 하는 거야?"

고개를 절레절레 흔들며 나형조가 안으로 들어갔다. 카드키는 출입문 옆에 달린 홀더에 꽂았다. 실내에 흐릿하고 붉은 전등 불빛이 들어왔다. 김형래는 자신이 좀 예민했다고 생각하며 따라 들어갔다.

"씨, 씻어야지."

"김형 씻는 동안 나는 나가서 먹을 것 좀 사 올게. 근데 이 시간이면 있어봐야 편의점 음식일 것 같다. 괜찮지?"

"뭐, 상관없어."

나형조는 고개를 끄덕이더니 가죽 손가방을 옆구리에 끼고 팔자걸음으로 방을 나섰다. 저런 모습을 보면 도둑놈이 아니라 꼭 사채업자 같기도 하다. 나형조가 나가는 것을 확인한 김형래는 욕실로 들어갔다. 세면대에 놓인 일회용 칫솔 두 개는 서비스인 듯했고 샴푸와 린스, 보디 클렌저는 대용량으로 구비되어 있었다. 그는 옷을 홀홀 벗어 욕실 밖에 놓고 샤워기 아래에 섰다. 건물이 후진 것에 비해 따뜻한 물온 제대로 나왔다. 하루종일 흘린 땀을 씻어내고 손에 샴푸를 짜 거품을 내었다. 충분히 낸 거품을 머리에 칠하는 순간, 나형조가 이 방의 카드키를 가지고 나가지 않았다는 데 생각이 미쳤다. 자신이 씻는 동안 돌아오면 문을 열어줄 사람이 없는데도 말이다.

그건 단순한 실수였을까? 왠지 아니라는 생각이 들었다. 나형조는 교도소 안에서 '국산 뤼팽'이라는 별명으로 통했다. 본인 말로는 못 여는 문이 없다고 했고, 몸이 워낙에 빨라 경찰 눈앞에서도 도주가 가능하다고 했다. 마지막에 잡힌 것은 예상치 못한 아내의 신고 때문이지, 그 일만 없었다면 아마 매일같이 뉴스를 장식하는 대도가 됐을 거라고도 했다.

그렇다면 왜 카드키를 두고 나갔을까? 물론 나형조의 실력이라면 카드키 없이도 문쯤이야 열 수 있을 테지만, 정황상 답은 아니다. 돌아오지 않을 것이기 때문이다. 김형래는 나형조가 나가면서 돈이 든 손가방을 옆구리에 끼는 모습을 보았다. 그 돈을 가지고 도망간 것이라는 확신이 들었다. 그렇다면 이러고 있을 때가 아니었다. 그는 급하게 머리의 거품을 씻어내고는 아랫도리를 큰 수건으로 둘러싼 뒤 재빨리 밖으로 뛰어나갔다. 머리에서 떨어진 물이 바닥을 적셨지만 개의치 않았다. 그는 화장실 앞에 던져놓았던 바지를 재빨리 잡았다. 그러고는 다리 한쪽을 바지 안에 넣었다. 하지만 다리가 젖어 있어 청바지가 잘 올라가지 않았다. 그는 한쪽 다리로 중심을 잡으려 콩콩 뛰면서 바지를 힘주어 올렸다.

"이잇!"

온 힘을 모아 바지를 끌어올리려 했지만 역부족이었다. 균형을 잃은 그는 그대로 뒤로 넘어지고 말았다. 바닥에 고여 있던 물에 발이 미끄러진 탓이었다. 허리춤에 대충 묶어놓은 수건이 저멀리 떨어졌다. 쿵 소리가 날 정도로 세게 바닥에 머리를 찧었다. 하늘로 향한 두 다리가 절로 쩍 벌어졌다.

　―따리릭.

　순간 기계음이 들리며 문이 열렸다. 김형래는 그대로 굳어버렸다. 들어오던 나형조도 눈앞에 벌어진 참상에 차마 입을 다물지 못했다.

　"그, 그게……"

　"……알았으니까 그것부터 좀 가려줄래?"

　나형조는 얼른 문을 닫으며 김형래의 사타구니를 가리켰다. 김형래는 개구리처럼 바르작거리며 몸을 뒤집었다. 그런 다음 죄라도 지은 사람처럼 몸을 구부린 채 바지를 끌어올리려 애썼다. 그런 그의 앞에 흰 무언가가 던져졌다.

　"설마 노팬티로 잘 생각은 아니었지?"

　"서, 설마……"

　그런 생각이 아주 없지는 않았다고, 김형래는 차마 말할 수 없었다. 샤워를 마친 다음 입었던 팬티를 빨아 널고 마르면 내일 아침 입을 생각이었다. 교도소 안에서의 생활이 몸에 배어 그게 당연한 일이라고 생각했다.

　"한 침대에서 자야 하는데 노팬티는 예의가 많이 아니지."

　나형조가 혀를 츳츳 차며 안으로 들어왔다.

"뭐가 그렇게 급해서 브레이크댄스까지 추면서 옷을 입고 있었어?"

'네가 토꼈을 거라 의심해서'라고는 말할 수 없었다.

"생각해보니까 나형이 카드키를 안 들고 나간 것 같아서. 내가 문을 열어줘야 하잖아."

"뭔 소리야? 카드키 두 개잖아."

"엉?"

놀라 고개를 들고 봤더니 카드키가 정말 두 개였다. 하나는 출입구의 홀더에 하나는 나형조의 손에 들려 있었다.

"김형, 우리가 그동안 교도소에 갇혀 있기는 했지만 시류 파악 좀 빨리 하자. 요즘엔 카드키 두 개씩 줘. 한 사람이 카드키 들고 나가면 불도 다 꺼지니까 불편하지 말라고 두 개씩 준다고."

"그렇구나. 난 몰랐어."

아무래도 자신보다 조금 더 빨리 출소한 게 이런 데서 티가 나는 것 같다고, 김형래는 생각했다.

"그나저나."

나형조가 미간을 찌푸리며 말했다.

"빨리 팬티를 입든가 바지 지퍼를 마저 채우든가 할래?"

아직도 하반신을 그대로 노출하고 있다는 걸 깨닫지 못했던 김형래가 벌떡 일어서며 앞을 가렸다. 그러고는 팬티를 주워들고 침대 구석으로 향했다. 거기서 몸을 숨기고 꼬물거리며 팬티와 바지를 입었다. 그리고 나서야 나형조도 점퍼를 벗었다.

"나도 좀 씻을게. 편의점에서 이것저것 사 왔어. 먼저 먹고 있어도 돼."

"그래. 알았어, 나형."

김형래의 대답을 들으며 나형조는 욕실 안으로 들어갔다. 그는 당당하게 욕실 입구에서 옷을 홀렁홀렁 벗었다. 살짝 늘어진 배가 앞으로 꽤 튀어나와 있었다.

'자기는 마음대로 벗을 거면서 나를 노팬티라고 욕해?'

그런 생각이 들었지만 김형래는 아무 말도 하지 않았다. 그런 말을 해봐야 나형조는 '상황 자체가 다르다'는 식으로 반박할 것이 분명했다.

나형조가 욕실로 들어간 지 얼마 되지 않아 샤워기에서 물이 쏟아지는 소리가 들렸다. 그 소리를 들으며 김형래는 발소리를 죽여 나형조가 벗어놓은 옷 무덤으로 향했다. 그리고 손끝으로 조용히 옷을 하나하나 뒤지기 시작했다. 그러나 아무것도 나오지 않았다. 편의점 봉투 안에도, 침대 위에도 그가 찾는 것은 보이지 않았다.

돈 가방이 없었다. 노인이 준 선수금이 들어 있는 그 돈 가방이. 나형조가 편의점에 갔다오는 동안 잃어버렸을 리도 없었다. 김형래는 눈을 크게 부릅뜨며 화장실 쪽을 노려보았다.

'안에 가지고 들어갔어, 저 새끼!'

어차피 김형래만큼이나 나형조 역시 그를 믿지 않는다는 것이 명확해진 밤이었다.

나형조가 씻고 나온 뒤 두 사람은 침대 아래쪽 테이블에 마주보고 앉았다. 나형조가 욕실에까지 돈 가방을 가지고 들어간 것은 모르는 척했다. 김형래는 눈만 굴려 지금은 돈 가방이 침대 위에 있다는 것을 확인했다.

두 사람은 테이블 위에 나형조가 사온 음식들을 꺼냈다. 음식이라고 해봐야 대단한 것은 없었다. 편의점에서 파는 진공포장 족발과 컵라면 두 개, 맥주 두 캔, 그리고 감자칩 정도였다. 김형래는 요즘 편의점에서는 별의별 것 다 판다던데 사 온 게 고작 이것뿐인가 하는 생각도 순간 했지만, 왠지 진이 빠져서 입맛이랄 것도 없었다. 나형조가 컵라면에 물을 부어왔고 김형래는 맥주캔을 땄다.

둘은 맥주캔을 부딪치며 건배했다.

"우리 둘의 대업을 위하여!"

나형조의 건배사에 김형래는 어리둥절한 얼굴을 했다.

"이게 우리 대업이야?"

"아니지. 그렇지만 이거 끝나면 우리 대업을 이룰 거니까. 맞지?"

김형래는 후, 웃었다.

"그러네."

"갑자기 다른 일이 생겨서 우리 일이 살짝 뒤로 밀렸지만 알바라고 생각하자고. 일억. 이것도 나쁜 건 아니니까 말이야."

"알고 있어. 그나저나 말이야. 내일 그 영감 아들을 진짜 만날 수 있을까?"

"당연하지. 3시까지 오기로 약속했다잖아. 그 여자도 우리가 기다리고 있다는 걸 모르니까 아들놈이 낌새 챌 만한 소리는 안 했겠지."

"그럼 그, 아들을 만나 뭐라고 할 거야?"

자신의 아버지가 싫어 집을 나간 사람이다. 그 뒤로 연도 완전히 끊었다. 갑자기 얼굴도 모르는 사람들이 찾아가 '아버지가 당신을 찾고 있다'라고 말한다고 해서 '네!' 하고 좋다고 따라올 리도 없었다.

김형래의 물음에 나형조가 질기고 차가운 족발을 질겅질

경 씹으며 대답했다.

"그걸 왜 나한테 물어?"

"그럼 누구한테 물어?"

김형래가 반문하자 나형조가 슬쩍 웃음을 토해내더니 족발을 꿀꺽 삼키며 정면을 보았다.

"당연히 김형이 해야지. 말하는 건 김형 전문이잖아."

김형래가 얼른 대답했다.

"그, 그렇지."

그는 왠지 시선을 피하며 머리를 굴렸다.

"당신 아버지가 죽을병에 걸렸고, 마지막으로 당신과 당신 딸을 만나고 싶어한다. 그러니 꼭 우리와 함께 가자. 이렇게 말하면 되겠지?"

"김형, 일기 써?"

"응?"

"그건 그냥 사실을 있는 그대로 말하는 거잖아. 아버지 싫어서 연 끊고 나온 아들놈이 그 정도 설득에 움직이겠어? 김형, 은파시에서 알아주는 사기꾼이었다고 안 했어? 좀더 그럴듯한 거 없어? 아, 이 정도면 아버지를 꼭 만나야겠다! 싶을 만한 한 방 같은 거."

"죽을병 말고 더 큰 한 방이 있어?"

"늙은 아버지 혼자 버려두고 가는 것만 봐도 효자는 아니 잖아. 효자면 집을 나오지도 않았겠지. 그런 사람이었다면 그 독한 노인네가 우리한테 이런 일을 시켰겠어?"

"그럼 뭐라 해야 하나……"

김형래는 멍한 표정이 되었다. 나형조는 뭔가 답답하다는 듯 인상을 썼다가 바로 풀었다. 그는 마치 설득이라도 하는 사람처럼 김형래에게서 뭔가를 이끌어내고 싶은 듯 말했다.

"그럼 이건 제쳐두고 김형 얘기를 좀 해봐. 김형, 사기칠 때 어떤 식으로 쳤어?"

김형래가 갑자기 눈을 빠르게 깜박였다. 그러더니 모텔방 한구석으로 시선을 옮겼다. 먼 기억을 떠올리려는 게 아니라 시선을 피하고 있는 것이 분명했다. 나형조는 뭔가 이상하다 는 것을 직감했다. 슬슬 불안한 기운이 밀려왔다.

"김형, 투자 사기 크게 치다 들어왔다고 했잖아. 그중엔 쉽 지 않은 사람도 있었을 거잖아. 그런 사람들을 어떻게 끌어 들였냐고?"

"어려운 사람은 없었어. 나한테 어려운 사람은 없었다고."

여전히 시선은 피한 채였다.

"그러니까 뭐라고 했냐고!"

나형조의 언성이 조금 높아졌다. 조급해진 마음이 어투에

84

서 묻어났다.

"그게⋯⋯"

김형래가 맥주캔을 들어 꿀꺽꿀꺽 삼켰다. 그러고는 감자
칩 쪽으로 손을 뻗었다. 이상하게도 손끝이 파들거린다. 그
손을 나형조가 움켜잡았다. 김형래가 뻣뻣하게 굳었다.

"뭔가 이상하네. 김형, 사기꾼 맞아?"

김형래는 대답을 제대로 하지 못했다. 나형조가 고개를 갸
웃했다.

"아닌데. 내가 교도관한테도 확인했는데. 분명 사기로 들
어왔다고 했는데."

"사, 사기 맞아."

"근데 이 찝찝함은 뭐지? 김형, 하나만 묻자. 우리 같이 나
가서 대업을 이루자고 했는데, 김형은 뭘 할 작정이었어?"

"투자 사기라고 말했잖아."

"그러니까 어떤 투자 사기."

"소, 손 좀 놓고⋯⋯"

김형래가 손을 빼려 했다. 나형조는 그의 손을 더욱 강하
게 붙들었다. 나형조의 이마엔 누군가 줄을 긋기라도 한 것
처럼 깊은 주름이 잡혀 있었다.

"솔직히 말해. 너 뭐야?"

김형래는 침을 꿀꺽 삼켰다. 눈치 빠른 나형조에게는 더이상 어떤 거짓말도 통하지 않을 것이었다. 어차피 언젠가 한 번쯤은 얘기할 생각이었다. 그날이 생각보다 훨씬 일찍 다가온 것뿐이다. 이쯤에서 솔직히 말하고 도움을 받는 편이 좋을 듯했다.

　　"죄명은 사기가 맞아. 근데…… 돈 빌리고 안 갚아서 사기……"

　　나형조가 하, 헛웃음을 뱉었다.

　　"그러니까 전문 사기꾼이 아니라고?"

　　"교도소 안에서는 다들 어깨에 뽕 좀 넣으니까…… 나도 한 번쯤……"

　　"그럼 우리 대업은 어떻게 이루려고 했어?"

　　"내가 나형의 도움을 좀 받지."

　　나형조가 벌떡 일어섰다. 그러고는 김형래의 멱살을 움켜쥐었다. 김형래는 옴짝달싹 못 하고 나형조의 손에 대롱대롱 매달렸다. 나형조의 눈이 배신감으로 희번덕거렸다.

　　"이 사기꾼 새끼."

　　"그래, 나 사기꾼 맞다니까……"

　　"안 닥쳐!"

　　모텔의 709호는 그날 밤 아주 늦게까지 요란했다. 하지만 아무도 항의해오지 않았다. 모두 각자의 일에 몰두해 바빴기 때문이다.

6

다음날 아침 해장국집 테이블에 마주앉은 두 사람의 사이는 데면데면했다. 어제 김형래가 제대로 된 사기꾼, 그러니까 나형조가 바라는 수준의 사기꾼이 아닌 깃을 확인한 사건이 한몫했다. 둘의 눈은 시뻘겋게 충혈되어 있었다. 사실이 밝혀지면서 싸움을 했다거나 누구 하나가 우는 일까지 간 것은 아니었다. 나형조가 펄펄 뛴 것은 사실이지만 김형래는 거의 묵묵부답, '쏟아내는 대로 당해주겠다'는 식이었기 때문에 큰 싸움은 벌어지지 않았다. 한참을 날뛰던 나형조는 그런 김형래를 보고는 모든 것이 물거품 된 게 아닐까 걱정하는 동시에 이미 지난 일이니 접신한 것처럼 혼자 날뛰어봐야 소용없다는 것을 깨닫고 그만 잠자리에 들기로 했다.

그런데 그때부터 들려온 소음들이 두 사람을 잠 못 들게 했다. 처음에는 머리맡 쪽에서 들려왔다.

—하아, 으응.

—좋아? 좋아?

두 사람은 거의 동시에 헛기침을 내뱉으며 서로 등지고 누웠다. 머리맡 쪽 커플의 일이 어느 정도 끝나자 이번에는 발아래 쪽 방에서 비슷한 소리가 들려왔고, 어찌어찌 눈을 붙여보려는 순간 다시 머리맡에서 쿵쿵 소리가 들려왔다. 그런 소리는 거의 두 시간 간격으로 이어졌다. 두 사람은 밤새 대실의 위엄을 몸소 체험했다.

"내가 이력을 좀 뻥튀기했던 건 인정할게. 그런데 나 진짜로 결심했어. 어떤 사기든 칠 수 있어. 나형이 도와준다면."

"아주 사기치러 간다고 광고를 하지그래."

김형래의 말에 나형조가 몸을 앞으로 숙이며 속닥였다. 김형래는 위아래 입술을 입안으로 말아 앙다물었다. 그러는 사이 주방 안쪽에서 남자 직원이 해장국을 내왔다. 뜨끈하게 피어오르는 김과 뻘건 국물을 보니 입맛이 절로 살아났다.

두 남자는 한동안 말없이 해장국을 퍼먹었다.

"근데 그 아들 말이야. 오늘 오긴 올까?"

"안 올 이유가 없지. 제 입으로 오겠다고 했다잖아. 억지로 오란 것도 아니고 그냥 우편물 정도 가지고 가란 말이었으니까. 걱정하지 마. 올 거야."

"오면 어떻게 말할 거야? 만약에 가기 싫다고 하면?"

음, 하고 나형조가 잠시 생각했다.

"일단 닥치는 대로 해봐야지. 어떻게 될지는 잘 모르겠어. 일단 확실한 건 김형한테는 아무 생각도 없다는 거야."

핀잔을 주듯 나형조가 말했다. 김형래는 혀를 살짝 내밀고 조금은 장난스럽게 웃었다. 나형조가 인상을 구겼다.

"웃지 마. 내 대업을 망친 주제에 어디서 애교질이야! 이번 일만 끝나고 김형과 같이 할 건지 말 건지 따로 생각해볼 거라고."

"나는 확고해."

"뭐가?"

"나형과 함께할 거라는 생각."

"누구 맘대로."

"안 그러면 신고한다?"

"허. 이 진드기 같은 놈."

나형조는 머리를 감싸며 두통으로 앓는 듯한 제스처를 했고 김형래는 다시 낄낄거리며 웃었다.

그날 점심을 먹고 2시가 되기까지 두 사람은 시내를 돌아다니며 지루한 시간을 보냈다. 모텔에서 1박만 한 건 일이 어떻게 될지 몰라서이기도 했지만, 이제 다시 그 방으로 돌아가고 싶지 않았다. 게다가 오늘은 토요일, 낮부터 대실하러 들어오는 커플들이 많을 거라는 생각이 들었다. 차라리 혼자라면 몰라도 남자와 둘이서 다시 그 소리를 듣고 싶지는 않다는 것이 김형래와 나형조의 공통된 생각이었다.

2시가 조금 넘어서자 둘은 슬슬 걸어 어제의 아파트로 향하기 시작했다. 3시라고는 했지만 정확히 그 시간에 박수철이 온다는 확신은 없었다. 약속을 해도 사람에 따라 일찍 오기도 하고 늦게 오기도 한다. 만약 3시에 딱 맞춰 도착했는데 박수철이 벌써 우편물을 들고 돌아갔다고 하면 큰 낭패다.

두 사람은 2시 35분, 아파트에 도착했다. 다행히 동 입구에서 멀지 않은 곳에 정자가 있었다. 거기에서 박수철을 기다리기로 했다. 박청만이 준 사진이 있으니 알아보기 어렵지 않을 것이다. 둘은 혼자 들어가는 사람들 중 남자를 유의하며 보기로 했다.

나형조는 초조함에 담배를 태웠다. 김형래는 역시 담배를 피우지 않았다. 날아오는 나형조의 담배 연기가 불쾌한 듯이 손을 이리저리 내휘둘렀다. 나형조는 개의치 않았다. 김형래가 한마디라도 하면 자신을 속였으니 무슨 짓을 해도 찍소리하지 않고 있어야 할 것이라고 을러댈 생각이었다. 나형조의 생각을 알아서인지 김형래도 손만 파닥일 뿐 별다른 말을 하지는 않았다.

박수철은 생각보다 시간관념이 확실한 남자인 것 같았다. 2시 58분, 파란색 셔츠에 면바지 차림을 한 남자가 동 안으로 들어갔다. 떨어진 곳에서 보긴 했지만 박수철이 확실해 보였다. 김형래가 남자의 뒤를 따르려 벤치에서 벌떡 일어섰다.

나형조가 김형래의 어깨를 턱 잡았다.

"어딜 가?"

김형래가 돌아보았다.

"따라 올라가서 바로 만나야지."

"얘가 이렇게 예의가 없네. 그럼 우편물 가지러 오라고 전화한 아줌마가 곤란해지잖아. 생각이 없냐?"

김형래는 눈을 깜박이며 잠시 생각했다. 나형조의 말도 옳다. 자신들이 딱 맞춰 나타나면 아줌마가 박수철을 거짓말로 불러냈다는 게 들통나고 만다. 맞는 말이다. 그건 알겠는데, 조금 전 나형조의 말에서 찜찜한 한마디가 귀에 거슬렸다.

"'얘가'라고? 나형, 언제부터 나한테 얘, 쟤 했어?"

"나형, 김형 한 건 이름 앞 글자 부르다보니 그렇게 됐고, 어차피 동갑인데 뭘 그래?"

말하던 나형조의 얼굴이 순식간에 일그러졌다.

"설마 동갑이라던 것도 거짓말이야?"

"그건 아니야!"

"하여간 앞으로 거짓말만 해봐. 내가 어떻게 혼쭐을 내주는지 보라고."

"알았다고. 근데 거짓말을 못 하면 사기도 못 치는데 그건 어떻게 하라……"

"쉿! 나온다!"

나형조가 몸을 숙였다. 김형래도 어쩔 줄 몰라 하다가 나형조의 뒤에 자신의 몸을 숨겼다. 둘의 눈빛이 향한 곳에서 아까 올라갔던 파란 셔츠의 남자가 나오는 것이 보였다. 한쪽 손에는 우편물 몇 개를 들고 있다. 얼굴도 확인하긴 했지만 박수철이 확실하다.

나형조의 뒤에 숨어 있던 김형래가 재빨리 앞으로 튀어나가려 했다. 나형조가 김형래의 뒷덜미를 잡아채지 않았다면 분명 그랬을 것이다. 김형래는 뒷덜미를 잡힌 채로 물었다.

"왜?"

"바보냐? 여기서 말 걸었다가 제 아비 싫다고 그냥 가버려서 놓치면 어쩌라고? 집이 어딘지 확인해야 할 것 아냐?"

"아."

"아, 같은 소리 하고 있네."

나형조가 복장이 터진다는 듯 가슴을 쾅쾅 쳤다. 그러고는 발소리를 죽인 채로 멀리서부터 슬쩍 남자의 뒤를 밟았다. 김형래도 나형조의 뒤에 붙어 살살 걸었다. 나형조가 돌아보며 핀잔을 줬다.

"이러는 게 더 의심스러워."

"아, 그래?"

김형래는 허리를 쭉 펴고 나형조의 옆에 와서 서고는 나형조의 팔짱을 꼈다. 나형조는 질색을 하며 그 팔을 뿌리쳤다.

"미쳤어?"

"그럼 뭐가 자연스러워?"

"입 처닫고 그냥 가라. 응?"

김형래가 입술을 앙다문 채 조용히 옆에서 걸었다. 불만으로 양볼을 부풀리고 있었지만 이제야 조금 자연스러워진 것 같다. 나형조는 박수철을 놓치지 않기 위해 앞을 계속 주시했다.

박수철은 특별히 빠르지도 느리지도 않게 걸었다. 혹시 이사한 곳이 여기에서 가까운 어디가 아닐까 싶었지만 그가 걸음을 멈춘 곳은 택시 정류장이었다. 다행히 택시 여러 대가 줄을 지어 서 있었다. 나형조는 김형래의 걸음을 재촉해 재빨리 택시 정류장으로 따라붙었다. 그리고 박수철이 탄 바로 뒤의 택시에 올랐다.

"저 앞차 따라가 주세요."

"어허, 무슨 일이 있으신가봅니다."

택시 기사가 느물거리며 시동을 걸었다. 앞선 택시를 따라가고 있기는 하지만 여유로운 태도다. 나형조는 옆구리에 끼고 있던 가죽 손가방에서 오만 원짜리 지폐 넉 장을 꺼내 택시 기사에게 내밀었다. 택시 기사는 곁눈질로 슬쩍 돈을 보더니 운전대를 잡지 않은 손으로 돈을 받았다. 동시에 액셀을 밟았다. 차는 시원하게 질주해 박수철이 탄 택시 뒤에 바짝 붙었다.

"돈을 은근히 나형 마음대로 쓴다?"

김형래가 택시 기사에게는 들리지 않게 목소리를 낮추어 말했다. 나형조가 이를 악물고 대답했다.

"내가 쓰고 싶어 쓰니? 진행비 몰라?"

"나도 진행비 좀 써보자. 반 줘봐."

"회사에서 경리 두 명 있다고 돈 반반 나눠주는 거 봤어? 이건 공금이야. 나 혼자 따로 어디 안 써. 걱정 말고 조용히 좀 가자."

나형조가 핀잔을 주었다. 김형래는 핏, 하고는 더이상 말하지 않고 창밖을 보았다.

박수철이 탄 택시가 멈춰 선 것은 택시의 미터기에 표시된 요금이 만 팔천 원을 넘었을 때였다. 나형조는 택시 기사에게 앞차를 조금 지나쳐서 세워달라고 말했다. 택시가 서자 두 사람은 차에서 내렸다. 박수철은 어느 아파트의 103동 안으로 들어갔다. 두 사람은 재빨리 그 뒤를 따르면서 아파트 단지를 훑어보았다.

이게 정말 아파트가 맞을까? 싶은 곳이었다. 층도 고작 다섯 개였고, 창들이 다닥다닥 붙어 있었다. 외벽은 균열이 심했고 도색조차 하지 않은 지 오래된 듯했다. 단지 안은 관리자가 있긴 한 걸까 싶을 정도로 관리된 흔적이 보이지 않았다. 안으로 들어가자 엘리베이터도 없다는 것을 알 수 있었다.

두 사람은 발소리를 죽이고 계단을 오르기 시작했다. 위에서는 계속 발소리가 들려오고 있었다. 3층까지 도착했을 때 김형래는 피를 토할 것처럼 거세게 숨을 몰아쉬었다. 나형조 역시 설마 5층은 아니겠지, 했는데 4층을 지나서도 박수철의 모습이 보이지 않았다. 그렇다면 5층이다. 박수철이 집안으로 들어가기 전에 잡아야 했다.

"빨리 올라와!"

나형조가 조금 뒤처진 김형래에게 소리친 후 계단을 달려 올라가기 시작했다. 다행히 박수철은 5층에서 집안으로 들어가지 않고 계단 아래쪽을 내려다보고 있었다. 큰 소리가 나니 뭔가 이상했던 모양이다. 그때 나형조가 모습을 드러냈고, 심지어 자신에게 달려오는 것 같자 박수철이 눈을 휘둥그렇게 떴다.

"박수철씨?"

박수철은 나형조가 자신의 이름을 안다는 사실에 놀란 것 같았다.

"그런데…… 무슨 일이시죠?"

박수철은 시선을 슬쩍 아래쪽으로 내렸다. 뭘 보나 싶어 나형조도 그의 시선을 따라 고개를 돌렸다. 한 층 아래 계단에서부터 김형래가 네발로 기어올라오고 있었다. 나형조는 그 순간 진심으로 왜 저 인간과 교도소 안에서 그렇게 친하게 지냈는지, 어째서 저런 놈이 떠벌리던 허풍을 다 믿어줬는지 후회했다.

"박청만씨가 아버님 맞으시죠?"

박청만의 이름이 나오자 박수철이 순간 이마를 찌푸렸다. 그는 완연히 경계하는 기색을 보였다. 그사이 김형래가 겨우

5층까지 올라와 내장이라도 토해낼 듯 헉헉대고 있었지만 두 사람 모두 그를 신경쓰지는 않았다.

"맞긴 맞는데…… 누구세요?"

"아버님이 보내셔서 왔습니다. 잠깐 대화 좀 나누시죠."

박수철의 눈이 날카로워졌다. 그는 잠깐 생각하더니 아랫 입술을 슬쩍 깨물었다.

"할말 없습니다. 돌아가세요."

박수철은 몸을 돌리고 서서 현관문 비밀번호를 눌렀다. 도 어록이 열리는 전자음이 들리자 문을 아주 조금만 열고 안으 로 들어갔다. 닫히려는 문을 나형조가 잡았다.

"잠깐이면 됩니다. 꼭 들으셔야 하는 얘깁니다."

"필요 없다고요!"

"잠깐……"

박수철은 완강했다. 나형조를 밀어내고 문을 닫으려 했다. 문을 잡은 나형조의 손이 미끄러지는 순간, 뒤에서 튀어나온 김형래의 손이 문틈을 파고들었다. 박수철과 나형조가 놀라 서 그쪽을 보았다.

"물…… 물 한 잔만 주세요……"

어디선가 피 냄새가 올라오는 것도 같았다.

기대도 안 했던 김형래의 활약에 다행히 두 사람은 박수철의 집 거실에 입성할 수 있었다. 박수철이 물을 가지러 간 사이 나형조는 앉은 자리에서 볼 수 있는 집안 곳곳을 모두 확인했다. 집안 살림을 보면 대충 그 사람의 경제력이 나온다. 딱히 잘사는 것 같지는 않았다. 굳이 말하자면 이 집은 도둑도 안 들 집이다. 어쩌면 이 아파트 전체가 도난 걱정은 안 해도 될지도 모른다.

집은 이십 평도 채 되지 않는 것 같았다. 주방과 거실은 트여 있었다. 문 개수를 보면 방은 두 개뿐인 것 같았다. 박수철이 냉장고 문을 열어 생수통을 꺼내든 주방에는 이인용 식탁이 놓여 있었고, 싱크대 위는 깨끗했다. 잘 관리된 모습이라기보다는 평소에 요리를 하지 않는 것 같았다. 좁디좁은 거실에 텔레비전은 없고 조악하게 조립된 책상 하나와 컴퓨터가 있었다. 소파도 테이블도 없는 집이었다. 방은 보나 마나 살풍경할 것 같았다. 그런 풍경에서 나형조는 위화감을 느꼈다. 뭔가 마음에 걸리는데 그게 뭔지 알 수가 없었다.

"물만 마시고 돌아가주세요."

그 소리에 문득 정신을 차린 나형조는 다가오는 박수철에게로 고개를 돌렸다. 그는 쟁반도 없이 컵 두 개를 양손에 들고 다가왔다. 김형래에게는 물론이지만, 나형조의 컵에도 물이 들어 있었다. 이 집에는 대접이라고 해줄 만한 것이 물밖에 없는 것 같았다.

"감사합니다."

"캬아, 살 것 같다!"

김형래가 큰 소리를 냈다. 나형조가 인상을 쓰며 그를 노려보았다. 김형래가 나형조에게만 보이도록 짧게 윙크했다. 그 순간 나형조는 알 수 있었다. 이 집에 들어오기 위해 김형래가 일부러 수를 쓴 것이라는 걸. 비록 가짜이긴 하지만 김형래에게는 사기꾼의 피가 흐르고 있을지도 모르겠다고 나형조는 잠깐 생각했다.

"잠시 이야기만 들어주세요. 그러고 나서 내보내셔도 늦지 않습니다."

박수철은 고민하는 것 같았다. 잠시 두 사람을 번갈아 보더니 자리에 털썩 앉았다. 아무래도 두 사람이 쉽게 나갈 것 같지는 않다는 판단이 선 모양이다.

"빨리 말씀하시고 돌아가주세요."

"예."

나형조가 자세를 고쳐 앉으며 대답했다.

"아까도 말했지만 저희는 아버님께서 보내셔서 박수철씨를 만나러 왔습니다."

"아버님께서 수철씨를 만나고 싶어하세요."

박수철이 고개를 반대쪽으로 홱 돌렸다.

"저는 아버지와 인연을 끊은 지 칠 년이나 됐습니다. 아버지를 만날 생각은 없어요. 여태껏 가만히 있다가 사람을 시켜서 날 찾다니, 아버지답지 않네요. 알았으면 이만 돌아가주세요."

"아버님께서는 곧 돌아가실 겁니다."

일어나려는 박수철을 털썩 주저앉게 만든 것은 김형래의 말이었다. 박수철은 생각지 못한 말에 놀란 듯했다. 좀 천천히 말하려고 했지만 이것도 나쁘지 않은 것 같다고 판단한 나형조가 기회는 이때다 싶어 말을 덧붙였다.

"간암 말기세요. 더이상 치료도 불가능하다고 합니다. 돌아가시기 전에 꼭 아드님을 만나고 싶어하세요."

박수철은 시선을 바닥에 둔 채 고집스럽게 말했다.

"저는 안 갑니다."

"박수철씨."

"헛수고 말고 돌아가세요."

그는 잠깐 말을 멈췄다가 폭발하듯 소리쳤다.

"죽을 거면 그냥 죽지 날 뭐 하러 찾는답니까? 죽을 마당에 죄지은 거 용서받고 천국에라도 가려고 한답니까? 저는 안 갑니다. 독거노인으로 죽어 시신 거둘 사람이 없대도 나는 안 갈 거라고요!"

"아니 무슨 말을 그렇게……"

"우리 아버지가 나한테 무슨 짓을 저질렀는지 당신들이 압니까?"

7

박수철이 이혼 후 아버지의 집에 들어간 것은 칠 년 전이었다. 이혼 당시 재산이 하나도 없던 것은 위자료로 전처에게 모두 빼앗긴 탓이 아니었다. 오히려 위자료는 바람을 핀 전처가 줘야 했다. 그러나 한푼도 없다며 버티는 그녀와의 지난한 소송은 말 그대로 소모적인 다툼이었다. 아내는 결혼 기간 내내 그를 속였다. 기술도, 공부 머리도 없는 그가 오로지 갓 태어난 딸과 아내를 먹여 살리기 위해 공사장에서 몸을 굴려 번 돈을 그의 아내는 아낌없이 써댔다. 모으고 있다며 가짜 가계부로 그를 속였고, 전세인 줄 알았던 집조차 보증금은 놀랄 만큼 적고 세는 놀랄 만큼 많은 월셋집이었다.

그래서 이혼할 때 그는 놀랄 만큼 적은 보증금만 손에 쥘 수 있었다. 하지만 그들의 이혼 원인은 단지 금전 문제 때문은 아니었다. 아내는 결혼생활 내내 외도를 했다. 적다면 적고 많다면 많은 그의 월급을 아내는 자신의 남자친구와 함께 아낌없이 쓰고 다녔다. 나중에 알고보니 아내의 애인은 실업자 상태였다. 딸과 아내, 두 사람을 먹여 살리고 있는 줄 알았는데 사실은 세 사람을 먹여 살리고 있었던 것이다.

그 모든 것을 박수철은 '그날' 이후 알게 되었다. '그날' '그 일'만 없었다면 박수철은 아직까지도 아무것도 모르는 멍청이처럼 세 사람을 먹이고 입히고 있었을지 모른다.

'그날'은 박수철이 공사장에서 팔을 다친 날이었다. 아파트 공사 현장에서 일하던 그의 그날 임무는 나무 지게에 벽돌을 지고 옮기는 일이었다. 그런데 작업반장의 눈치에 나무 지게 한가득 벽돌을 얹고 계단을 오르다 그만 발이 미끄러지고 말았다. 차라리 그대로 굴렀으면 덜 다쳤을지 모른다. 박수철은 순간적으로 계단의 난간을 붙잡고 말았다. 등에 진 벽돌 때문에 뒤로 구르는 힘이 컸다. 엄청난 격통이 어깨에 몰아쳤다. 구급차를 타고 병원에 실려가 사진을 찍었더니 팔이 빠졌다고 했다. 엄청난 고통을 이기며 그는 팔을 집어넣는 치료를 받았고, 어깨에 깁스를 하고 났더니 온몸은 땀에

젖어 있었다.

그래서였다. 그가 평소보다 일찍 귀가한 것은.

엘리베이터에서 내려 집 앞에 섰을 때부터 밖으로 새어나오는 딸의 울음소리가 들렸다. 분명 아내가 진땀을 흘리며 아이를 안고 어르고 있으리라 생각했다. 그는 아내 대신 아이를 안아주지도 못할 이 상황에 벌써부터 미안함을 느끼며 비밀번호를 누르고 현관문을 열었다.

예상외로 거실엔 아무도 없었다.

닫힌 딸의 방문과 똑같이 닫혀 있는 안방 문만 그의 눈에 들어왔다. 딸의 울음소리 이외엔 어떤 소리도 들려오지 않았지만, 그는 무언가에 홀린 듯 곧장 안방으로 걸어갔다. 문을 벌컥 열어젖히자 그가 고심해서 고른 침대 위에 두 짐승이 얽혀 있었다. 짐승들은 잠깐 동안 자신들에게 무슨 일이 일어났는지도 모르고 행위에 빠져 있었고, 문이 열렸다는 사실을 깨닫고 떨어졌을 땐 이미 모든 것을 보이고 난 뒤였다.

딸이 울든지 말든지, 무슨 일이 있는지 들여다보기보단 본능을 택한 짐승만도 못한 여자와 이혼하는 데는 얼마 걸리지 않았다. 하지만 그의 금전적 손해와 심적 타격을 복구하는 데는 얼마나 걸릴지 기약도 없었다.

처음에는 아버지의 집에 들어갈 생각이 없었다. 놀랄 만큼 적은 보증금으로 전에 살던 집보다 훨씬 작은 반지하 원룸을 구했다. 거기서 딸을 키우며 살 생각이었다. 하지만 생활은 생각보다 녹록지 않았다. 일을 갈 때는 돌도 지나지 않은 딸을 어린이집에 맡겨놓아야 했는데 그 비용도 만만치 않았다. 게다가 그해 여름은 관측 사상 최고로 긴 장마가 이어졌다. 당연히 일당제로 일을 하는 그의 수입이 넉넉할 리 없었다. 아이에게 들어가는 돈도 돈이었다. 그는 아기의 기저귀와 분윳값이 그렇게 비싼지 태어나서 처음으로 알았다. 의지할 곳이 필요했다. 그래서 아버지를 찾아갔다.

처음부터 아버지를 찾지 않은 이유는 바로 그의 학창시절에 있었다. 아버지는 매일같이 술을 마셨고 걸핏하면 엄마를 때렸다. 학교에서 돌아온 그가 신발도 신지 못하고 도망 나온 엄마와 마주하는 일은 비일비재했다. 무슨 일이냐고 물어도 엄마는 대답하지 못했다. 아니, 대답하지 못한 것이 아니었다. 이유 없는 폭행이기 때문이었다.

그렇다고 아버지가 경제적 부양을 제대로 한 것도 아니었다. 술에 절어 살았으니 어디선가 일을 줄 리도 없었다. 아버지는 가끔 정신이 들면 아는 친구가 운영하는 이삿짐센터에서 날일을 했다. 하루 벌어 며칠을 먹는 삶. 가끔 그런 아버지를 자신이 닮아버렸을지도 모른다는 생각이 들었다.

엄마는 결국 집을 나갔다. 그에게 인사도 없이 떠났다. 박수철은 엄마 역시 원망했다. 그런 아버지에게 자신을 홀로 남겨놓은 것은 배신이라고 생각했다. 성인이 되어 그도 엄마처럼 편지 한 장 남겨놓지 않고 집을 나갈 때, 아버지를 혼자 남겨놓는다는 죄책감 따위는 조금도 없었다. 다시는 집에 돌아가지 않으리라고 결심했다.

그 결심을 깬 것은 삶의 무게 때문이었다. 갓난아이를 혼자 돌보며 일하기는 쉽지 않았다. 어디에 있는지 알 수도 없는 어머니보다 사는 곳을 아는 아버지가 먼저 떠오른 것은 당연한 일이었다. 그는 아이를 안고 집으로 향했다. 아버지는 여전히 같은 곳에 살고 있었다. 떠난 아내와 아들을 기다려서라고는 생각되지 않았다. 어차피 이사할 돈 같은 건 없는 사람이었다.

집안에는 여전히 여기저기 술병이 굴러다녔다. 예전과 다르지 않은 삶 같았다. 일정한 직업도 없어 보였다. 의지할 데라곤 여기밖에 없다는 사실이 서러웠다. 그래도 아버지는 예상외로 별달리 질책하지 않고 그와 아이를 받아주었다. 사실 집으로 오면서 아버지가 난리를 피우지는 않을까 걱정했다. 아버지를 버리듯 떠나놓고 어려우니 찾아오느냐며 언성을 높일 것까지 각오했었다. 그러나 아버지는 술병을 들어 한 모금 꿀꺽 삼키더니 "잘 왔다"고 말해주었다.

그길로 아버지와의 동거생활이 시작되었다. 그다지 나쁘지도 그렇다고 좋지도 않았다. 음식은 박수철이 해야 했고, 딸의 분유를 먹이는 것도 우는 아이를 달래는 것도 모두 박수철의 몫이었다. 아버지는 손녀의 양육을 함께해줄 생각이 없는 듯했다.

그래도 월세가 들지 않는 일정한 주거지가 있었다. 아이를 집에 두고 출근해도 봐줄 아버지가 있었다. 아무리 술을 마신다고 해도 아들이 없을 때는 손녀의 분유를 타 입에 물려주었다. 딸이 울 때 달래주는지 어쩌는지는 알 길이 없었지만 퇴근 후 허겁지겁 집에 들어가지 않아도 되었다. 이따금 딸이 복숭아 같은 뺨을 밀어올리며 웃어줄 때는 행복하기도 했다.

문제는 그 행복이 오래가지 않았다는 데 있었다. 아이들이 크면서 한 번은 꼭 그렇듯이 딸에게도 열병이 찾아왔다. 열이 삼십구 도를 넘자 응급실을 다녀왔지만 해열제를 맞은 직후에만 잠시 열이 내릴 뿐, 집에 돌아오기 무섭게 다시 열이 아이를 덮쳤다. 딸은 밤새도록 울었고, 아버지는 시끄럽다고 소리를 쳤다.

아침이 밝을 때쯤에야 열이 잡혔다. 딸아이가 걱정되었지만 출근을 안 할 수는 없었다. 회사에서 운영비를 줄이려고 일용직 노동자들의 수를 줄일 거라는 소문이 돌았기 때문이었다. 다행히 그에게는 아버지가 있었다. 아버지에게 딸을 맡기고 출근했다.

하지만 일이 손에 잡힐 리 없었다. 딸이 다시 열이 오른다면 아버지가 병원에 데리고 가줄지 의문이 들었다. 또 술에 절어 잠에 빠져 있지는 않을까 생각했다. 결국 걱정이 되어 사정을 말하고 조퇴했다.

집에 도착해 현관문을 열었다. 아이의 울음소리는 없었지만 안방 쪽에서 묘한 소리가 났다. 삐거덕거리는 침대 소리와 남녀의 웃음소리, 이어지는 신음. 현관 앞에는 어지러이 벗어진 아버지의 낡은 구두와 누군지 모를 여자의 하이힐이 아무렇게나 놓여 있었다.

트라우마처럼 아내의 일이 생각났다. 눈이 획 돌았다. 신발을 신은 채로 거실에 올랐다. 딸의 방을 열었다. 이마 근처에 손만 가져가도 후끈한 기운이 느껴질 정도로 아이의 열이 올라 있었다. 아이는 열이 너무 심해 울지도 못한 채 축 늘어진 채였다. 그러는 사이에도 안방에서는 계속 짐승들의 소리가 들려왔다.

평소 아버지가 어떤 생활을 해왔는지 눈앞에 훤히 보였다.

이 꼴을 보자고 이 집에 왔나. 박수철은 아이를 들쳐업었다. 들어올 때 가지고 왔던 가방에 아이 용품들과 몇 벌의 옷을 챙겨 들고 그길로 집을 나왔다. 두 번 다시 아버지를 보지 않으리라고 결심한 것도 당연하다.

"이래도 내가 아버지를 용서해야겠습니까? 그날 빨리 병원에 가지 않았으면 내 딸, 잘못됐을지도 모른다는 이야기까지 들었습니다. 절대 용서할 생각 없어요."

"용서하라는 게 아닙니다. 얼굴만 한 번 보여드리라는 건데…… 마지막까지 아들 한 번 못 보고 돌아가시면 너무 불쌍하지 않습니까?"

긴 이야기가 끝나자 김형래는 다시 한번 박수철을 설득했다. 솔직히 나형조는 박수철의 마음도 이해가 갔다. 열이 들끓는 손녀를 옆방에 두고 그런 짓이나 하고 있다니. 자신이 박수철이라도 절대 다시 보지 않을 것이다. 김형래의 불쌍하지 않으냐는 말에 나형조가 먼저 '그게 뭐가 불쌍하냐!'고 소리칠 뻔했다.

"죽을병에 걸렸다고요? 그래도 소용없습니다. 절대 보지 않을 거라고요!"

"아버지에게 그날 일에 대해 물어보신 적이 있습니까? 혹시 오해가 있었을지 모르잖아요."

오해는 무슨 오해. 삐걱삐걱에 아하, 으흥 하는 신음소리면 끝난 얘기 아닌가. 두 사람이 지난밤에 모텔에서 들은 바로 그 소리처럼 말이다. 나형조는 거들지 않았다.

"오해요? 무슨 오해요? 아버지가 그 짓을 하면서도 내 딸이 아픈지 안 아픈지 걱정하긴 했다, 그런 변명이라도 들으라는 건가요? 소용없습니다. 더이상 이야기하고 싶지 않아요. 이만 돌아가주세요."

박수철은 벌떡 일어섰다. 두 사람도 어쩔 수 없이 그를 따라 일어섰다. 박수철이 두 사람을 밀치기 시작했다.

"나가달라고요! 나는 그날 일을 떠올리기만 해도 역겹단 말입니다."

"그래도 아버지 말씀을 한번……"

김형래는 끈질겼다. 나형조는 미는 대로 그냥 밀렸다. 박수철의 마음을 이해하니 여기서 포기하겠다고 생각한 건 아니었다. 지금은 무슨 말을 해도 안 들을 것이 분명하니 일단여기서 나간 다음 다시 계획을 짜 정비해 돌아오는 것이 나았다. 나형조는 김형래의 팔을 잡아끌었다.

"그만 나가자."

"잠깐만, 그래도 할말이……"

"나가자고! 죄송했습니다."

나형조는 고개를 꾸벅 숙이고는 김형래를 끌고 밖으로 나왔다. 두 사람이 나와 현관문을 닫을 때까지 박수철은 양손을 허리에 올리고 거실에 서서 두 사람을 노려보았다. 생각하고 싶지도 않은 일을 입에 올리게 만든 두 사람을 아버지 박청만 대신 원망하기라도 하는 것 같았다.

"뭐하는 거야! 여기서 그만두면 어떻게 해. 더 설득해봐야지!"

문이 닫히기 무섭게 김형래가 나형조의 팔을 뿌리치며 화를 냈다. 나형조는 고개를 가볍게 저으며 눈을 천천히 감았다 떴다.

"김형, 설득은 막무가내로 붙어서 억지를 쓴다고 되는 게 아니야. 김형 가짜 사기꾼 맞긴 맞네. 이런 데서 티가 나. 내가 왜 몰랐는지 모르겠네."

"억지를 쓰자는 게 아니야. 더 할말이 있었다고."

"나도 포기하자는 게 아니야. 화가 가라앉은 다음 다시 얘기를 해볼 거라고."

화를 내던 김형래의 눈에 빛이 돌았다.

"무슨 방법이 있구나?"

"내가 방법도 없이 움직인 적은 없어."

"근데 왜 지금 말하지 않고?"

"박수철도 사람이야. 그걸 지금 말한다고 냉큼 아버지한테 달려가지는 않을 거야. 하지만 조금 진정된 다음에 얘기해주면……"

"그러면?"

나형조는 히죽 웃었다.

"냉큼 돌아갈걸?"

"그게 뭔데?"

"김형도 나중에 들어. 그리고 좀 배워."

비싸게도 군다. 그런 말이 입 밖으로 툭 튀어나올 뻔했다. 김형래는 아랫입술을 잘근 깨물었다.

"그래도 박수철씨를 생각해서 오해가 있던 거라면 풀어주고 싶어."

"아까부터 무슨 오해라고 자꾸 그래? 박수철이 직접 현장에 있었는데 오해는 무슨 오해?"

나형조의 물음에 김형래가 고개를 돌리며 말했다.

"나형도 나중에 들어. 그리고 좀 배워."

김형래는 말을 툭 던지고는 계단을 내려가기 시작했다. 나형조에게는 가자고 하지도 않은 채로 혼자 저벅저벅 내려갔다.

"저런!"

나형조는 빠른 걸음으로 뛰어내려가 김형래를 따라잡았다.

"일단은 숙소를 잡아 하루 더 있자고. 대신 어제 거기 말고 다른 곳으로."

"난 할일이 있어."

"뭔데?"

"나중에 듣고 배우랬지!"

"짜증나게 구네!"

"짜증나게 구는 게 어느 쪽인데!"

"어머!"

여자의 짧은 비명과 함께 두 사람이 멈칫했다. 두 사람은 어느새 1층에 내려와 있었다. 마침 중앙 현관 문을 열고 들어오려던 여자와 부딪칠 뻔한 것이다. 여자는 인상을 쓰고 두 사람을 살짝 노려보고는 계단을 재빨리 올라갔다.

"미안합니다."

나형조가 계단 위를 보며 목소리를 높여 말했다.

"하지 마, 깡패 같으니까."

김형래가 나형조의 옆구리를 팔꿈치로 치고는 밖으로 나갔다. 그러고는 핸드폰을 꺼냈다. 그는 저장된 번호 중에서 누군가를 찾아 통화 버튼을 눌렀다. 신호가 길어지는지 초조하게 한쪽 발로 땅을 차댔다.

"누구한테 전화를 거는데?"

나형조가 다가서며 묻자 김형래는 핸드폰을 들지 않은 팔을 뻗어 다가오지 못하도록 제스처를 취한 후 몇 걸음인가 물러섰다. 잠시 후 상대가 전화를 받았는지 김형래가 "여보세요?" 하며 아파트 단지 내 한구석으로 빠르게 걸어갔다. 그 이후에 뭐라고 하는진 잘 들리지 않았다.

나형조는 어이가 없었지만 곧 알게 되겠지 싶어 뒤를 따라가지는 않았다. 치사했기 때문이다. 어차피 가짜 사기꾼의 머릿속에서 나온 생각이 큰 열쇠가 되지 않을 것임은 명확했다. 박수철을 박청만의 앞에 데려다놓을 방법은 자신의 머릿속에 든 방법뿐일 것이다.

김형래의 통화가 길어졌다. 기다리던 나형조는 슬슬 짜증이 났다. 하늘에 붉은 노을이 번져가고 있었다. 김형래를 버리고 가버릴까 생각하던 순간, 마침 그가 돌아오지 않았다면 정말로 혼자 가버렸을지도 모른다.

"확인했어. 정말로 오해가 있었던 거야."

"뭐야, 그 노인네하고 통화한 거였어? 오해? 무슨 오핸데 그래?"

"일단은 다시 올라가자. 들어가서 설명해줄게."

"내일 해. 박수철은 문 안 열어줄 거야."

"내일 하면 그만큼 더 오해가 깊어져. 내일이라고 쉽게 문을 열어줄 거 같아? 내일은 더 안 열어줄걸? 오늘 하는 게 더 낫다고."

"무슨 이야긴데 그래, 답답하게."

나형조가 짜증을 내자 김형래는 입을 꾹 다물었다. 말하고 싶지 않다는 뜻이 아니라 시간이 좀 걸리더라도 먼저 말을 해야 나형조를 설득하겠구나, 생각을 바꾸는 표정이었다. 그는 결국 입을 열었다.

"아까 나형도 들었잖아, 박수철의 이야기. 집에 들어가니까 아버지의 신발과 어떤 여자의 하이힐이 떨어져 있고……"

"안에서는 으흥, 아항."

"그렇다고까지는 안 했어."

"신음이라고 했으면 그거지 뭐가 달라."

김형래는 길게 말싸움할 시간이 없다는 듯이 양손을 휘휘 내저었다.

"아무튼 말이야. 생각해보자고. 그게 정말 그 영감 신발이 었을까?"

"아들이 자기 아버지 신발이라잖아."

"집을 나가서 몇 년 만에 만난 아버지야. 아버지 신발이 어떤 신발인지 정확히 알고 있을까? 현관에 벗어져 있으니까, 낡고 후진 구두니까 아버지의 신발이라고 착각해버린 것이 아니고?"

"그럼 다른 사람이었단 말이야?"

나형조는 별로 믿기지 않는다는 표정이었다.

"그래. 그 노인이 우리한테 이 일을 맡기던 날 기억 안 나? 현관이 깨끗해야 복이 들어온다 그러면서 신발을 정리하고 바닥을 쓸기까지 했잖아."

나형조는 헉, 날카로운 숨을 삼켰다.

"그랬었지."

"방금 영감한테 확인했어. 그날 그 방에 있던 사람은 박청만이 아니야. 다른 친구에게 집을 맡기고 손녀의 약을 사러 갔었대."

"그럼 정말로……"

"오해라고!"

김형래는 그 말을 던지듯 뱉고는 곧장 다시 아파트 안으로 들어가 계단을 올랐다. 나형조도 그 뒤를 따랐다. 물론 잠시 후 두 사람이 5층에 다다랐을 때 나형조는 씽씽했지만 김형래는 네발로 기어오르고 있었다.

초인종을 눌렀다. "누구세요?" 하는 물음에 두 사람임을 알렸지만 박수철은 더는 이야기를 듣고 싶지 않다며 문을 열지 않았다. 예상대로였다.

"거봐. 안 열어줄 거라고 했잖아. 괜히 지금 건드려서 내일
도 안 여는 거 아냐?"

"허억, 열어. 거억!"

김형래는 토할 것처럼 몸을 굽히고 숨을 헐떡거렸다. 인공
호흡이라도 해주어야 하는 건 아닌지 나형조는 진심으로 걱
정이 되었다.

"뭐라고?"

"열라고. 허억."

김형래는 몇 번 더 거칠게 호흡하더니 겨우 상체를 들었
다. 그런 뒤 나형조를 똑바로 보고 말했다.

"이 정도 문은 손쉽게 딸 수 있다고 했잖아. 신고 안 들어
가게 할 테니까 열어버려. 나형 말대로 내일은 더 안 열어줄
거야."

"아, 그게…… 이건 비밀번호 키인데…… 이런 걸 열려
면……"

나형조가 머뭇대자 김형래는 눈을 동그랗게 떴다.

"지문 인식 장치 달린 것도 따본 적 있다고 했잖아? 재벌
집들은 다 그런 걸 쓴다며? 더한 것도 우습게 딸 수 있다며?
그럼 이런 번호 키 정도는 쉽게 열 수 있지 않아?"

김형래는 교도소에 있을 때 했던 말을 잘도 기억하고 있었

다. 나형조는 자신이 사면초가에 처했음을 깨달았다. 진실을 말하지 않으면 김형래는 따발총 같은 질문을 거두지 않을 것이다.

나형조는 눈을 꾹 감았다. 진실을 말하는 건 언제나 고통을 수반한다.

"나 사실……"

정말 말하기 싫다. 그렇지만 말하지 않을 수도 없다. 눈을 번쩍 떴다.

"나 사실 자전거 도둑이야."

"뭐어?"

8

나형조는 그의 말처럼 '자전거 도둑'이라기보다는 '좀도둑'이었다. 편의점에서 물건을 훔치거나 무인 상점의 물건을 마음대로 집어갔고, 문을 닫은 시장을 어슬렁거리며 상인들이 쳐두고 간 천막 포장을 들춰보기도 했다. 운이 좋으면 물건이 그대로 담긴 박스를 찾아내기도 했고, 잔돈이 담긴 돈통을 손에 넣은 적도 있었다. 그가 자신을 굳이 자전거 도둑이라고 설명한 건 그나마 자신이 한 일 중에서 가장 큰돈을 번 일이기 때문이었다.

그날도 나형조는 하루종일 돌아다녔다. 아침이 되면 아무

버스나 타고 가까운 지역으로 가서 거리를 어슬렁거렸다. 주택가 도로에 자물쇠가 걸린 채 세워진 자전거를 보면 몇 번이고 그곳을 지나다니며 상태를 살폈다. 상태가 좋으면 밤에 다시 돌아와 자전거를 훔쳤다. 밤에 다시 돌아왔을 때 그 자리에 자전거가 없는 경우도 있었지만, 대부분 주택가에 세워진 자전거는 밤에도 그 자리에 서 있었다. 자전거 바큇살 사이에 잠겨 있는 자물쇠는 커터를 이용해 쉽게 끊어냈다. 자전거를 끌고 최대한 멀리 간 다음 아침이 될 때를 기다려 제일 먼저 보이는 자전거상에 중고로 팔았다.

물론 매일 그 일을 성공했다면 나형조는 중소기업 대리급의 월급 정도는 벌었을지도 몰랐다. 그러나 어찌된 일인지 경찰은 그를 쉽게도 찾아냈다. 일을 두 번 하면 세번째는 꼭 현장에서 잡혔다. 첫 재판에서는 집행유예 선고를 받았다. 동종전과가 없고 반성한다는 이유였다. 나형조는 자신이 반성하고 있는지는 정확히 알지 못했다. 하지만 법정 분위기 때문에 고개가 자연스레 숙여졌고, 국선 변호인이 "피고인은 깊이 반성하고 있다"라고 했기 때문에 그런가보다 생각할 뿐이었다.

두번째 재판에서 역시 집행유예를 선고받았다. 동종전과는 있지만 역시 반성하고 있으며 피해 금액이 적다는 이유에서였다.

세번째는 형을 살았다. 육 개월뿐이었지만.

문제는 그가 네번째로 잡히던 날 발생했다. 하필이면 어느 집안에 있는 번쩍이는 자전거를 탐냈다. 가격이 꽤 나갈 것 같았다. 담도 높지 않았다. 밤에 몰래 담을 넘어 들어가 자전거를 빼낼 수 있을 것 같았다. 자세히 살펴보니 마당에 개가 없었는데, 그것도 그의 자신감을 높이는 데 한몫했다. 당연히 그날 밤, 나형조는 그 집의 담을 넘었다.

그런데 재수가 없었다. 뭐 때문인지 모르겠지만 잠도 안 자고 우연히 마당에 나와 있던 그 집 아들과 마주쳤다. 아들은 그가 도둑이라는 것을 단번에 알았다. 어쩌면 자전거보다는 더 큰 것을 탐하려는 도둑을 떠올렸을지도 모른다. 나형조 역시 단번에 알아차린 게 있었다. 자신이 그 집 아들과 싸워 이길 수 없으리라는 사실 말이다. 그 집 아들은 어둠 속에서도 두드러지게 떡 벌어진 어깨를 자랑하고 있었다.

나형조는 당장 몸을 돌려 다시 벽에 매달렸다. 그런데 그 아들 녀석이 놓칠세라 그의 허리춤을 잡았다. 그는 그대로 마당에 떨어졌다. 가까이 다가오지 말라고 들고 있던 커터를 휘둘렀는데 그게 아들 녀석의 팔에 제대로 찍힌 것 같았다. 그 녀석은 비명을 지르며 뒤로 주춤했고 나형조는 때를 놓치지 않고 담을 넘어 도망갔다.

그렇게 일이 끝날 줄로만 알았다.

"오늘은 종 쳤네."

나형조는 집안에 들어서자마자 불평하며 커터를 바닥에 던졌다.

자지 않고 깨어 있던 아내가 그 모습을 보고 잔소리를 퍼부었다. 또 도둑질을 하러 다니느냐고, 그 기운이면 공사판에서 벽돌이라도 나르겠다고 목소리를 높였다. 그래, 그때만 해도 문제가 생길 거란 걸 알지 못했다. 그런데 불행하게도 아내가 커터에서 핏자국을 발견했다. 남편이 분명 무슨 짓을 저질렀다는 걸 감지한 것이다. 아내는 그 자리에서 경찰에 신고했다. 이미 도둑질 하러 들어갔던 집에서도 신고가 들어간 후였다. 안방에서 두 다리 쭉 뻗고 자던 나형조는 발냄새를 풍기며 방안으로 들어온 두 형사에게 붙들려 곧장 연행되었다.

이번에도 당연히 육 개월쯤 살면 풀려날 줄 알았다. 그러나 현실은 그렇지 않았다. 그는 자전거만 훔치려고 했을 뿐이라고 항변했지만 남의 집에 담을 넘어 침입한 것은 물론이고, 흉기를 들고 있었기 때문에 특수절도죄가 성립되었다. 게다가 흉기로 그 집 아들을 다치게 했다. 특수폭행죄였다. 그렇게 해서 그는 도합 삼 년 형을 받았다.

자신을 신고한 아내를 절대 용서하지 않을 거라고, 두 번 다시 보지 않겠다고 차가운 교도소 바닥에서 맹세했더랬다. 그 맹세를 알기라도 하는 것처럼 아내 역시 수감 기간 동안 면회 한 번 오지 않았다.

"꼴좋네. 가짜 사기꾼하고 가짜 도둑놈이라니. 역시 나는 되는 일이 없어."

어이없다는 듯 웃으며 김형래가 말했다. 그와 나형조는 모텔방에 마주앉아 있다. 나형조는 자신의 모든 진실을 솔직히 밝혔다. 양쪽 벽에서는 서라운드로 신음소리와 거친 호흡소리가 폭풍 치듯 몰려오고 있었지만, 그것도 이미 당해본 일이라고 별로 신경쓰이지도 않았다. 이 동네 모텔은 모두 나무 합판으로 벽을 세웠나 싶을 뿐.

"어, 어차피 김형도 거짓말했잖아. 감방에서 거짓말 안 하는 놈은 없을걸? 안 그러면 당장 밟힐 테니까."

"알아. 아니까 나도 별말 안 하는 거야."

둘 사이에 잠시 적막이 흘렀다. 대화의 공백을 먼저 깨뜨린 것은 나형조였다.

"이렇게 된 이상 우린 이번 일을 확실히 해내야 해."

나형조는 이미 알고 있었던 것이다. 두 사람이서 대업 따

위를 이룰 수 없다는 사실을. 김형래 역시 그 점을 인정하고
고개를 끄덕거렸다.

"그래, 우리가 지금껏 번 돈 중에 가장 큰 액수이긴 하지."

"이게 우리의 대업이야."

"암, 그렇고말고."

둘은 서로를 탓하고 싸우는 소모적인 일을 벌일 필요가 없
다는 데 의견을 모았다. 대신 앞날을 모색하기로 했다. 생각
해보면 일억도 그들에게는 헉 소리가 나올 숫자였다. 반으로
나눈다고 해도 오천만 원이었다. 그러면 적어도 일 년쯤은
놀면서 아쉽지 않게 먹고 살 수 있다. 그 뒤를 생각하는 사람
은 둘 중에 아무도 없었다. 어차피 지금껏 그렇게 살아온 두
사람이었다.

"그럼 이제 앞으로 어떻게 하지?"

김형래가 물었다.

"나한테 생각이 있어."

양반다리를 하고 앉은 나형조가 눈을 빛냈다.

"뭔데? 박수철은 우리 말을 전혀 들어주지 않을 기세던데.
아마 얘기를 더 들으려고 하지도 않을걸."

"더이상 설득은 없어."

"그럼?"

"정확히 현실을 말해줘야지."

"현실?"

"내일 보면 다 알게 될 거야. 나는 인간이라는 게 어떤 것들인지 잘 알거든. 그걸 이용하면 그만이야. 어차피 조건은 아들을 데리고 와달라는 것뿐이었으니까."

김형래는 점점 더 모르겠다는 얼굴을 했다. 하지만 나형조는 자신만만한 얼굴이었다. 자신이 생각하고 있는 답을 말해줄 생각은 별로 없는 것 같았다. 그걸로 빼기려는 속셈임을 김형래는 알았지만 별수 없었다. 어쨌든 힘으로 박수철을 끌어낼 생각은 아닌 것 같았다. 그것만으로도 다행이다.

"내일 아침에 일찍 일어나."

"왜?"

나형조는 연극이라도 하는 것처럼 이마를 짚으며 하아 하고 한숨을 내쉬었다.

"박수철이 그냥 만나줄 리 없다며? 당연한 거야. 그럼 급습이라도 해야지. 몇시에 출근하는 놈인지 모르니 일찍 일어나 만나러 가자."

김형래는 맥주라도 한잔하고 싶었지만 일찍 자야 한다는 나형조의 말에 따르기로 했다. 김형래가 씻고 나왔을 때, 먼저 씻은 나형조는 침대에 누워 이미 잠에 빠져 있었다. 김형

126

래도 그 옆에 조심스레 누웠다. 머리맡에서 쿵쿵거리는 소리
와 삐거덕거리는 소리가 들려와 신경이 쓰였다.

'이번엔 꽤 길게 하네.'

그런 생각을 마지막으로 그도 잠에 빠져들었다. 그만큼 김
형래에게도 긴 하루였다.

김형래의 할일은 명확했다. 나형조의 지시에 따르기만 하
면 된다. 모텔에서 나와 박수철의 집으로 간 김형래와 나형
조는 새벽부터 그의 출근 시간을 기다렸다. 김형래가 현관문
앞에 섰고, 그 뒤에 나형조가 섰다. 아침 7시 40분쯤 되었을
때 맞은편 집에서 여자 하나가 나오다가 그들을 보고 흠칫하
더니 걸음을 빨리해 내려갔다.

가만히 서서 기다리자니 많이 지루했다. 하지만 자칫 주의
력을 잃었을 때 박수철이 나온다면 모든 계획이 틀어질지 몰
랐다. 김형래는 나형조의 말이 맞다고 생각했다. 두 사람에
게 이번 일은 그냥 우연히 들어온 일이 아니라 목숨을 걸고
서…… 아니 목숨을 건 것처럼 매달려야 하는 일이었다.

다리가 아프고 몸이 뒤틀릴 때쯤 안에서 인기척이 들려왔
다. 신발을 신는 듯한 소리도 들려왔다. 삐리릭, 기계음이 들
리고 문이 열렸다. 김형래는 온몸의 힘을 목에다 끌어모았

다.

"으아아아아아악!"

"우와아악!"

김형래의 고함에 놀란 박수철이 비명을 지르며 뒤로 한 걸음 물러났다. 그때를 기다리지 않고 나형조는 김형래를 떠밀었다. 그리고 김형래는 고함을 지르면서 나형조에게서 받은 힘을 그대로 박수철에게 쏟았다. 박수철이 안으로 밀려들어 갔고 그는 뭐라 한 마디도 하지 못한 채 문턱에 걸려 뒤로 벌러덩 넘어졌다. 그 사이 김형래와 나형조가 안으로 들어와 문을 잠갔다. 나형조는 문에 걸쇠를 걸기까지 했다.

그건 나형조의 걱정 때문이었다. 박수철의 집에 억지로 밀고 들어올 순 있다 치더라도 박수철이 경찰에 무단침입으로 신고하면 일이 재미없어지기 때문이었다. 두 사람이 합심해 그를 밀쳐 넘어뜨렸으니 특수폭행죄가 성립될 수도 있었다. 특수폭행은 그가 판결을 받았을 때처럼 무기를 갖고 있을 때도 해당할 수 있지만 두 명 이상이 일을 벌였을 때도 해당한다는 걸 나형조는 잘 알고 있었다. 폭행과 절도라는 자신의 죄목 앞에 처음 '특수'라는 단어가 붙었을 때 너무 억울해 짧게나마 공부한 덕이었다.

어쨌든 재수가 없어 그렇게 되더라도 일단 경찰이 와서 체포될 때까지 시간을 벌자는 게 나형조의 생각이었다. 하지만 다행히도 박수철은 경찰에 신고할 생각까지는 못하는 것 같았다. 그런 생각을 못하게끔 폭풍처럼 몰아치는 것이 그들의 계획이기도 했다.

"이게 무슨 짓입니까?"

바닥으로 넘어진 박수철은 놀라서 찢어질 듯 커진 눈으로 몸을 바르작거리다 용수철처럼 튀어올라 바로 섰다. 그는 간절기인 요즘 입기 딱 좋아 보이는 얇은 스웨터에 면바지를 걸치고 있었다. 정장을 입어야 하는 사무실도 아닐 테고, 공사장에서 일하는 것 같지도 않았다. 어쩌면 친구에게 소개받아 주유소 같은 데서 일하고 있을지도 모른다.

"마지막으로 한 마디만 들어주세요. 그거면 됩니다. 더 안와요."

나형조가 앞으로 나서며 목소리를 높였다. 박수철이 인상을 썼다.

"정말?"

"안 와요."

"진짜로?"

"절대."

"한 마디?"

"······두 마디."

박수철은 긴 한숨을 내쉬었다. 일부러 두 사람이 듣게 하려는 건지도 몰랐다. 어쨌든 그의 결정에 두 사람의 앞날이 걸렸다. 김형래와 나형조는 교도관의 입에서 '출소'라는 말이 떨어지길 기다릴 때처럼 간절히 그를 바라보았다.

박수철이 바닥에 털썩 주저앉았다.

"한번 들어나 보죠."

그는 손목을 들어 시간을 확인했다.

"출근해야 하니까 시간이 많지는 않습니다. 되도록 빨리 끝내주시죠."

"네네, 그럼요."

김형래가 대답하며 바닥에 앉았다. 그제야 자신들이 신발을 신고 있다는 것을 깨닫고 한 손으로 신발을 벗어 현관 쪽으로 휙 던졌다. 그걸 본 박수철은 인상을 구기기는 했지만 별말을 하지는 않았다.

김형래가 한 대로 나형조도 신발을 벗어던졌다. 그러고는 자리에 앉았다. 앉으면서 자기도 모르게 주변을 둘러보았다. 처음 이 집안에 들어왔을 때처럼 뭔지 모를 위화감이 들었다. 이유를 알고 싶은데 떠오르지 않아 마음이 답답해졌다.

나형조까지 자리에 앉자 김형래가 이야기를 시작했다.

"박수철씨가 오해한 게 있어요."

"오해?"

"네. 박수철씨가 집에서 나오던 그날, 박수철씨는 아버지가 아픈 손녀를 옆방에 방치하고 안방에서…… 안방에서 그, 그런…… 일을…… 아무튼 그랬다고 생각하시잖아요? 그게 오해라는 겁니다."

김형래가 말하는 동안 나형조는 위화감의 정체를 깨달았다. 이 집은 너무나 작은데다 너무나 깨끗하다. 아이를 키우는 집이라고는 믿을 수가 없다. 바닥에 굴러다니는 장난감이 하나도 없고, 아이 사진을 넣은 그 흔한 액자 하나 보이지 않았다. 게다가 어제도, 오늘도 그들은 아이를 보지 못했다.

"오해라뇨?"

박수철의 물음에 일단 나형조는 이야기에 집중하기로 했다.

"우리가 처음 어르신을 만났을 때 어르신은 우리가 들어가자마자 현관문 앞을 정리하고 거기를 빗자루로 싹 쓸기까지 하셨습니다."

박수철이 씁쓸하게 웃었다.

"아직도 그러시는군요. 아주 옛날부터 아버지의 습관이었습니다. 현관이 깨끗해야 그리로 복이 들어온다고. 어떤 사람들은 아버지가 결벽증이라도 있는 줄 알았죠."

"맞습니다. 바로 그겁니다."

박수철이 눈을 둥그렇게 떴다.

"그날 안에 있었던 건 어르신이 아니었습니다. 어르신이었다면 신발을 정리했겠죠."

"그거야 너무 급하면……"

"아뇨. 이건 어르신께 따로 확인한 겁니다. 그날 어르신은 아이의 약을 사러 급히 나가셔야 했습니다. 그래서 옆집 친구분께 잠깐 집을 맡겼죠. 친구분 집에 다방 여자가 와 있긴 했지만 둘이 같이 어르신 집에 와 있었으리라고는 생각 못했다고 하셨습니다. 어르신이 돌아왔을 때 다방 여자는 이미 할일을 마치고 나간 뒤였으니까요. 이 오해가 왜 생겼느냐? 어르신은 아드님이 무엇 때문에 집을 나갔는지 몰랐습니다. 물론 아직도 모르고 계세요. 그러니 당연히 변명조차 할 수 없었죠."

"그럴 리가…… 거짓말이에요. 아마 아버지가 거짓말했을 겁니다. 그럴 리가 없어요. 내가 그따위 오해 때문에 여태껏 그 고생을……"

"믿기 힘드시겠지만 사실입니다. 어르신이 말씀하셨습니다. 아드님이 못 믿는다면 꼭 그 친구에게 확인시켜주겠다고요."

박수철은 머리를 뒤흔들었다. 아니라고 말은 하고 있지만 분명 혼란스러워하는 기색이었다.

"아뇨! 전 믿을 수 없어요. 그 친구라는 사람과도 이미 말을 맞춰놨을지 어떻게 압니까? 전 아버지를 못 믿어요!"

박수철이 분연히 일어섰다. 김형래가 따라 일어났지만 나형조는 가만히 앉아 있었다. 대신 조용히 한 마디 말을 던졌다.

"앉으세요."

박수철이 나형조를 내려다보았다. 나형조가 고개를 들어 박수철의 얼굴을 보았다.

"두 가지 말씀드린다고 하지 않았습니까, 제가 분명."

박수철은 아랫입술을 질끈 깨물었다. 그러고선 잠시 망설이는 듯하더니 자리에 털썩 앉았다. 김형래도 그를 따라 앉았다. 김형래 역시 나형조가 지금부터 하려는 말이 무엇인지 모른다. 그도 나형조의 계획이 궁금했다.

나형조가 말했다.

"지금부터는 아마 박수철씨에게 훨씬 중요한 이야기가 될 겁니다."

"뭡니까?"

나형조가 후, 웃으며 말했다.

"당신과 아버님이 살던 동네요. 지금 어떻게 된 줄 아십니까?"

"그게 무슨 소립니까?"

"그사이 재개발이 되었어요. 큰 은행과 관공서가 이전해왔고, 거리는 편의시설과 젊은이들로 넘쳐나죠. 동네는 전부 고급 주택가로 변했고요. 무슨 말인지 아시겠습니까? 아버님은 벼락부자가 됐습니다."

그게 뭐가 훨씬 중요한 말이라는 걸까. 김형래는 그렇게 생각하며 고개를 돌리다가 크게 놀랐다. 박수철의 표정이 이진과는 완전히 달라져 있었기 때문이다. 상체를 앞으로 기울이고 있었고 눈에는 형형한 빛이 어른거렸다. 나형조가 말을 이었다.

"그리고 아버님은 지금 목숨이 경각에 달려 계시죠."

나형조는 자신의 예상대로 사뭇 달라진 박수철의 표정을 바라보며 씨익 웃었다. 어차피 인간이란 그렇다. 만약 박수철이 집을 나오던 당시에 노인에게 지금만큼 돈이 있었다면 그는 집을 나오지 않았을 것이다. 그리고 이제는 집에 들어가야 할 뚜렷한 이유가 생겼다. 곧 노인은 죽는다. 그 돈을 상속받을 사람은 하나뿐이다.

입 밖에 내도 치졸한 그 얘기를 길게 할 생각은 없었다. 박수철이 얼굴에 철판을 깔 시간만 조금 준다면 그는 두말할 것 없이 두 사람을 따라나설 것이었다. 나형조는 조금 뜸을 들이다가 주변을 둘러보며 말했다.

"근데 아이는 어디 갔습니까?"

박수철은 얼른 대답하지 못했다. 초조한 건지 엉덩이를 들썩이기도 하고 양손으로 얼굴을 쓸어내리기도 했다. 뭔가 말을 하려다가 입을 다시 닫았다. 그러더니 도저히 말하지 못하겠다는 듯 고개를 떨군 채로 한동안 침묵했다.

참을성 있게 기다리자 결국 박수철은 어쩔 수 없다는 듯 입술을 움직였다.

"두고 왔습니다. 고아원에……"

9

김형래와 나형조 둘 모두 놀라 입을 다물지 못했다. 버렸
다니 이게 대체 무슨 소린가. 아픈 아이를 옆방에 두고 그런
짓을 했다고 화가 나 집을 나온 사람이 그 아이를 버렸다는
게 도무지 이해되지 않았다.

"화가 나서 막상 데리고 나왔지만 아이를 혼자 키우기 막
막했습니다. 공사판에 날일을 다녀야 하는데 아이를 집에 혼
자 둘 수는 없지 않습니까. 일단은 영아도 받아주는 어린이
집에 아이를 보냈지만 비용이 만만치 않았어요. 거기다 걸핏
하면 어린이집에서 전화가 왔어요. 원체 몸이 약한 애라 열
이 자주 났거든요. 시도 때도 없이 어린이집에서 불러대니

일을 할 수도 없었습니다. 정말이지 제대로 뭘 할 수가 없었어요. 아이를 봐주는 사람이 필요했습니다. 그렇다고 베이비시터를 구할 수도 없었고요. 돈이 없으니까요. 그래서 어쩔수 없이……"

"아이를 버렸다고요?"

나형조의 목소리가 조금 높았다. 김형래에게는 그의 목소리에 돋은 가시가 느껴졌다. 나형조에게도 아이가 있다는 걸 김형래는 알고 있다. 물론 얼굴도 모르는 아이다. 아내가 출산도 하기 전에 나형조를 신고했으니 아이는 나형조의 수감 이후에 태어났다. 그 뒤로 그의 아내는 아이의 사진을 보내준 적도, 아이를 데리고 면회를 온 적도 없다고 알고 있다. 나형조는 아이를 한 번도 본 적 없지만 부정父情을 갖고 있는 것 같았다.

"보육원에 데리고 갔습니다. 자리만 잡히면 꼭 데리러 오겠다고 몇 번이고 약속했습니다. 아직은 형편이 안 되지만……"

자리를 잡기는 쉽지 않았다. 지금 그의 살림살이만 봐도 대충 감이 잡혔다. 그는 아직 아이를 데려올 엄두도 못 내고 있었을 것이다. 그래도 두 사람은 안도의 한숨을 내쉬었다. 어쨌거나 버린 것은 아니다. 데리러 오겠다고 약속을 했다니 입양 갔을 가능성도 없다. 당연히 박수철이 보육원에 직접 맡겼을 테니 찾아오기만 하면 되었다. 박청만은 손녀까지 보고 싶어했다. 손녀가 없이는 약속한 돈을 주지 않을지도 모르는 일이다.

"그럼 이제 아이를 데려올 수 있습니까?"

나형조가 물었다. 굳은 얼굴과 날카로운 눈빛. 그는 단순히 박청만에게서 돈을 받을 수 있다는 사실에 기뻐하는 것이 아니었다. 박청만이 부자가 되었다는 사실을 확인했으니 아이를 찾아올 거냐고 묻고 있었다. 아니, 묻기보다는 비난에 가까웠다. 김형래가 나형조의 옆구리를 팔꿈치로 쿡 찔렀다. 나형조는 돌아보지도 않고 박수철을 똑바로 응시했다. 박수철이 고개를 숙인 채 대답했다.

"아버지한테 돈이 있다는 걸 알고 나서야 우리 미래를 데려올 생각을 하다니, 절 비난하고 싶으시겠죠."

박청만의 손녀 이름이 박미래라고 했다.

"그래도 전 기쁩니다. 미래를 데려올 수 있어서요. 여름이면 곰팡이가 슬고 겨울이면 냉기가 도는 이런 낡은 아파트가 아니라 좋은 집에서 아이를 키울 수 있게 되어서요."

"아버님에 대한 마음은요?"

김형래가 조심스레 물었다. 박수철이 살짝 미소를 지었다.

"제가 아버지를 오해했다는 걸 알았으니 다시 뵐 수 있을 것 같습니다. 물론 엄마를 그렇게, 도망갈 수밖에 없게 폭행을 저지른 사실은 여전히 용서할 수 없고 밉습니다만…… 미래를 위해서라면 아버지를 찾아가려고 합니다."

돈이 있으니까.

그런 마음이 박수철의 말 뒤에 숨어 있음을 김형래도 나형조도 알 수 있었다. 그는 병환으로 목숨이 경각에 달린 아버지의 건강을 걱정하지는 않았다. 하지만 어쩔 수 없는 일이다. 아버지 박청만은 박수철에게 엄마를 잃게 만든 폭군이었다. 아버지는 용서할 수 없지만 그 돈으로 자식을 데리고 살 수 있다면 아버지의 얼굴도 볼 수 있다는 입장일 것이다.

김형래와 나형조 둘 중 누구도 그 감정에 끼어들지 않았다. 두 사람 모두 박수철을 박청만에게 데려가기만 하면 된다. 용서와 화해는 당사자인 가족끼리 할 일이지 두 사람이 끼어들 문제도 아니고 그럴 마음도 없었다.

"어느 보육원인지는 알고 있죠?"

여전히 나형조가 가시 돋친 말투로 물었다.

"네, 알고 있습니다."

"그동안 연락해본 적은 있습니까?"

박수철은 대답하지 못했다. 설마 연락 한 번 해보지 않은 건가.

'그건 정말 버린 거잖아!'

나형조는 소리를 지를 뻔했지만 꾹 참아내었다. 자신이 상관할 바가 아니라는 생각을 속으로 수십 번 되뇌었다. 무엇보다 자신 역시 아직 자식을 찾아가지 않았다. 자신을 신고한 아내를, 수감되어 있는 동안 편지 한 번, 면회 한 번 없었던 아내를 어떻게 용서해야 좋을지 알 수 없었기 때문이다. 덕분에 나형조는 자기 자식이 아들인지 딸인지도 모른다.

"그럼 혹시 보육원이 사라지기라도 했으면?"

김형래가 옆에서 재수없는 소리를 꺼냈다. 말이 씨가 된다고 했다. 나형조는 인상을 찌푸렸다. 김형래의 말이 현실이 될까봐 가슴께가 울렁거렸다. 출소 후 되는 일이 없었다. 생각지도 못한 사고를 내서 박청만을 만났고, 알고 보니 김형래는 가짜 사기꾼이었다. 김형래의 능력을 이용해 한 건 크게 한 후 당당하게 집으로 귀환할 생각이었던 나형조였다. 그 꿈이 산산이 깨진 지금, 박수철과 미래를 박청만 앞에 데려가 당당히 돈을 받아야만 했다. 그나마 박수철을 찾는 일이 지금까지 수월하고 매끄럽게 진행되어온 것이 희망이라면 희망이었다. 김형래의 말은 나형조의 그 희망에 찬물을 끼얹는 것과 같았다.

"재수없는 소리."

"어…… 그럼 한번 확인을……"

박수철이 더듬더듬 말하더니 핸드폰을 집어들었다. 그러고는 인터넷 창을 열어 검색하기 시작했다. 검색창에 보육원의 이름을 넣는 것 같았다. 나형조는 자신도 모르게 긴장한 채로 박수철의 손가락만 쳐다보았다. 김형래가 옆에서 꿀꺽, 크게 침을 삼키는 소리가 들렸다.

"아! 있네요! 아직 있습니다. 충남 공보시 믿음보육원. 여기 맞습니다!"

박수철의 외침에 두 사람 모두 깊은 안도의 한숨을 내쉬었다. 보육원이 여전히 존재하는지조차 모른다는 것은 아이를 맡긴 이후 연락 한 번 안 해봤다는 말이었지만 김형래와 나형조 둘 다 모른 척했다. 그가 자식에게 애정이 있든 없든, 정말로 맡겨뒀을 뿐인지 버린 것인지 모호하든, 아이를 찾으려는 것이 부정 때문이든 아버지에게서 타낼 돈 때문이든…… 그런 건 중요하지 않았다. 중요한 것은 두 사람이 박청만에게 타낼 돈. 그것 하나뿐임을 두 사람은 계속 치밀어오르는 화를 누르며 스스로에게 상기시켰다.

"그럼 당장 가서 아이를 찾아오세요."

"저기……"

박수철이 조심스레 입을 열었다. 두 사람이 그를 보았다.

"함께 가주시면 안 될까요?"

"네?"

나형조가 되물었다.

"혼자 가기엔 좀…… 무섭기도 하고 주저되기도 해서."

나형조는 '어린애도 아닌데 혼자 갔다 와! 네가 싸지른 일이잖아!'라고 소리를 지르고 싶었지만 간신히 참았다. 그의 마음을 아예 이해 못할 바는 아니었다. 다시 찾으러 오겠다고 말해놓고 벌써 몇 년이나 지났다. 창피해서라도 얼굴을 들고 들어가긴 힘들 것이다.

김형래도 같은 마음인 모양이었다. 알았다고 대답을 한 후 나형조에게로 고개를 숙이고 속삭였다.

"같이 가는 게 좋아. 괜히 애 찾아서 우리 없이 노인네 찾아가봐. 우리가 나중에 가면 그 노인네가 돈 안 준다고 할지도 몰라."

나형조는 박수철을 보면서 웃었다.

"함께 가시죠."

김형래도 따라서 미소를 지었다. 나형조는 김형래에게 살짝 감탄했다. 진짜 사기꾼은 아니더라도 머리는 좀 쓸 줄 아는 것 같았다.

박수철의 차로 이동하기로 했다. 박수철이 보육원까지 가는 길을 알기도 해서지만, 대포차를 타고 멀리까지 가기가 마음에 걸렸기 때문이었다. 그날 박수철이 아침 일찍 집을 나서는 걸로 봐서는 분명 하는 일이 있었다. 그러나 그는 개의치 않고 충남 공보시를 향해 당장 차를 몰았다. 일을 못 나가게 됐다고 딱히 어디에 연락을 하는 것 같지도 않았다. 이제 그의 앞에는 죽음을 앞둔 아버지의 재산이 있는 것이다. 이제 날일을 할 필요도 없다. 운전중인 그의 설레는 표정이 아이를 다시 만날 수 있다는 사실 때문인지 돈 때문인지 알 길이 없었다. 어느 쪽이든 자신과는 상관없는 일이라고 되뇌며 나형조는 조수석에 몸을 기댔다.

"다음 휴게소에서 잠깐 쉬죠?"

뒷좌석에 앉아 있던 김형래가 몸을 앞으로 기울이며 말했다. 운전하던 박수철이 룸미러로 뒤를 보는 것이 느껴졌다. 은파시에서 공보시까지 세 시간 삼십 분이나 걸렸다. 화장실에 한 번도 들르지 않는 것은 무리였다. 박수철은 얼굴이 조금 굳은 채로 짧게 "네" 하고 대답했다. 그는 지금 마음이 조급한 것 같았다.

김형래와 나형조는 차에서 내려 화장실로 들어갔다. 나형조가 볼일을 보고 나왔을 때 김형래는 바깥에서 나형조를 기다리고 있었다. 차가 서 있는 곳을 보니 박수철이 운전석에서 내려 담배를 피우고 있었다. 초조할 테지. 빨리 차로 돌아가야겠다는 생각을 할 때 김형래가 불쑥 말을 걸어왔다.

"나형. 군밤 하나만 사줘."

"미친놈아. 지금 우리가 어디 놀러 가는 줄 알아?"

그래도 김형래는 고집을 꺾지 않았다.

"하나만 사줘! 잔돈이 없어서 그래."

잔돈은 무슨. 아예 돈이 한푼도 없을 것이었다. 나형조는 인상을 쓰고 한숨을 내쉬었지만 김형래는 물러날 기미를 보이지 않았다. 어린애도 아니고 지금 상황을 이해는 하고 있는 건가 싶었다. 담배를 피우고 있는 박수철과 김형래를 번갈아 보던 나형조는 한숨을 내쉬며 군밤을 파는 매대로 다가갔다.

"하나만 주세요."

"오천 원입니다."

군밤은 종이로 된 상자 안에 미리 담겨 있었다. 나형조는 그걸 받아 김형래에게 내밀었다. 히죽 웃는 얼굴이 제 나이가 몇 살인지도 잊은 사람 같았다. 지금 무슨 상황인지 제대로 파악이나 하고 있는지 다시 한번 헷갈렸다. 저렇게 현실 감각이 없어서야. 저러니 이 나이까지 결혼도 못하고 교도소

나 들락거린 것이다. 한숨이 나왔지만 이미 김형래와 동행하기로 한 걸 취소할 수 있는 상황도 아니었다.

나형조가 차로 향했다.

"적어!"

불만스러운 듯한 목소리가 뒤쪽에서 들렸다. 뒤를 돌아보니 김형래가 군밤 상자 안을 들여다보며 뭐라고 꿍얼거리고 있었다. 군밤 상자는 바닥 쪽은 넓지만 위쪽은 선물 포장처럼 접혀 있어 높이가 높지 않았다. 대충 생각해봐도 양이 많지 않을 것 같았지만 김형래는 그걸 예상하지 못한 듯했다.

"대충 먹어! 우리 소풍 가는 거 아니랬지!"

나형조가 소리를 질렀다. 저럴 땐 꼭 여덟 살도 안 된 어린애 같았다. 아니면 미친놈이든가.

뒤를 따라오던 김형래가 뭔가 말을 하려 입을 열었다가 꾹 다물었다. 군밤 하나를 입에 쏙 넣더니 꼭꼭 씹었다. 나형조에게는 권하지도 않고 처음 포장된 상태로 다시 상자를 접었다. 나형조는 고개를 저으며 박수철에게로 다가갔다. 박수철이 그를 발견하고는 담배를 바닥에 버리고 발로 비벼 껐다. 나형조는 박수철이 김형래의 군밤을 발견하지 않기를 바라면서 조수석에 올라탔다.

다시 차가 출발했고, 김형래는 군밤 상자를 다시 열어 하나하나 꼭꼭 씹어 삼켰다. 누구에게 한번 권하지도 않았다. 박수철은 아무 말도 하지 않았다. 그게 더 민망했다. 나형조는 '김형래가 저런 놈이었던가' 하는 생각이 들었다. 교도소에서 만나 지금까지 가끔 철없는 소리는 했어도 저런 또라이라는 것은 몰랐다. 이번 일이 끝나고 나서도 계속 김형래와 같이 다녀야 할지 고민됐다. 그 와중에도 김형래는 창밖을 보면서 군밤을 꿀꺽꿀꺽 잘도 먹어댔다. 그러나 하는 짓과 달리 표정은 우울해 보였다. 맛이 없는 건지, 저 군밤만 아니라면 무슨 사연 있는 남자 같았다. 기가 찼다.

한 시간 정도를 더 달리자 내비게이션에서 목적지에 도착했다는 안내가 나왔다. 어느새 군밤을 다 먹은 김형래는 창문을 열어 고개를 빼 내밀고 주변을 두리번거렸다.

"저기 있네! 믿음보육원! 다행이네, 다행이야!"

"우리도 보고 있어."

나형조가 고개를 설레설레 저으며 말했다. 쩝 입맛을 다시며 김형래는 자리에 똑바로 앉은 뒤 창문을 닫았다. 나형조는 문득 박수철을 향해 고개를 돌렸다. 여기에 오기까지 설레하던 표정은 사라지고 얼굴엔 긴장하는 빛이 가득했다.

건물 앞에는 차량 여섯 대 정도를 세울 수 있는 작은 주차장이 있었다. 두 칸이 비어 있어 그중 한 칸에 차를 대었다. 세 사람은 아무 말도 없이 차에서 내렸다. 박수철의 긴장이 다른 두 사람에게까지 전이되는 것 같았다.

보육원 건물은 크지 않았다. 콘크리트로 지어진 단층 건물이었고 흰색으로 칠해져 있었다. 주차장 뒤쪽에 조성된 화단에는 예수상이 세워져 있었다. 교회에서 운영하는 곳으로 보였다. 화단 앞 마당에는 시소와 그네, 미끄럼틀이 있는 작은 놀이터가 만들어져 있었다. 입구 위쪽엔 '믿음보육원'이라는 간판이 붙어 있었는데 꽤 낡아 여기저기 페인트칠이 벗어져 있었다.

"여기 맞아요?"

나형조가 물었다. 조금은 눈이 부신 듯 간판을 올려다보던 박수철이 천천히 고개를 끄덕였다. 입술이 바짝 말라 있었다. 아랫입술을 입안으로 넣어 살짝 빼는 것이 그가 긴장했음을 역력히 보여주었다.

김형래가 박수철의 고갯짓을 보고 한 손으로 문을 밀었다. 강화유리로 된 문은 쉽게 열렸다. 문이 열리자 안에 갇혀 있기라도 했다는 듯 피아노 소리가 새어나왔다. 음을 따라 노래를 부르는 아이들의 목소리가 어렴풋이 들려왔다. 몇 명 되지 않는 것 같았다.

세 사람은 안으로 들어가 잠시 우왕좌왕했다. 안내 데스크가 딱히 없어서 어디로 가야 할지를 몰랐던 것이다.

"아이 데려다줄 땐 어디로 갔었어요?"

　나형조가 목소리를 낮춘 채 물었다. 피아노 소리 외에는 주위가 하도 조용해서 왠지 그래야만 할 것 같았다.

"그때는 어떤 남자가 무슨 일로 왔느냐고 그래서…… 사정을 얘기했더니 원장실로 데려갔어요."

"그럼 원장실로 가봅시다."

　박수철이 고개를 끄덕였다. 나형조는 주변을 훑어보다가 복도 맨 끝 왼편에 원장실이라고 적힌 팻말을 찾아냈다. 그쪽으로 다가가는데 김형래가 나형조의 어깨를 쳤다. 무슨 일인지 돌아보니 김형래가 위아래로 그를 쳐다보고는 그의 귓가에 대고 속삭였다.

"우리 도둑질하러 가는 거 아냐."

　무슨 소린가 하고 어리둥절한 순간 나형조는 자신이 어떤 모습인지 깨달았다. 깨금발을 하고서는 어깨를 잔뜩 옹송그리고 있었다. 누가 보면 영락없이 도둑놈으로 보였을 것이다.

"이래서 전직은 속일 수가 없다니까."

　쯤쯤 혀를 차며 김형래가 말했다. 큼큼, 헛기침을 하며 나형조는 발을 제대로 딛고 어깨를 폈다. 어느새 원장실 앞에

와 있었다. 나형조가 조심스레 노크를 했다. 안에서는 아무런 기척이 들리지 않았다. 다시 한번 두드려봤지만 마찬가지였다. 문손잡이를 쥐고 비틀었지만 움직이지 않았다. 잠겨 있었다.

"자리를 비우신 것 같은데요."

박수철이 말했을 때였다.

"어떻게 오셨죠?"

맑은 목소리가 들려왔다. 소리가 들려온 곳은 조금 전 그들이 들어온 정문 쪽이었다. 어느 젊은 여자가 마루로 올라서고 있었다. 갈색 원피스를 정갈하게 입고 긴 머리를 늘어뜨린 여자였는데 김형래의 눈이 반짝일 정도로 아름다웠다.

"저……"

김형래가 한 걸음 앞으로 나서며 말했다.

"성함이……"

동시에 나형조가 그의 뒤통수를 쳤다. 그러고는 팔을 확 잡아끌고 자신이 앞에 섰다. 정말이지 어디다 내놓기 부끄러운 놈이었다.

"원장님을 만나뵈러 왔는데요."

"아, 원장님은 음악실에 계세요. 잠시만요."

여자가 살짝 묵례하고는 등을 돌려 복도 반대편으로 걸어갔다. 지금 들려오는 피아노 소리가 원장의 연주인 모양이었다. 복도 중간쯤에서 걸음을 멈춘 그녀는 어느 방의 문을 노크하고 안으로 들어섰다. 나형조는 옆에 선 박수철을 보았다. 어느새 그의 얼굴에는 핏기가 사라졌고 두 손을 꽉 움켜쥐고 있었다. 나형조는 왠지 안쓰러운 생각이 들어 박수철의 등을 토닥였다. 반사적으로 쳐다보는 그를 향해 미소를 지어주었다.

음악소리가 끊겼다. 세 사람은 동시에 정면을 보았다. 또각거리는 발소리와 함께 여자가 들어갔던 방의 문이 열렸다. 모습을 드러낸 이는 환갑은 훨씬 넘어 보이는 여자였다. 무릎 아래까지 내려오는 정장 스커트를 입은 그녀는 염색을 하지 않아 머리칼이 은빛으로 빛났다. 가까이 다가올수록 그녀의 만면에 드리워진 미소가 보였다.

"어떻게 오셨죠?"

박수철이 뭔가에 홀린 듯 앞으로 한 발짝 나섰다. 나형조는 뒤로 물러났다. 이제는 그의 시간이었다.

10

"절 기억하시나요?"

그것이 박수철의 첫 질문이었다. 원장은 미소를 유지한 채 눈만 둥그렇게 떴다. 그를 기억하지 못하는 것이 분명했다.

"제가 칠 년 전에······"

박수철이 성급하게 말하며 원장을 향해 다시 한 발짝 더 다가갔다.

"일단 안으로 들어가시죠."

원장은 여유로운 태도로 권했다. 이런 사람을 자주 본 듯한 대처였다.

세 사람은 그 길로 원장실까지 안내를 받았다. 잠시 뒤, 처음 그들을 만났던 여자가 차 석 잔을 쟁반에 받쳐 나타났다. 티백에 담긴 녹차였다. '믹스커피가 좋은데'라고 생각하며 나형조는 찻잔에 입을 가져다대었다. 그러면서 눈으로 원장실 안을 훑었다. 특별할 거라고는 없었다. 책상 하나가 놓여 있었고, 뒤쪽으로는 책장이 자리했다. 어린이 교육과 관련한 책이 많이 보였고 서류 파일 같은 것도 잔뜩 꽂혀 있었다. 입소된 아이들의 명부는 어떻게 관리할까? 분명 책상 위의 컴퓨터에 저장해놨을 것이다.

"아까 칠 년 전이라고 말씀하셨나요?"

원장이 질문하자 박수철의 몸이 잔뜩 앞으로 기울어졌다.

"예! 절 기억 못하시나요? 여자애를 맡겼습니다. 돈을 벌면 곧 데리러 오겠다고, 그때까지만 맡아달라고 제가 몇 번이나 부탁을 드렸는데요. 저는 원장님이 기억납니다. 정확히 원장님이셨습니다."

원장은 여전히 침착했다.

"네. 칠 년 전이라면 제가 응대를 해드렸을 겁니다. 그때는 직원도 없었을 때니까요. 그런데 아버님, 여기 방문하시는 대부분의 부모님이 그렇게 말씀하십니다. 곧 데리러 올 거라고요."

박수철은 순간 말문이 막힌 것 같았다. 갑자기 쪼그라든

풍선처럼 어깨가 내려앉았다. 나형조는 원장의 눈에 날카로운 빛이 스치는 것을 분명히 보았다. 그녀는 지금 박수철을 혼내고 있는 것이다. 왜 칠 년간 한 번도 찾아오지 않았느냐고. 왜 그 흔한 전화 한 통조차 꾸준히 하지 않았느냐고 말이다. 어쩌면 박수철을 기억하지 못한다는 말도 일부러 한 거짓말일 수도 있다.

"일이…… 사는 게……"

박수철은 더듬더듬 입을 열었다.

"그래서 이제부터 같이 살려고 데리러 왔습니다. 우리 아이 이름은 박미래입니다. 여기 있죠?"

원장은 입을 꽉 다물었다. 그녀는 더이상 미소 짓지 않았다. 눈은 살짝 내리깐 상태였다. 그 모습에 나형조는 불안감을 느꼈다. 그것은 박수철도 마찬가지인지 떨리는 목소리로 다시 물었다.

"우리 미래, 여기 있죠?"

원장은 대답 없이 일어섰다. 그러고는 곧장 컴퓨터 앞으로 갔다. 키보드를 두드리는 소리가 적막한 사무실에 울려퍼졌다. 그녀는 잠시 모니터를 응시하더니 메모지를 향해 손을 뻗었다. 거기에 무언가를 적고는 다시 자리로 돌아왔다. 원장은 메모지를 테이블에 놓은 뒤 박수철을 향해 밀었다. 세 사람의 시선이 동시에 그리로 향했다.

누군가의 전화번호였다. 이름도 적혀 있지 않았다.

"이게 뭐죠?"

박수철의 목소리가 떨렸다.

"미래를 데려간 분의 연락처입니다."

순간 박수철의 얼굴이 벌겋게 달아올랐다. 그의 가슴도 크게 부풀었다. 그는 원장을 잡아먹기라도 할 것처럼 눈을 부릅떴다.

"지금 우리 애를 입양시켰다는 겁니까, 맘대로요? 제가 데리러 온다고 하지 않았습니까! 저에게 연락이라도 한 통 주셨어야 되는 거잖습니까? 아무리 연락하지 못했어도 약속을 지켜주셨어야 하는 거 아닙니까?"

"입양은 아닙니다."

사무실을 집어삼킬 정도로 언성을 높인 박수철과는 달리 원장의 목소리는 차분했다.

"그게 무슨 소립니까? 그럼 누가 애를 그냥 데려갔다는 말입니까?"

"아닙니다. 신분은 모두 확인했습니다. 아버님께 연락을 드리지 못한 것은 따님을 데려간 분께서 간곡히 부탁했기 때문입니다. 대신 박수철씨께서 아이를 찾으러 오면 그때 이 연락처를 전달해달라고 말씀하셨습니다."

박수철의 얼굴이 일그러졌다. 눈을 깜박이는 속도가 빨라졌다. 지금 원장의 말이 잘 이해되지 않는지 혼란스러워 보였다. 완전한 타인인 나형조 역시 원장의 말이 이해되지 않는데 박수철이라고 다를까 싶었다.

"그게…… 누군데요?"

원장은 고개를 들었다. 그리고 박수철의 눈을 똑바로 응시했다.

"임옥분씨…… 미래의 할머니, 박수철씨의 어머님이요."

잠시 후 세 사람은 주차장에 나와 있었다. 박수철은 넋이 나간 표정이었다. 그가 손안의 메모지를 꽉 움켜쥐는 것을 보면서 나형조는 아무 말도 할 수 없었다. 여기서부터는 박수철이 결정해야 한다. 자신의 어머니에게 연락을 할지, 아니면 아무것도 모르던 이틀 전으로 돌아갈지.

박수철의 어머니는 그가 미래를 맡기고 사흘 후 보육원에 왔다고 했다. 미래가 보육원에 맡겨졌다는 것을 이미 알고 자신의 신분증과 가족관계증명서를 가지고 왔다고. 그리고 원장에게 간곡히 부탁을 했다.

—아이를 제가 키울 수 있게 해주세요, 원장님. 만약에 나

중에 아이를 찾으러 아들이 오거든 그때 제 전화번호를 주세요. 미리 연락하지는 마시고요.

박수철의 어머니는 알고 있었다. 아들의 삶이 곤궁하여 자식을 제대로 키우지도 못하고 있다는 걸. 하지만 자신이 아이를 데려가려 한다는 것을 알면 자신을 원망하는 아들이 당장에라도 아이를 다시 데려가리라는 걸. 그렇게 되면 아들의 삶은 다시 진흙 바닥을 기어야 한다는 것을.

아들이 직접 아이를 키우겠다고 찾아오면 그땐 살 만해진 때일 거라고 생각했다. 그러면 연락처를 전해주라고 부탁했다다. 원장은 아들을 두고 나올 수밖에 없었던 어머니의 사정을 모두 들었다. 깊이 고민한 뒤 할머니에게 아이를 보내기로 했다. 후에 아들측에서 어떤 문제를 제기하더라도 책임은 자신이 질 생각이었다.

나형조는 어떻게 그의 어머니가 아이를 보육원에 맡긴 것을 알았는지 궁금했다. 그녀가 집을 나간 건 자그마치 십 년도 넘게 지난 일이기 때문이었다. 박수철은 그 부분을 어떻게 생각할까? 궁금했지만 묻지는 않았다. 지금 그의 머릿속은 혼란 그 자체일 터였다.

무심결에 고개를 돌리던 나형조는 김형래를 보았다. 김형래는 박수철 못지않게 넋이 나가 있었다. 뭔 생각을 그렇게 하는지 나형조 쪽으로는 눈길도 주지 않았다.

"여보세요?"

갑자기 들려온 박수철의 목소리에 김형래가 고개를 퍼뜩 들었다. 나형조 역시 박수철 쪽으로 고개를 돌렸다. 그는 한 손에 핸드폰을 들고 있었고, 얼굴에는 결의가 가득했다. 드디어 자신의 어머니에게 전화를 할 결심이 선 모양이었다. 전화기 너머의 목소리를 들었는지 그의 눈 끝이 파르르 떨렸다.

"……엄마?"

무슨 말을 하는지 알아들을 수는 없었지만 박수철 옆에 서 있는 나형조에게 여자의 목소리가 들려왔다. 그녀는 울고 있는 것 같았다. 뭔가 말을 하면서도 흐느끼고 있음을 알 수 있었다. 박수철의 얼굴이 점점 일그러졌다. 그는 일순 고개를 푹 숙였다.

"엄마!"

박수철은 울었다. 세 살짜리 어린아이처럼 펑펑 울었다. 십수 년짜리 미움이 단 한순간에 무너지는 것을 나형조는 알 수 있었다.

내비게이션이 목적지 근방에 왔음을 알렸다. 내비게이션 에는 박수철의 어머니가 불러준 주소가 찍혀 있었다. 나형조는 속도를 줄이고 주변을 살폈다. 워낙 좁은 골목길인지라 적당한 데가 있으면 차를 세우고 이동하는 게 나을 듯했다.

두 사람은 고아원이 있는 공보시에서 박수철이 전에 살던 제선시로 올라와 나형조의 대포차로 갈아타고 박수철의 어머니가 있는 개현동으로 출발했다. 박수철은 자신의 차로 이동했다. 개현동은 영인시에 속한 곳이었다. 그의 어머니는 박청만이 사는 수매동에서 멀지 않은 곳에 살고 있던 것이다.

나형조는 옆을 보았다. 십수 년만에 어머니를 찾은 박수철은 그렇다 치고 김형래는 왜 저렇게 넋이 나가 있는지 알 수 없었다. 이곳까지 오는 내내 말을 하는 사람은 나형조뿐이었다. 그나마 아무도 받아쳐주지 않아 나형조 역시 입을 다물었다. 침묵 속에서 달려 이곳까지 왔다.

"여기서 내려서 걸어들어가야 할 것 같은데."

차를 완전히 멈춰 세우며 나형조가 말했다. 내비게이션이 가리키고 있는 길은 완전히 좁은 시골길이었다. 양옆으로는 논밭이 있었다. 까딱 잘못했다가는 차가 논에 고꾸라지는 일이 발생할지도 몰랐다. 그렇게 되면 문제가 생긴다. 이 차는 보험도 없는 대포차이기 때문이다. 박수철도 차가 지나가기엔 위험하다고 생각했는지 앞에서 차를 세웠다.

나형조의 말에 아무런 대답 없이 김형래가 차에서 내렸다. 나형조도 시동을 끄고 운전석에서 내렸다. 주변을 둘러봤다. 전형적인 시골 그 자체였다. 낡은 집들이 꽤 멀찍이 띄엄띄엄 자리하고, 뒤쪽으로는 산이 마을을 안듯 펼쳐져 있었다. 따스한 햇살이 그들의 얼굴을 덮었고 어디선가 새 지저귀는 소리가 들려왔다. 같은 영인시라고 해도 박청만이 살고 있는 수매동과는 완전히 분위기가 달랐다.

박수철도 두 사람을 보고 따라 내렸다.

"저 앞쪽인 것 같아요."

박수철은 나형조가 가리키는 길을 따라 걷기 시작했다. 무슨 생각을 하는지 얼굴이 잔뜩 굳어 있었다. 어머니를 만날 생각에 긴장한 것 같았다.

그들은 그 집을 금방 찾을 수 있었다. 주소를 잘 알아봤기 때문은 아니었다. 어느 낡은 집 대문 앞에 나이든 할머니가 나와 서 있었기 때문이다. 봄이 되었지만 누비로 된 조끼에 펑퍼짐한 일바지를 입고 있는 할머니였다. 그녀가 서 있는 집은 한눈에 봐도 이 동네에서 제일 오래된 집이 아닐까 싶었다. 천장에 물이 새는지 슬레이트 지붕 위에 파란색 천막이 처져 있었다.

할머니가 먼저 그들을 알아보았다. 그녀는 떨리는 손을 앞으로 뻗었다. 그러고는 천천히 이쪽을 향해 걸어오기 시작했다. 일을 너무 많이 해서 그런지 다리가 둥글게 휘었고 걸을 때마다 절룩거렸다. 나형조는 박수철을 보았다. 박수철이 걸음을 멈추었기 때문이었다. 그는 아까 통화할 때처럼 '엄마!' 하고 부르며 앞으로 달려나가지도, 울지도 않았다. 미움은 예상치 못한 순간에 녹아버렸을지라도 예전 같은 마음으로 돌아갈 수는 없을 터였다. 깨진 도자기를 아무리 훌륭한 기술로 붙여도 예전과 같은 물건이 아니듯, 그의 마음도 그러한 것 같았다.

하지만 그들의 거리는 자꾸만 가까워져 갔다. 아들이 멈춰 있었으나 어머니가 한 발짝씩 다가와 그들의 거리를 좁히고 또 좁혔다. 절룩이는 발은 아들에게 갈 수 있으면 언제까지고 버틸 수 있다는 듯 움직임을 멈추지 않았다.

결국 두 사람이 마주섰다. 어머니가 아들의 손을 움켜쥐었다.

"됐다. 됐어."

첫 마디는 그것이었다.

그녀는 이삼 일에 한 번꼴로 박청만에게 맞았다. 딱히 뚜렷한 이유는 없었다. 어느 날은 돈도 안 벌어 오는 거머리라고, 또 어느 날은 남편을 무시한다는 이유로 때렸다. 또 어떤 날에는 그냥 재수없게 생겼다는 이유로 맞았다.

박청만이 때릴 때면 그녀는 필사적으로 몸을 웅크리고 얼굴을 가렸다. 겉으로 드러나는 부분에 상처가 나지 않게 막기 위해서였다. 아들에게는 알리고 싶지 않아서였지만 아들도 자기 엄마가 아빠한테 가끔 맞는다는 사실은 알고 있었다. 박청만의 폭행이 밤낮을 가리지 않았기 때문이다. 하지만 정말 '가끔' 맞는다고 생각했지, 그렇게나 자주 맞는다는 것은 몰랐다. 엄마는 아들에게 그 사실을 알리고 싶지 않았다. 풍족하지 않은 집안에서 학교를 다니는 것도 힘들 텐데 그런 짐까지 아들에게 주고 싶지 않았다.

이틀을 연속으로 맞던 날이었다. 그녀는 이번엔 정말 죽을 것 같다고 생각했다. 아들을 더는 보지 못하는 게 억울하지 죽음이 두렵지는 않았다. 그녀는 시집오기 전 돌아가신 엄마의 얼굴을 떠올렸다. 죽는 것이 맞는 것보다 더 아프지는 않을 것 같았다. 배를 밟혔을 때는 눈앞이 깜깜해지기도 했다.

삼 일째, 그녀는 문득 정신을 차렸다. 두려움이 온몸을 덮쳤다. 그 두려움의 정체에 대해 그녀는 이렇게 말했다.

"죽일까봐."

이야기를 함께 듣던 나형조는 아주 잠깐 자신의 귀를 의심했다. '죽을까봐'도 아니고 '죽일까봐'라니. 혹시 박청만이 자신을 죽일까봐 두려웠다는 말을 잘못한 걸까? 하지만 그녀는 죽음보다 폭력이 더 두려웠다고 이미 말했었다.

임옥분은 어리둥절한 얼굴을 하는 세 사람에게 다시 짚어 말해주었다.

"내가 남편을 죽일까봐."

문득 정신을 차렸을 때, 그녀는 남편이 먹는 국에 쥐약을 타고 있었다. 그때는 재개발되기 전이라 바퀴벌레며 쥐가 들끓던 시기였다. 재개발을 기다리며 집을 버리고 다른 데로 많이들 이사해서 빈집도 많았다. 각종 벌레와 쥐들이 먹을 것을 찾아 사람 사는 집으로 들어왔다. 그녀도 쥐 때문에 심심찮게 놀라곤 했다. 한번은 천장에 매달린 쥐를 보고 기절할 뻔한 적도 있었다. 그래서 사다놓은 약이었다. 그 약을 살 때는 남편의 국에 넣을 거라고 결코 생각해본 적 없었다.

그녀는 화들짝 놀라 국을 그대로 싱크대에 부어버렸다. 두려움이 엄습했다. 자신이 사람을 죽일 수 있다고는 단 한 번도 생각지 않았다. 하지만 더 두려운 게 있었다.

"널 살인자의 자식으로 살게 할 순 없었어."

도망가야 한다고 생각했다. 이대로 더 살면, 더 맞으면 자신이 무슨 짓을 할지 스스로도 장담할 수 없었다.

아들을 데리고 나갈 생각을 하지 않은 것은 아니었다. 아들에게 지금껏 있었던 일을 모두 말하면 아들은 당연히 자신을 따라나설 것이었다. 하지만 그렇게 하지 못했다. 자신이 없어서였다.

그녀는 남의 돈을 한푼도 벌어본 적 없었다. 남편은 매일 자신을 거머리라고 불렀다. 남의 등에 붙어 피를 빨고 사는 거머리. 그런 거머리가 자식을 제대로 먹이고 입히며 키울 수는 없을 것 같았다. 아들을 고생시킬 수는 없었다. 남편은 거머리인 마누라는 때렸지만 자식에게는 손 한 번 올린 적 없는 사람이었다. 그런 아버지 밑에서 행복할 수는 없어도 제대로 학교에 다니며 먹고 살 수는 있을 터였다. 자신만 나가면 된다고 생각했다. 하지만 나가서 언제고 자리를 잡으면 반드시 아들을 찾아오리라, 그때는 그렇게 다짐했었다.

하지만 사회는 쉽지 않았다. 주방일 말고는 할 줄 아는 게 없는 그녀는 취직도 쉽지 않았다. 집안에서 하던 요리와 식당의 요리는 달랐다. 결국 설거지 일을 전전했다. 당연히 급여도 많지 않았다. 식당 사장에게 부탁해 한 달 정도를 식당에서 잠을 잤다. 고된 하루하루였다. 집으로 돌아갈까 싶은 마음이 단 한 번도 들지 않았다면 거짓말이다. 하지만 그런 생각이 들 때마다 온몸에 소름이 돋았다. 남편의 국에 쥐약을 넣던 그날이 떠올라서였다.

첫 월급을 받아 보증금도 없는 다섯 평짜리 지하방을 구했다. 남편이 찾아오는 꿈을 수일에 한 번은 꼭 꾸었다. 그럴 때면 사지를 떨며 울었다.

아들이 보고 싶었다. 가게가 쉬는 날이면 아들을 찾아 수매동으로 향했다. 멀리서 아들이 등교하는 걸 보고 다시 돌아와 가게 일을 한 적이 많았다. 그래서 박청만의 눈에 띌 게 무서워도 영인시를 벗어나지 못했다. 아들의 졸업식에도 참석하고 싶었지만 그러지 못했다. 혹시나 박청만을 만날까 두려웠기 때문이다. 아들이 결혼한 것도 알았고 가끔 아들이 결혼한 집에 놀러가는 상상을 하며 신혼집으로 찾아간 적도 있었다. 그 무렵 그녀는 드디어 돈을 모아 다 허물어져 가던 단독주택을 월세로 얻을 수 있었다. 아들 앞에 나선다면 어떤 반응을 보일까 상상하기도 했다.

그러던 중 아들이 더이상 그 집에 있지 않다는 걸 알았다. 경비를 통해 이혼했다는 소식을 듣고는 큰 충격에 빠졌었다. 자신의 박복함을 아들에게 물려준 걸까 두려웠다.

그렇게 뒤에서 숨죽여 지켜보며, 아버지의 집으로 들어갔던 아들이 그 집에서 다시 나와 다 허물어져가는 아파트에 살게 된 것도 알았다. 그녀는 자주 아들의 집 앞을 서성이며 손녀의 울음소리를 듣고 초조해했다. 아무래도 내가 나서야 겠다, 하고 결심한 후 찾아갔을 때 아들이 손녀를 데리고 택시를 타는 모습을 봤다. 한 손에는 짐가방이 들려 있었다. 이상한 예감이 들었다. 바로 택시를 잡아 뒤따라갔다. 아들이 손녀를 보육원에 맡기는 걸 그래서 알게 되었다.

며칠을 고민했다. 아들을 찾아가 용서를 빌까. 그러고서 손녀를 자신이 키워주겠다고 말할까. 그러면 용서해주지 않을까. 하지만 그러지 않았다. 아들도 혼자 일어서길 바랐다. 자신처럼, 이라고는 못하겠지만, 어쨌든 혼자의 힘으로 일어서서 자식을 당당히 찾으러 오길 바랐다. 자신처럼 자식 앞에 나타나지도 못하고 발을 동동거리기만 하는 사람이 되지 않기를 바랐다. 그래서 보육원 원장에게 부탁했다. 아이는 자신이 키우되 아들이 스스로 찾아올 때까지 연락하지 말아 달라고 말이다.

그리고 아들은 드디어 자신의 손으로 자식을 찾으러 왔다.

"됐다, 됐어." 그렇게 말하던 그녀의 목소리가 다시금 나형조의 귀를 울렸다.

이야기를 모두 들은 박수철은 울고 있었다. 그는 어머니의 거친 손을, 관절염이 와 이리저리로 굽은 손을 양손으로 붙잡았다.

"엄마를 원망했어. 왜 나를 버리고 나갔냐고. 그런 아버지한테 날 버리고 나가면 난 어쩌라는 거냐고 욕하면서."

"미안하다, 미안해. 내 아들."

"하지만 자식을 낳아보니 알게 됐어. 내 고생은 자식에게 물려주고 싶지 않았어. 그래서 보육원에 보냈어. 변명 같겠지만 버리려고 한 게 아니야. 이제는 엄마의 마음을 이해할 수 있어."

"고맙다, 고마워."

그녀는 나형조와 김형래를 향해 고개를 돌렸다.

"두 분께도 감사드립니다. 제 아들과 어떤 관계이신지는 모르지만 이렇게 아들을 데려와주셔서 정말 감사드려요."

몇 번이고 고개를 숙이는 통에 나형조와 김형래는 어찌할 줄 몰라 그저 머리만 끄덕거렸다. 이 모습을 보던 박수철은 다시 어머니의 손을 잡았다.

"엄마. 난 아버지한테로 돌아갈 거야. 날 데리고 가려고 이분들이 오신 거야. 엄마도 가자."

그녀는 눈을 동그랗게 뜨고 아들을 보았다.

"난……"

"엄마도 같이 가. 가서 사과받자. 그러자, 엄마."

11

　박수철의 어머니 임옥분은 나형조와 김형래가 박청만의 심부름으로 아들을 찾으러 온 사람들이라는 사실에는 별로 놀라지 않았으나, 박청만이 긴암에 걸렸고, 심지어 살날이 얼마 남지 않았다는 말을 듣고는 충격을 감추지 못했다.

　"그렇게 정정하던 양반이……"

　임옥분은 머리를 짚었다. 나형조는 그 모습이 이상하게 여겨졌다. 자신을 때리던 사람이 죽을병에 걸렸다는 게 그렇게 충격적일까? 차라리 속이 시원하지 않을까 싶기도 했다.

　"그래요. 그러니까 엄마, 같이 가요."

　임옥분은 잠시 생각해본 뒤 다급히 고개를 저었다.

"찾은 건 너와 미래뿐이잖니. 둘이 다녀와라. 아니면 이제 살 만해졌다니 거기서 살아도 좋고. 나는 네 아버질 볼 자신이 없다."

"아니에요, 엄마. 엄마가 미래를 데리고 있지 않았어도 저는 미래를 찾은 후에 엄마도 찾아 함께 갔을 거예요. 아까 말했듯이 아버지는 곧 죽는대요. 이제 마지막이란 말이에요."

"뭐가 마지막이라는 거니?"

"사과를 받을 마지막 기회요."

임옥분은 잠시 굳은 얼굴을 했다. 자신이 사과를 받을 수 있다고는 한 번도 생각해보지 않은 사람 같았다. 아니, 사과를 받아야 한다는 걸 전혀 생각지 못한 듯했다. 그녀는 창백해진 얼굴로 얼른 대답하지 못했다. 시선을 어디에 두어야 할지 모르는 사람처럼 여기저기 눈을 돌리는 행동이 마치 그녀의 혼란스러운 머릿속을 보여주는 듯했다.

"할머니!"

밖에서 카랑카랑한 목소리가 들려왔다. 잰걸음으로 뛰어오는 소리도 들렸다. 이번에는 조금 전의 어머니처럼 박수철의 얼굴이 굳었다. 그는 양손을 들어 입을 막았다. 헤어질 때의 미래는 말도 못 하는 아이였다. 자신이 버려진다는 것을 알지도 못했을 터였다. 그러나 이제는 다르다. 자신이 아버지의 손에 버려졌다는 사실을 알 것이다. 이제는 저 카랑한 목소리로 원망의 말을 뱉을 수도 있는 나이가 됐다.

"할머니?"

문이 열리고 그 사이로 작은 소녀가 모습을 드러냈다. 아이는 집안 상황에 놀란 것 같았다. 할머니는 울고 있고 그 뒤로 시커먼 남자가 둘이나 서 있다. 할머니 앞에 앉은 박수철 역시 아이에게는 '웬 아저씨' 정도일지 모른다.

"미래야."

용기를 낸 듯이 박수철이 한쪽 무릎을 굽힌 채로 미래를 향해 양손을 벌렸다. 아이는 여전히 신발장 앞에서 움직이지 않았다.

"누구세요?"

임옥분이 미래에게 말했다.

"미래야, 아빠야."

미래는 작은 눈을 크게 떴다. 그러고는 여전히 양팔을 벌리고 자신을 기다리고 있는 박수철에게로 고개를 돌렸다.

"아빠?"

그 순간 박수철의 눈에서 굵은 눈물이 흘렀다. 박수철은 목이 메어 맞다고 말할 수도 없는 것 같았다. 그가 크게 고개를 끄덕였다.

"아빠!"

미래가 달려와 박수철에게 안겼다. 신발을 벗지도 않은 채였다. 박수철은 온 힘을 다해 미래를 안았다. 아이는 그 작은 손으로 박수철을 힘껏 부여잡았다.

"미안하다, 미안해! 아빠가 이제 와서 너무 미안해."

"아니야. 할머니가 아빠 돈 벌러 갔다고 했어. 미국은 너무 멀잖아. 그래서 늦게 올 거라고 나도 알고 있었어."

아이의 목소리 끝이 살짝 떨렸다. 늦게 오리라는 걸 알았다면서도 그 작은 마음으로 아빠를 얼마나 기다렸을지 알 것 같았다.

박수철은 말없이 아이를 안고서 울었고 미래 역시 박수철의 품에서 울음을 터뜨렸다. 그 모습을 보던 임옥분은 두 손으로 얼굴을 가리고 울었다. 헤어져 있던 시간이 낸 상처는 금방 치유가 될 것 같았다.

나형조는 안도의 한숨을 내쉬었다. 어쨌든 박청만이 원하는 아들과 손녀를 모두 찾았다. 이제 이들을 그의 앞에 데리고 가면 되는 것이다. 기쁜 마음에 어깨동무라도 할까 싶어 옆을 본 순간 그는 움찔 놀랐다. 김형래가 우두커니 서서 눈물을 줄줄 흘리고 있었기 때문이었다. 누가 보면 저들과 한 가족이라도 됐다고 생각할 것 같았다.

"아빠, 나 배고파."

상봉의 시간이 지나고 울음이 잦아들었을 때, 마치 마법을 깨듯 미래가 말했다. 박수철은 얼른 아이를 안은 팔을 풀었다. 임옥분도 눈물을 닦아내며 웃었다. 김형래도 흠뻑 젖은 얼굴을 옆으로 돌리고 소매로 쓱쓱 닦았다. 나형조는 약간 한심스럽다는 표정으로 김형래를 보았다.

"그래, 밥 먹자. 오늘은 할머니가 맛있는 거 해줄게."

임옥분은 얼른 일어나 지갑을 챙겨 들고 밖으로 나갔다. 함께 가자는 박수철과 실랑이를 벌인 후였다. 임옥분은 그가 조금 더 미래와 함께 있어주기를 바라는 것 같았다. 그녀가 집을 나선 후 박수철은 미래의 손을 잡고 아이가 하는 이야기를 모두 들어주었다. 거의 선생님과 친구들, 학교에서 배우는 것들에 대한 이야기였다. 할머니가 가끔 맛있는 걸 해준다는 이야기도 했다. 아이의 세상은 학교와 할머니로 가득 찬 것 같았다. 미래는 미국 생활은 어땠는지 묻기도 했는데 박수철은 대충 얼버무리고 말았다. 거짓말로 충분히 꾸며낼 수도 있었겠지만 일부러 그러지 않는 듯했다. 아이에게 하는 거짓말은 '아빠가 금방 데리러 오겠다'는 말로도 충분한 것 같았다.

아이의 재잘거리는 소리가 잠깐 멈추었을 때 나형조는 앞으로 나섰다. 박수철이 조금 당황한 얼굴로 나형조를 보았다. 지금까지 나형조가 자신과 한 공간에 장승처럼 서 있었다는 것을 잊은 사람 같았다. 박수철은 얼른 나형조를 향해 일어섰다.

"오늘 저녁은 여기서 같이 먹고 주무시는 게 어떨까요? 집은 좁지만 거실에서 주무셔도 괜찮다면…… 아니면 숙소라도 잡아드릴까요?"

나형조는 가볍게 고개를 저었다.

"거실에서 자는 게 모텔 같은 곳보다는 훨씬 좋습니다. 그런데 제가 묻고 싶은 건 내일 출발할 수 있겠느냐는 겁니다. 어머니를 모셔가고 싶어하시는 것 같은데……"

"어머니는 제가 설득할 겁니다. 아버지에게 꼭 사과를 받게 할 거고요. 어머니도 지난 인생을 보상받으셔야죠."

박수철의 결심은 굳건했다. 가볍게 고개를 끄덕인 후 나형조가 말했다.

"알겠습니다. 그럼 잠시 전화 한 통만 하고 들어오죠."

나형조는 고개를 돌려 김형래를 보았다. 김형래는 눈이 벌게져서 여전히 씨근덕거리고 있었다. 아직도 감정을 제대로 추스르지 못한 것 같았다. 딱히 데리고 나가도 도움이 될 것 같지는 않았다. 전화를 한 통 하고 오겠다고 말하자 김형래는 넋이 나간 표정으로 고개를 끄덕였다. 나형조는 고개를 절레절레 흔들며 밖으로 나갔다.

좁은 마당의 한구석에 서서 나형조는 핸드폰을 꺼내 들었다. 그리고 저장된 박청만의 전화번호를 찾아 통화 버튼을 눌렀다. 신호가 한 번 가기도 전에 바로 박청만의 목소리가 날아들었다.

"왜 이제야 연락을 하는 거야?"

목청이 하도 커서 죽을 날을 받아놓은 사람이라고는 아무도 믿지 않을 것 같았다. 인상을 찌푸리며 전화기를 귀에서 살짝 뗴었다가 다시 가져다대었다.

"일이 좀 많았습니다. 아드님이 주소지에 안 계시고 다른 데로 이사를 하는 바람에."

딸을 보육원에 맡겼었다는 얘기까지는 하지 않을 생각이었다. 그런 것은 살다보면 자연스레 알게 될 일이다. 굳이 지금 말하지 않아도 된다. 물론 임옥분을 만난 일도 아직은 말할 생각이 없다. 지금 말했다가는 '그 여자는 데려오지 말라'고 할지도 모른다. 그러면 박수철도 자신을 따라나서지 않을 것이다. 아버지는 하나도 바뀌지 않았다면서 말이다.

"그래서, 찾은 거야? 찾았어?"

"네. 힘들게 찾았습니다."

나형조는 일부러 '힘들게'에 힘을 실었다. 두 사람을 찾느라 고생한 걸 알면 수고비를 조금 더 챙겨줄지도 모를 일이다.

"몸 상태는? 둘 다 건강해?"

다급한 목소리였다. 역시 그도 아버지였다. 폭행으로 어머니를 잃게 한 아버지이지만, 그래도 그 역시 아버지였다. 아들이 집을 나가며 돈 한푼 들고 나가지 않았으니 매일같이 아들과 손녀의 건강을 걱정하며 살았을 것이다. 나형조는 마음속으로 흐뭇한 미소를 지으며 말했다.

"네. 물론 둘 다 건강합니다."

전화기 너머에서 안도의 한숨소리가 들려왔다.

"그럼 빨리 집으로 데려오지 않고 뭐하고 있어?"

"너무 늦었잖습니까?"

"그게 무슨 상관이야."

"아이가 있잖아요."

변명을 늘어놓았다. 미래가 걱정인 건 사실이었다. 아빠가 돌아온 걸 바로 조금 전 알게 되었다. 그런 아빠가 느닷없이 할아버지를 만나러 가자고 하면 아이가 혼란스러워할 것이 분명했다. 게다가 임옥분도 있다. 함께 박청만의 집에 가면 어떤 식으로든 박청만이 언성을 높일 것이 분명했다. 아무것도 모르는 아이가 얼마나 놀랄지는 뻔했다.

2인조

175

그렇다고 며칠 뒤로 미루겠다는 것도 아니었다. 아빠와 하룻밤 정도 보내면 충분하다. 아빠가 할아버지를 만나러 가자고 잘 말하면 아이도 이해할 것이다. 아까 보니 꽤 똘똘해 보였다.

아이 때문에 안 된다는 말에 박청만은 조금 멈칫하는 기색이었다.

"그럼 내일 올 거야?"

"네. 그렇게 말할게요."

"내일 꼭 와야 해."

그렇게 말한 박청만은 잠깐 뜸을 들였다가 말했다.

"수철이가 좋아하는 사과 사다 놓겠다고 해줘."

나형조는 그 말에 여지없이 웃음소리를 내고 말았다.

"네. 알겠습니다."

전화를 끊은 나형조는 크게 숨을 내쉬었다. 이제 일이 술술 풀릴 것만 같았다. 그는 한껏 기지개를 켜며 시골의 깨끗한 공기로 폐를 부풀렸다. 상쾌한 기분이 들었다. 어쩐지 기분이 좋았다. 왜인지는 잘 모르겠다. 그냥 크게 한 건 한 기분. 그런 것이었다. 앞으로 들어올 돈 때문만은 아닌 것 같았다.

나형조는 집안으로 돌아갔다. 어느새 눈물을 거둔 김형래가 아이와 놀아주고 있었다. 그제야 집안을 둘러보니 아이의 장난감들이 꽤 많았다. 어려운 살림에 아이까지 키우느라 임옥분이 얼마나 고생했을까 하는 생각이 들었다.

박수철은 함께 놀고 있는 딸아이와 김형래를 쳐다보며 웃고 있었다. 그러다 나형조가 돌아오자 무심결에 고개를 돌렸다. 시선이 마주치자 나형조가 눈짓을 했다. 그러고는 먼저 안방으로 걸어들어갔다. 잠시 뒤 박수철이 안방으로 들어왔다. 그는 무슨 할말이 있느냐는 표정으로 나형조를 보았다.

"내일, 아버님께 갈 수 있죠? 많이 기다리고 계세요. 살날이 많이 남지 않았으니 왜 안 그렇겠어요."

나형조는 일부러 돌려서 말했다. 당장 오라고 윽박을 질렀다는 이야기는 굳이 할 필요 없을 것 같았다. 그리움은 그 윽박의 기저에도 똑같이 흐르고 있다.

박수철은 아랫입술을 살짝 깨물며 생각에 잠겼다가 다시 눈을 맞췄다. 그는 고개를 끄덕였다. 나형조는 그 고갯짓만으로 환호하고 싶은 기분이었다. 이제 자신의 손에 큰돈이 쥐어진다.

"굳이 미룰 이유는 없겠죠. 하루라도 아버지가 괜찮으실 때 가는 게 맞겠죠."

"아이에게는 미리 잘 말해주는 게 좋을 것 같습니다."

"물론이죠."

"어머니도 꼭 모시고 가야겠습니까?"

나형조는 조심스럽게 물었다. 괜히 문제가 커질지도 모른다.

"당연하죠. 어머니도 모시고 갈 겁니다. 아까 말했던 것처럼 아버지는 그렇게 가시면 안 돼요. 어머니께 마지막으로 용서를 비셔야 합니다. 그래야 아버지도 마음 편히 떠나실 거예요."

고개를 끄덕였다. 나형조로서는 말릴 이유도 없다. 박수철이 그렇게 결정했으면 그대로 따르는 것이 맞다. 어차피 박청만이 원한 것은 박수철과 미래였다. 둘을 데리고 간 것은 맞으니 자신들은 지시받은 대로 완벽히 이행한 셈이다. 그 이후는 가족끼리의 문제다.

두 사람은 안방에서 나왔다. 그런 두 사람을 발견한 김형래가 반색하며 큰 소리로 말했다.

"얘 천재예요, 천재!"

"네?"

"무슨 소리야?"

김형래는 한쪽 손에 핸드폰을 들고 있었다. 그의 바로 앞에 미래가 붙어 앉아 있었다. 둘은 이미 그 정도로 친해진 모양이었다.

"자, 봐."

김형래는 미래가 자기 자식이라도 되는 것처럼 입을 크게 벌리고는 자랑할 태세였다. 그러고는 키패드를 열어 번호 몇 개를 눌렀다. '그게 뭐야?' 하고 물으려는 참에 미래가 말했다.

"010, 1343, 4859."

그 말을 듣자마자 김형래가 핸드폰을 이쪽으로 보였다. 화면 안에 조금 전 미래가 말한 번호가 똑같이 입력돼 있었다.

"절대음감이라고요, 절대음감!"

당연히 박수철은 그런 사실을 몰랐던 것 같았다. 입을 헤벌린 그를 보며 김형래는 다른 번호를 눌렀다. 나형조는 소리만으로는 그가 무슨 번호를 누르는지 전혀 알 수 없었다.

"249865."

김형래가 보인 화면 안에는 역시나 같은 숫자가 떠 있었다. 박수철이 환히 웃었다.

"아내가, 아니 전아내가 피아노를 전공했었어요. 어쩌면 그 유전자를 물려받았는지도 모르겠네요. 미래가 배우고 싶어한다면 피아노를 가르쳐야겠어요."

박수철 역시 놀라움과 흐뭇함을 감추지 못하며 말했다. 그때 현관문이 열리며 임옥분이 들어왔다. 양손 가득 장바구니와 검은 봉투가 들려 있었다. 김형래가 반색하며 뛰어가 박수철과 함께 짐을 나누어 받았다.

"어머니, 천재 손녀 두셨어요!"

"네?"

김형래는 미래가 절대음감이라며, 절대음감이 무엇인지 임옥분에게 친절하게도 설명했다. 모르는 사람이 보면 미래의 아버지가 박수철이 아니라 김형래라고 해도 믿을 정도였다.

임옥분이 사 온 것은 삼겹살이었다. 그날 저녁 삼겹살 파티가 벌어졌다. 두 사람만 살던 집안에 오랜만에 온기가 퍼졌다. 그런 자리엔 술이 빠지지 않았다. 거나하게 몇 잔 마신 김형래가 식사를 하다 말고 빈병에 숟가락을 꽂고 일어서서는 노래를 한 자락 부르겠다고 말했다. 아무도 시키지 않은 일이었지만 그는 새벽에 우는 수탉처럼 목을 길게 빼고 노래를 불러댔다. 노래가 끝난 후 박수는 나왔지만 앙코르를 요청하는 사람은 없었다.

"김형은 노래하는 걸 좋아하는 하나본데 딱 좋아만 하네."

나형조가 살짝 비꼬았다. 모두가 웃었고 김형래는 한 곡 더 불러볼 테니 다시 들어보라고 혼자 설쳐댔다.

그날 저녁, 그 자리에서 행복해 보이지 않는 사람은 아무도 없었다.

꿈을 꾸었다. 꿈속에서 나형조는 그게 꿈이라는 것을 자각하고 있었다. 왜냐하면 그는 바로 '그날'에 가 있었기 때문이었다.

아내가 방으로 들어왔다. 또 집구석에만 있느냐며 일을 찾으러 나가지 않는 그를 비난했다. 아내는 그가 수차례 경찰서에 들락거린 일을 알고 있었다. 그래서 그가 제대로 된 일을 찾기를 바랐다. 나형조도 그러고 싶었지만 경력도 뭣도 없이, 이력이라고는 '절도'가 전부인 자신을 써줄 곳은 없었다.

"그렇게 할일이 없어? 그럴 거면 차라리 나가서 도둑질이라도 해. 영식이네 자전거 샀더라? 왜? 빨리 나가서 그거나 훔쳐오지."

분명 그 말은 빈정거림이었다. 그러나 그 말을 들은 후 나형조는 계속 가슴이 뛰었다. 커터로 잠금쇠를 끊는 감각이 손에 생생했다. 그날 밤에 나형조는 영식이의 집으로 향했다. 담을 넘었다. 자전거가 있었다. 담벼락에 기대어 놓인 자전거를 이리저리 살폈다. 빛이 비출 때마다 반짝였다. 좋은 모델이었다. 못해도 몇백은 줬을 것 같았다. 그런데 자전거에 커터를 가져다댔을 때 그 집 아들 영식과 마주쳤다. 우람한 근육이 달빛을 받아 번들거렸다. 그는 도망치려 했고, 아주 간단히 영식의 손에 붙잡혔다. 손을 휘두른다는 것이 커터로 영식에게 상처를 입히고 말았다. 자신의 얼굴은 보지 못해 다행이라고 생각하며 집으로 돌아가 잠을 잤다. 몇시가 되었는지 모를 시각, 경찰들이 찾아왔다.

아내가 말했다.

"빨리 잡아가요."

나형조는 눈을 떴다. 상체를 일으키고 앉아 깊은 한숨을 내쉬었다. 그는 지금 박수철의 어머니 집 거실에 있었고 사위는 적막하다. 모든 것은 어둠에 휩싸여 있었다. 이런 꿈을 꾸다니 재수가 없다. 그런 생각을 하며 손으로 옆을 짚었다. 만져져야 할 것이 만져지지 않았다.

김형래가 없었다.

12

나형조는 김형래가 누워 있던 자리의 이불 속에 손을 넣어 보았다. 아직 온기가 있었다. 일어나 밖으로 나간 지 얼마 되지 않았다는 얘기였다. 옆을 더듬거려 돈 가방이 있는 것을 확인한 나형조는 낮은 한숨을 내쉬었다. 걱정한 자신이 바보 같았다. 여기까지 와서 김형래가 내뺀다는 것은 있을 수 없는 일이었다. 내일이면 바로 일억이 생기니까.

나형조는 자리를 털고 일어나 조심히 거실을 가로질렀다. 낡은 현관문이 삐거덕 소리를 내지 않도록 주의하며 문을 열었다. 개구리 입이 떨어진다는 경칩이 지나긴 했어도 아직 아침저녁으로는 썰렁했다. 소름이 돋아난 팔을 문지르며 마당으로 나섰다. 주변을 둘러보자 검은 형체가 보였다. 김형래였다. 그는 선 채로 먼 하늘을 바라보고 있었다. 무슨 생각을 하는지 모를 일이었다.

"김형."

갑자기 들려온 소리에 김형래는 어깨를 흠칫하며 뒤를 돌아보았다. 그는 나형조를 돌아보며 괜히 미안해했다.

"나 나오는 소리 때문에 깼어?"

역시 일어난 지 얼마 되지 않은 것 같았다.

"아니, 화장실 가려다가 보니까 없는 것 같아서."

나형조는 자신의 악몽에 대해 이야기할 마음이 없었다.

"김형은?"

"잠이 잘 안 와서."

"왜? 내일 돈 들어올 생각하니까 떨려서?"

장난으로 해본 말이었는데 김형래는 웃지 않았다. 다시금 먼 하늘을 바라보는 것 같았다.

"글쎄."

"왜? 무슨 일 있어?"

"저기……"

김형래가 돌아섰다. 뭔가 할 얘기가 있는 것 같았다. 내일 박청만에게 받을 돈을 전부 자신에게 달라는 얘기만 아니면 나형조는 무슨 얘기든 들어줄 용의가 있었다.

"이 일만 끝나면 찢어지자."

"뭐?"

생각지도 못한 말이라 나형조의 목소리가 조금 커졌다. 그는 자신의 소리에 놀라 입을 막으며 몸을 움츠렸다. 그 자세로 김형래의 얼굴을 보았다. 담 너머 가로등 불빛에 비친 그의 얼굴에는 장난기가 하나도 없었다. 그는 지금 진심을 말하고 있었다. 성공하지 않으면 집으로 돌아가지 않겠다던 그였다. 무슨 생각인지 나형조로서는 알 수 없었다.

"왜 그래, 갑자기?"

나형조의 물음에 김형래는 낮은 한숨을 내쉬었다.

"박수철씨 어머니를 보면서 우리 엄마 생각이 많이 났어."

'역시'라고 생각하며 나형조는 입맛을 다셨다. 박수철의 어머니를 만나고 나서 김형래가 조금 달라진 것을 나형조도 느끼고 있었다. 자주 생각에 빠져 있기도 했고, 같이 웃는 가족들을 보면서 짠한 미소를 보내기도 했다. 박수철의 어머니를 보며 자신의 어머니를 떠올리는 게 분명하다고 생각하긴 했지만 그게 성공해서 돌아가겠다던 마음을 꺾을 줄은 예상하지 못했다.

"성공해서 돌아가겠다며?"

나형조의 말에 김형래는 고개를 저었다.

"그런 걸 엄마가 바랄 것 같지 않아."

박수철의 어머니는 자식을 버린 박수철을 기다려주었다. 당장 찾아가 아이를 맡아줄 테니 일을 하라며 도와줄 수도 있었지만 그러지 않았다. 스스로 일어서서 아이를 찾으러 오기를 바랐다. 김형래는 자신의 어머니 역시 사기로 돈을 많이 벌어오길 기대하지는 않을 거라는 생각이 들었다. 어머니가 기다리는 것은 마음을 고쳐먹고 새 삶을 사는 자식이라는 것을 깨달았다.

"수감되어 있는 동안 엄마는 내가 정신을 차리고 바른길을 가는 사람으로 다시 태어나 돌아오길 기다렸을 거야. 그리고 나는 이제 엄마의 소원을 들어주고 싶어. 엄마가 보고 싶어."

김형래는 자신의 마음을 되도록 솔직히 말했다.

"나형에게는 미안해."

나형조는 허공을 보며 잠시 생각에 잠겼다. 별로 아쉬운 마음이 들지 않는다는 것이 스스로도 의외였다. 왠지 이렇게 될 줄 알았던 것 같다. 게다가 김형래는 어차피 가짜 사기꾼이었다. 대업 같은 건 잊은 지 오래다. 이 일이 끝나면 시골 노인들이나 찾아가 가짜 약이나 팔아봐야 하나, 계획을 세워보기도 했다. 하지만 지금의 김형래라면 노인들의 뒤통수를 치는 일은 하지도 못할 것이다.

"됐어. 어차피 가짜 사기꾼인 주제에. 그래, 김형은 집으로 돌아가. 난 아쉬울 거 없어."

김형래는 조심스럽게 물었다.

"나형은 어떻게 할 건데?"

"글쎄. 다른 파트너를 찾거나 혼자 뛰어야지."

김형래가 풋, 웃었다.

"자전거 도둑 주제에."

나형조는 발끈했다.

"바늘 도둑이 소 도둑 된다는 얘기 못 들었어? 두고 봐. 크게 한탕 치고 베트남 가서 집 짓고 살 거야. 나중에 뉴스에서 보고 놀라지나 말라고."

"그러지 말고 나형도 가족에게 돌아가."

그 말을 들은 순간 아까의 악몽이 떠올랐다. '그날' 아내는 분명 함정을 팠다. 남편인 자신이 자전거를 훔치도록 만들고 경찰에 신고했다. 그리고 그후 자신을 한 번도 찾아오지 않았다. 그 역시 집으로 편지 한 통 보내지 않았다. 역시 나형조는 아내를 용서할 수 없었다. 앞으로 딱 한 번만 아내를 찾아갈 것이다. 이혼 절차를 밟을 때가 그날이다.

"난 가족 같은 거 없어."

"나형."

"시끄럽고 얼른 들어가자. 내일은 하루가 길 거야."

나형조는 먼저 돌아서서 현관문으로 향했다.

"나형."

김형래가 다시 불렀지만 돌아보지 않았다. 소리를 내지 않기 위해 까치발을 하고 안으로 들어섰다. 다행히 그들 때문에 깬 사람은 없는 것 같았다. 나형조는 어느새 그들의 밤이 편안하기를 빌고 있었다.

안으로 들어가 원래 자리에 누워 이불을 덮었다. 잠시 뒤 김형래가 따라 들어왔다. 나형조는 눈을 감았다. 감은 눈꺼풀 위로 시선이 느껴졌지만 눈을 뜨지 않았다. 김형래가 옆으로 와 눕는 것이 느껴졌다. 나형조는 잠을 다시 청하려 했지만 잠이 오지 않았다. 결국 그 상태로 아침을 맞이했다.

아침이 오자 모두들 식탁에 둘러앉았다. 아침밥을 먹고 출발하기로 한 것이다. 박수철과 미래는 컨디션이 좋아 보였지만 임옥분은 눈 밑에 그늘이 검게 늘어져 있었고, 횐자는 충혈되어 있었다. 당연히 잠을 못 잤겠지 싶던 차에 결국 그 말을 꺼냈다.

"나는 안 가면 좋겠어."

어두운 표정이었다. 아직 남편에 대한 트라우마가 남은 모양이다. 남편을 만날 생각을 하니 트라우마가 되살아난 것이 분명했다. 자식과 아내는 또 다르다. 자식은 피로 이어진 정이 있지만 아내는 남이나 다름없다. 지독한 폭행을 당했으니 상대는 범죄자와 다르지 않다. 임옥분은 굳이 그 범죄자를 만나고 싶지 않은 것이다.

"그래요, 박수철씨. 어머니는 모시지 말고 가요. 저렇게 두려워하시는데 굳이 가셔야 할 이유는 없잖아요."

나형조는 박수철을 설득했다. 박수철이 꼭 어머니를 모시고 가야 한다고 고집을 부리면 난감해진다. 박청만에게 이미 오늘 아들을 데리고 가겠노라고 약속한 터였다.

하지만 박수철은 단호했다.

"아니요, 어머니. 전 어머니랑 같이 갈 거예요."

나형조는 크게 한숨을 쉬었다. 박수철이 말을 이었다.

"이제 아버지도 많이 늙으셨어요. 그러니까 어머니는 두려워하지 마세요. 옛날처럼 제가 어리지도 않잖아요. 그런 불상사가 생겨도 제가 막아요. 이것 봐요. 어머니는 아직도 옛날에 갇혀 두려워하고 계시잖아요. 하지만 아버지가 사과하고 용서를 구하면 어머니는 나아질 거예요. 그리고 제가 어머니를 꼭 모시고 가려는 이유가 있어요. 전 앞으로 어머니 모시고 살 겁니다. 아버지에게 시간이 얼마나 남았는지는 모르지만 어머니는 꼭 트라우마를 치료하고 저랑 같이 사셔야 해요."

"수철아……"

어머니의 눈시울이 붉어졌다. 나형조 역시 재빨리 태도를 바꿨다.

"그래요, 어머님. 아드님 말씀도 맞아요. 트라우마는 오래가는 겁니다. 아버지께 사과를 받으시면 어머님의 지난 상처도 아물겁니다. 분명히요."

"하지만……"

"같이 가요, 어머니."

단호한 박수철의 목소리에 잠깐 고민하던 임옥분은 미래를 잠깐 보더니 이내 고개를 작게 끄덕였다. 결국 세 사람 모두를 박청만에게 데려다줄 수 있게 되었다. 나형조와 김형래를 포함해 다섯 사람이 박청만을 만나러 간다. 그렇게 되면 다섯 사람 모두 지금보다는 훨씬 부자가 될 수 있다.

"자, 그럼 얼른 식사 마치고 출발하시죠!"

나형조가 들뜬 목소리로 말했다. 식탁에는 무말랭이 무침, 삭힌 고추, 깻잎장아찌가 소박하게 놓였다. 가운데에는 순두부찌개가 뚝배기 안에서 부글부글 끓고 있었다. 나형조는 다른 사람들 보란 듯이 크게 밥 한 숟가락을 떠 입안에 넣었다.

그리고 무말랭이를 입에 집어넣고 꼭꼭 씹었다. 짭조름하고 달큰한 맛과 특유의 식감이 입맛을 돋웠다. 모두 식사를 다시 시작했다. 하지만 나형조의 숟가락질은 속도가 점점 줄어들었다. 어쩐지 아내가 생각나는 맛이었다.

식사를 마친 후 간단히 정리를 하고 집을 나섰다. 박수철과 그의 어머니 손에는 꽤 큰 짐 가방이 들려 있었다. 이 집에 언제 돌아올지 알 수 없다. 어쩌면 영원히 돌아오지 않게 될 수도 있다.

나형조가 자신의 차에 타자고 권했지만 박수철도 차가 있으니 각자 나눠 타기로 했다. 박수철의 차에는 그의 어머니와 딸이 같이 타고, 나형조는 김형래와 함께 그 뒤를 따르기로 했다.

"그럼 잠시 뒤에 보죠."

나형조가 말하고는 뒤차로 향했다. 김형래가 박수철의 어머니를 걱정스레 보았다. 임옥분은 여전히 경직된 얼굴이었고 낯빛이 좋지는 않았다. 나형조가 빨리 오라고 재촉하고 나서야 김형래는 걸음을 떼어 조수석으로 왔다.

"괜찮을까?"

김형래가 걱정스레 말했다.

"억지로 끌고 가는 것도 아니고 아들이 설득해서 자기가 가겠다고 한 거잖아. 무슨 걱정이야?"

"그래도……"

"김형 어머니 아니니까 너무 걱정 말고 차나 타시지."

앞에 서 있던 차에 부릉 하고 시동이 걸렸다. 그걸 본 김형래가 얼른 조수석에 올라탔다. 앞차가 먼저 출발하고, 나형조는 그 뒤를 따라 차를 출발시켰다.

그렇게 얼마쯤을 달렸을까. 내비게이션으로 사용하고 있는 나형조의 핸드폰에 전화가 걸려왔다. 박청만이었다. 나형조는 통화 버튼을 눌렀다. 운전중이라 자동으로 스피커폰으로 전환되었다.

"영감님!"

"어디야, 출발했어?"

재촉하는 목소리가 어딘가 이상했다. 쥐어짜는 것도 같았고 뭔가에 억눌려 있는 듯하기도 했다. 목소리 끝도 갈라졌다.

"어디 편찮으세요?"

"아니야."

아니라고 말하는 목소리 역시 범상치 않았다.

"아프신 것 같은데."

"아 글쎄, 어디냐고!"

박청만이 소리를 질렀다. 짜증이 가득 묻어나는 목소리였다.

나형조는 잠깐 김형래와 시선을 마주치고 어깨를 으쓱했다.

"지금 출발한 지 십 분쯤 됐어요. 길이 꽤 막히네요."

"빨리 출발하지 뭘 하고 있었던 거야!"

"아, 거참. 애도 있잖습니까. 좀 기다리세요."

"알았어!"

전화가 뚝 끊겼다. 김형래가 전화가 끊어진 화면을 보며 걱정스레 말했다.

"아무래도 지금 통증이 있는 거 같은데. 병원에 가셔야 하는 거 아닐까."

"아픈 거 아니냐고 또 전화 걸어봐야 난리만 칠 거다. 알아서 하겠지. 말기 환자들이 병원에 가봐야 뭐 해주는 거 있냐. 알아서 진통제 한 움큼 먹으면 낫겠지."

"매번 느끼는 거지만 나형은 너무 냉정해."

"매번 느끼는 거지만 김형은 마음이 너무 약해."

"……"

"돈 벌 생각만 하라고. 돈 벌 생각만."

김형래는 답하지 않았다. 창밖으로 시선을 던질 뿐이었다.

잠시 뒤, 앞에서 달리고 있던 박수철에게서 전화가 걸려왔다.

"애가 갑자기 화장실에 가고 싶대서 편의점이 나오면 들러야 될 것 같습니다."

몇 분을 더 달리자 편의점이 나왔다. 평일이지만 봄철이라 그런지 주차되어 있는 차가 많았다. 편의점 안이 사람으로 가득했다.

"아빠, 나 젤리!"

"그래. 어머니도 뭣 좀 드실래요?"

박수철의 가족들은 멀리서 보면 소풍을 나온 사람들과 달라 보이지 않았다. 나형조가 박수철에게 다가섰다. 말은 안 했지만 나형조도 박청만의 목소리 때문에 조금 초조했다.

"저기…… 오는 길에 아버님과 통화했는데 목소리가 좋지 않았어요. 아프신 것 같은데, 여기서 지체하지 말고 얼른 가는 게 좋겠어요."

"아……"

당황한 박수철이 얼른 뒤를 돌아보았다. 미래는 벌써 화장실에 갔는지 보이지 않았다. 김형래가 얼른 편의점 안으로 들어갔다.

"무슨 일 있니?"

뭔가 일이 있는 것 같다고 느꼈는지 임옥분이 다가왔다. 박수철이 어머니를 돌아보며 머뭇거리다가 대답했다.

"아버지가 아프신 것 같아요."

"그래? 그럼 어서 가자꾸나."

임옥분은 급히 차에 올라탔다. 나형조는 그 모습을 보면서 야릇한 기분에 휩싸였다. 그렇게 원망하고 두려워하는 남편인데도 병을 걱정해주고 있었다. 저것은 정일까, 사람에 대한 예의일까. 답을 구하지 못한 채 나형조도 운전석에 올랐다. 멀리서 김형래가 미래를 데리고 달려오고 있었다. 미래의 손에는 젤리가 들려 있었다. 새치기를 해서 샀는지 어쨌는지는 모르지만 다행이었다. 젤리를 못 먹어서 아이가 울고불고하는 상황은 면했으니 말이다.

다시 두 대의 차가 달렸다. 얼마 후 나형조와 김형래의 눈에 낯익은 동네가 나왔다. 바로 여기서 박청만을 만나 여기까지 왔다. 떠나 있던 것은 며칠뿐이지만 너무나 오랜 시간이 걸려 되돌아온 것 같은 기분에 휩싸였다.

앞차의 속도가 현저히 떨어져 있었다. 나형조는 앞차의 운전석을 보았다. 박수철이 운전대를 붙잡은 채로 여기저기를 둘러보고 있었다. 완전히 변해버린 동네 풍광에 놀란 게 분명했다.

차는 드디어 박청만의 집 앞에 도착했다. 나형조와 김형래가 먼저 내렸고 박수철은 차를 조금 더 앞에 세운 후 내렸다. 왠지 박수철도 그의 어머니만큼이나 긴장한 것 같았다. 세 사람이 나형조와 김형래의 뒤에 섰다. 나형조는 박수철을 향해 눈빛을 보냈다. 박수철이 숨을 들이켜며 크게 고개를 끄덕였다. 나형조가 초인종을 눌렀다.

그런데 대답이 없었다. 그렇게나 기다리던 사람이니 즉각 문을 열어줄 거라 기대했지만 안에서는 아무런 소리도 들려오지 않았다. 잠깐 기다리다가 다시 초인종을 눌렀지만 역시 마찬가지였다.

"이 집 맞습니까?"

박수철도 이상하다 느낀 모양이었다.

"당연하죠. 이상하네, 엇!"

대답을 하던 나형조는 무심결에 대문을 밀어보다가 놀랐다. 대문이 조금 열려 있던 것이다.

"안으로 들어가보죠."

나형조가 앞장섰고 다른 사람들이 뒤를 따랐다. 넓고 잘 가꿔진 정원을 지나 현관문 앞에 가까워졌을 때 나형조는 이상한 것을 발견했다. 현관문이 빼꼼히 열려 있었고 그 아래로 양말을 신은 발끝이 삐져나와 있었다. 나형조는 그것을 발견하자마자 달려가 현관문을 활짝 열었다.

"어르신!"

현관문 안쪽에 박청만이 쓰러져 있었다.

13

119를 불러 병원까지 박청만을 옮겼다. 구급차 안에는 박수철이 타고 김형래와 나형조는 차를 몰고 그 뒤를 따랐다. 임옥분은 집에서 미래와 함께 기다리기로 했다. 평일이었지만 도로엔 차량이 많아 길이 꽤 막혔다. 구급차가 사이렌을 울리며 차와 차 사이를 지나갔다. 그 뒤를 바짝 따라붙으며 나형조는 잠깐 다른 생각을 했다.

벌써 박청만이 죽으면 어떻게 해야 할까. 노인은 자신들에게 줄 잔금에 대한 내용은 그 어떤 문서에도 남겨두지 않았다. 그런 상황에 아들인 박수철이 잔금을 치러줄지는 의문이었다. 박청만과 계약서를 쓰지 않은 것이 후회가 됐다. 그저 지금은 박청만이 죽지 않길 바라는 수밖에 없었다.

그런 생각을 하는데 옆자리에 앉은 김형래가 조용하다는 것을 깨달았다. 운전을 하는 와중에 슬쩍 옆을 확인했다. 그는 긴장한 얼굴도 아니었고, 바로 앞에 가는 구급차를 주시하고 있지도 않았다. 김형래 역시 조금 전의 나형조처럼 어떤 생각에 빠져 있는 듯했다.

"무슨 생각해?"

나형조가 물었다. 김형래는 퍼뜩 정신을 차리는 듯하더니 무슨 말을 할 것처럼 입을 달싹이다 말았다.

"아니. 아무것도."

나형조는 어깨를 으쓱하고는 구급차를 응시하며 액셀을 밟았다. 김형래 역시 자신과 비슷한 생각을 했을 거라 추측할 뿐이었다.

삼십 분 만에 구급차와 나형조가 운전하는 차가 영인병원 응급실 앞으로 진입했다. 미리 연락이 된 건지 의료진들이 나와 구급차에서 내려지는 박청만의 이동식 간이침대를 밀고 들어갔다. 나형조 역시 바로 응급실 안으로 들어가려 했지만 경비원복을 입은 남자가 나와 응급실 앞에 주차를 하면 안 된다고 했다. 할 수 없이 바로 따라 들어가지 못하고 원내 주차장으로 이동했다.

"뭐해? 안 내리고?"

나형조가 안전벨트를 풀며 말하자 김형래는 우물쭈물하다 조수석에서 내렸다. 돈 못 받을까봐 똥줄이 타는가보군. 나형조는 피식 웃으며 차에서 내렸다.

둘은 함께 응급실로 향했다. 응급실 밖 접수창구에서는 박청만을 싣고 왔던 구급대원들이 뭔가를 적고 있었다. 두 사람은 응급실 안으로 들어갔다. 그 넓은 곳 어디로 가야 할지는 바로 알 수 있었다. 가장 소란스러운 곳일 것이다. 제일 안쪽의 '응급구역'이라는 팻말이 붙은 곳으로 향했다.

박청만은 벌써 구급차의 간이침대에서 병원의 침대로 옮겨진 후였다. 의료진들이 그를 에워싸고 있었고 그 사이로 박수철의 얼굴이 보였다. 하얗게 질려 있지는 않았지만 조금 긴장한 얼굴이었다.

의사가 박청만의 옆에 바짝 서서 허리를 숙이고 그의 양어깨를 두드렸다.

"박청만씨! 박청만씨, 제 말 들리세요?"

하지만 박청만은 별 반응이 없었다. 의사는 자신이 입고 있던 가운의 가슴께 주머니에서 뭔가를 꺼냈다. 볼펜같이 생긴 것으로, 맨 끝에 있는 단추를 누르자 환한 빛이 나왔다. 의사는 그걸로 감긴 박청만의 눈꺼풀을 벌리고 동공반사를 확인했다.

의사가 가장 가까이에 있는 박수철에게 물었다.

"음…… 관계가 어떻게 되시죠?"

"아들입니다."

"아버님이 간암이시라는 것 알고 계시죠?"

이미 차트를 통해 박청만의 병력을 파악한 뒤였다. 어색한 얼굴로 박수철이 고개를 끄덕였다.

"알고 있습니다."

"네. 아마 통증 때문에 잠시 혼절하셨던 것 같습니다. 지금은 잠드신 것 같은데 진통제 처방을 해드릴 테니 조금 쉬었다 가시는 것이 좋겠습니다."

"네, 감사합니다."

"아드님."

나이가 지긋해 보이는 의사는 박수철을 진중한 목소리로 불렀다.

"시간 되시면 잠시 외래로 오셔서 말씀 좀 나누실까요?"

"무슨……"

"아버님의 상태에 대해 이런저런 얘기를 좀 드려야 합니다. 그간은 가족이 없다고 하시는 바람에 전해드리지 못했거든요."

"……예, 알겠습니다."

의사가 먼저 짧게 묵례하고는 뒤돌아 어딘가로 향했다. 그 뒤를 젊은 의사 하나와 간호사가 따랐다. 박수철은 나형조와 김형래를 향해 돌아섰다.

"같이 와주셔서 감사합니다. 여기서부터는 제가 알아서 할 테니까 먼저 집으로 가 계시죠."

나형조가 손을 내저었다.

"이따 영감님 정신 차리시면 어떻게 집으로 모시게요? 차도 없잖아요. 택시 정류장까지 걸어가기도 힘들 겁니다. 그래서 우리가 쫓아온 걸요."

"아……"

"걱정 마십시오. 시간이 좀 걸려도 기다릴 테니까요. 어서 의사 선생님 뵙고 오시죠."

나형조가 친절하게 말했다. 드문 일이다. 그는 평소에도 툭툭 던지는 말버릇을 갖고 있다. 아무래도 상황이 상황인지라 박수철을 달래주고 싶은 마음인 것 같았다.

"그럼 죄송하지만 부탁 좀 드리겠습니다. 저는 선생님 만나고 올 테니 두 분은 여기서 잠시 아버지 좀 봐주시겠어요? 아버지는 지금 잠들어 계시니 잠시간은 제가 없어도 괜찮을 겁니다."

"걱정 마세요."

고개를 끄덕인 박수철이 외래 병동으로 향하는 동안에도 김형래는 어딘지 정신이 딴 데 가 있는 것 같았다. 나형조가 그에게 말을 걸려고 할 때 젊은 여성 간호사가 가까이 왔다.

"혈압 좀 잴게요."

"네."

나형조가 뒤로 물러섰다. 넋을 놓고 있는 김형래의 팔을 붙잡아 뒤로 잡아끌었다. 김형래는 정신을 번뜩 차리는 것 같더니 다시 생각에 잠겼다.

간호사는 아주 숙련된 솜씨로 혈압계를 박청만의 팔에 채운 뒤 연결된 청진기를 귀에 착용했다. 빠르게 펌프질을 하자 팔에 감긴 커프가 부풀었다. 그녀는 곧 작은 밸브를 돌려 바람을 뺐다. 귀에서 귀꽂이를 빼낸 그녀는 일어나 두 사람을 향해 섰다.

"혈압은 정상이세요. 두 분은 환자분과 관계가 어떻게 되시죠?"

나형조가 얼른 대답했다.

"아드님은 의사 선생님이 불러서 갔고, 저희는…… 그냥 지인입니다."

'아들을 찾아주면 돈을 받기로 한 사이'라는 말은 당연히 할 수 없다. 간호사가 말했다.

"여기는 응급실이라 보호자 한 분만 계셔야 합니다. 다른 분은 응급실 밖 대기실에서 기다려주세요."

혈압계가 담긴 통을 든 간호사는 허리를 살짝 숙여 인사하고는 너스 스테이션으로 가버렸다. 나형조는 잠시 박청만을 내려다보았다. 그는 깊이 잠에 든 것 같았다.

"어차피 박수철씨가 금방 내려올 거야. 우리는 이만 나가 있자."

잠깐이라도 환자 옆을 비우는 게 맘에 걸렸지만 간호사는 분명 두 시간 정도 잘 거라고 했다. 지금은 박청만에 대한 걱정보다는 대체 김형래가 왜 넋을 빼고 있는지가 궁금했다. 나형조는 김형래를 앞세워 대기실로 나왔다.

"아까부터 무슨 생각을 그렇게 해?"

"그게……"

"뭔데? 말해봐."

"이건 내 개인적인 생각인데……"

말을 길게 늘이는 김형래 때문에 나형조는 가슴이 답답해졌다. '개인적인 생각'이라고 박아놓고 시작하는 걸 보니 말에 책임은 지지 않겠다는 뜻이다. 하지만 나형조는 김형래가 뭔가 책임을 져야 할 정도로 중요한 말을 할 것 같지는 않았다. 가짜 사기꾼 주제에 중요하게 할 말이 뭐가 있단 말인가.

"아무래도 이상해."

김형래가 목소리를 잔뜩 낮추며 몸을 앞으로 기울였다.

"뭐가?"

"영감님 말이야, 진짜 쓰러진 걸까?"

"무슨 헛소리야?"

나형조는 인상을 쓰며 물었다. 진짜 쓰러지지 않았다면 119까지 불러 여기에 올 이유가 뭐란 말인가. 김형래는 뭔가를 생각하듯 바닥의 한점을 응시하면서 말을 이어갔다. 목소리는 잔뜩 낮춘 그대로였다.

"우리가 들어갈 때를 생각해봐. 영감님 발이 바깥으로 나와 있었잖아."

"그렇지."

나형조가 그때의 상황을 떠올리며 대답했다.

"분명 신발 안 신었지?"

"양말만 신었지. 근데 그게 뭐?"

"그리고 머리는 거실 안쪽으로 향해 있었고 말이야."

"맞아."

"그럼 밖에서 안으로 들어가다 쓰러졌다는 거 아냐?"

나형조는 김형래가 무슨 소리를 하고 싶은 건지 도무지 짐작이 가질 않았다.

"그게 뭐가 중요해?"

"밖에서 안으로 들어가다 쓰러졌으면 왜 신발을 안 신고 있겠어?"

"신발을 벗다가 쓰러졌나 보지."

"그렇다면 더 이상해. 그럼 왜 바깥 대문이 잠겨 있지 않고 열려 있었을까?"

"앗!" 하며 나형조가 눈을 크게 떴다.

박청만은 분명 현관문 안쪽에 쓰러져 있었다. 밖에서 안으로 들어가다 쓰러졌다면 일단 대문은 무사히 넘었다는 이야기가 된다. 박청만의 집 대문은 닫으면 자동으로 잠기는 타입이라 일부러 열어놓은 게 아니라면 당연히 대문이 잠겨 있었어야 한다.

"안에서 바깥으로 나가는 상황도 마찬가지야."

나형조가 고개를 끄덕였다. 김형래의 설명을 일일이 듣지 않아도 알 것 같았다. 안에서 바깥으로 나가다 현관 앞에서 쓰러졌다면 더더욱 대문은 닫혀 있어야 맞았다.

"그럼?"

나형조가 김형래를 보았다.

"일부러 쓰러진 척한 거 아닐까?"

나형조도 김형래와 같은 생각이었지만 도리어 되물었다.

"왜?"

"글쎄. 그걸 모르겠어."

나형조 역시 그 이유를 찾아보려 해도 딱히 떠오르는 것은 없었다. 안으로 들어가 혹시 박청만이 억지로 잠든 척하는 건 아닌지 확인해보고 싶었지만 다시 들어갈 수 없었다. 게다가 지금은 진통제의 영향으로 진짜로 잠들어 있을 지도 모른다.

"혹시 우리 돈을 주고 싶지 않아서?"

나형조가 번뜩 든 생각을 그대로 말했다.

"그럴 리가."

받을 돈이 있는데 상대가 쓰러졌다고 해서 포기하고 갈 사람은 없을 것이다. 죽었다면 몰라도 말이다. 실제로 두 사람은 병원에 쫓아오기까지 했다.

나형조는 생각을 할수록 박청만이 꾸민 짓 같다는 확신이 들었다. 그래서 아까의 김형래도 그렇게 넋이 나간 표정이었던 것 같다. 그때의 김형래와 비슷한 얼굴로 나형조는 노인의 속내를 가늠해보려 애썼다. 하지만 쓰러진 척해서 그가 얻을 이득은 없는 것 같았다.

"아무리 생각해봐도 모르겠어. 차라리 나중에 정신 차리면 영감님께 제대로 물어보자고."

"글쎄……"

김형래가 고개를 갸웃했다. 그런다고 솔직히 말해줄 것 같으냐는 뜻이다.

"우선은 그냥 지켜보자고."

그렇게 두 사람이 고민하는 사이 응급실 밖으로 박수철이 나왔다. 옆에 박청만을 부축한 채였다. 그는 당장이라도 쓰러질 듯 다리를 제대로 펴지 못했다. 누가 부축해주지 않으면 걷지도 못할 것 같았다. 김형래는 잠깐이지만 이런 노인을 두고 무슨 생각을 했나 싶었다. 일부러 꾸민 짓이라니, 그럴 리가 없지 않나. 그러나 대문이 잠겨 있지 않았던 것은 여전히 의문으로 남았다.

"기다리시느라 고생하셨습니다."

박수철이 예의를 차렸다.

"일단 차로 가시죠. 얼른 눕혀드려야 할 것 같네요."

김형래가 앞장서서 건물을 벗어났다. 나형조도 빠르게 뛰어 김형래를 따라잡았다. 뒤에 오는 두 사람에게는 여기서 기다리라는 말을 남겼다. 환자를 원내 주차장까지 데려갈 수는 없을 것 같았다.

나형조가 운전해 건물 앞까지 차를 몰고 왔다. 박청만은 박수철의 부축을 받아가며 뒷자리에 앉았다. 천천히 차가 출발했다.

"나는 이제 괜찮아. 좀 쉬었더니 정신이 돌아오는구나."

자세를 고쳐 앉으며 말하는 박청만의 모습을 나형조는 룸미러를 통해 슬쩍 보았다. 박청만은 박수철의 손을 살며시 붙잡았다.

"미안하구나. 몇 년 만에 만나는데 이런 꼴을 보여서."

"무슨 그런 말을 하세요. 놀라긴 했지만 미안해하실 일은 아니에요. 근데 어쩌다가 쓰러지신 거예요?"

나형조와 김형래는 뒤쪽을 향해 집중했다. 기운 없는 목소리로 박청만이 말했다.

"네가 언제 오나 싶어 나가려다가…… 그 뒤론 기억이 없구나."

나형조와 김형래가 눈빛을 교환했다. 역시 이상하다. 그렇다면 신발을 신고 있었어야 했고, 역시 대문이 열려 있을 이유도 없다. 확실한 건 지금 그것을 따져 물을 상황이 아니라는 사실이다.

병원에 올 때보다 길은 훨씬 막혀 사십 분이나 걸려서야 집에 도착했다. 박수철의 부축을 받아 차에서 내리던 박청만은 땅에 내려서자마자 무릎이 푹 꺾였다. 박수철이 박청만의 한쪽 팔을 잡고 어쩔 줄 몰라 하는 것을 보고 나형조가 박청만을 업고 안으로 빨리 걸어들어갔다.

대문도 현관문도 모두 열려 있었다. 임옥분은 어디로 갔는지 보이지 않았다. 미래도 보이지 않는 것을 보니 임옥분이 데리고 어딘가에 간 모양이었다. 자신을 때려 야반도주하게 만들었던 남편이다. 아무리 이빨 빠진 호랑이가 됐더라도 만남이 편치 않을 것은 분명했다. 나형조는 곧장 안방으로 들어가 침대 위에 박청만을 내려놓았다.

"고생하셨습니다." 박수철이 말했다.

나형조는 어깨를 쭉쭉 펴기도 하고 돌리기도 했지만 힘들었다는 말은 하지 않았다. 김형래가 나형조에게 눈짓했다.

"그럼 저희는 아드님을 모시고 왔으니 이만 가겠습니다."

박수철이 화들짝 놀라며 만류했다.

"이렇게 신세를 졌는데 그냥 보내드릴 수는 없습니다. 저녁이라도 드시고 가세요."

"아니 그게……"

나형조가 박청만을 보았다. 이제 가겠다는 말은 약속된 돈을 달라는 것과 다르지 않다. 박수철이 끼어들어 만류할 일이 아니다. 하지만 이 상황에 그런 이야기를 박수철 앞에서 꺼낼 수도 없었다. 나형조의 강렬한 눈빛이 통했는지 박청만이 말했다.

"수철아, 잠깐만 나가 있을래?"

"예? 왜……"

"잠깐이면 된다."

"……네."

박수철은 나형조와 김형래 두 사람과 자신의 아버지를 번 갈아 보다가 이상하다는 듯 고개를 갸웃하고는 방을 나갔다. 문이 닫히는 걸 확인한 뒤 나형조가 박청만을 향해 고개를 돌렸다. 박청만이 말했다.

"이치피 갈 데도 당장 없지 않나. 여기서 며칠 지내게."

"그걸 어떻게?"

김형래가 둥그런 눈으로 물었다.

"처음 자네들을 봤을 때 바로 알았어. 일반적인 사람들은 아니라는 걸 말이야. 왜냐. 그런 사고가 났으면 당연히 보험 사를 부르든가 나를 병원으로 데리고 갔어야 하거든. 근데 내가 들어오라고 하면 들어오라는 대로, 이상한 제안을 하면 하는 대로 모두 따랐지. 자네들, 의정부교도소에서 나온 사 람들이지?"

두 사람은 할말을 잃었다.

"가끔 거기서 출소한 사람들이 이 동네를 지나지. 가까우니까 말이야. 지금 자네들 표정을 보니 내 짐작이 맞았구먼."

"하지만……"

"잠깐만 있어주게. 나도 아들을 오랜만에 만나 어색하니 옆에서 좀 도와줘."

두 사람은 서로 눈치만 볼 뿐 아무런 말도 하지 못했다. 박청만이 말을 이었다.

"며칠만 있어줘. 안 그러면 잔금은 안 줄 걸세."

결정권은 이미 박청만에게 가 있었다.

14

두 사람이 어쩔 수 없이 이 집에 며칠 더 묵기로 약속한
후, 박청만은 박수철을 불렀다. 박수철이 방으로 들어왔다.
김형래는 어쩐지 박수철의 표정이 좋지 않아 보인다고 생각
했지만 크게 마음 쓰지는 않았다. 아버지의 상태를 직접 병
원에 가서 두 눈으로 보고 왔으니 마음이 좋을 리가 없었다.

"미래는?"

박청만이 물었다. 굳어 있던 박수철의 표정이 어느새 풀렸
다.

"밖에 있어요."

짧은 대답 뒤에 '엄마와 함께'라는 말이 숨어 있음을 김형

래와 나형조는 알고 있었지만 아무 말도 하지 않았다. 다만 아들이 도망간 아내와 함께 돌아왔음을 박청만이 안다면 어떻게 반응할까 궁금하기는 했다. 자신의 폭력 탓에 끝내 이혼한 아내였다. 그런 아내가 다시 돌아왔을 때 이제 병까지 든 노인의 몸으로 어떻게 마주할까.

"보고 싶구나. 데리고 들어올래?"

박수철이 밖으로 나갔다. 바깥에서 수군거리는 소리가 들렸다. 아마 박수철의 어머니는 손녀를 데리고 작은방에 있었던 모양이었다. 남편 앞에 나타나고 싶지 않은 기분을 이해할 수 있었다. 여기까지 온 것은 오로지 아들과 손녀 때문이었으리라.

박청만은 전혀 눈치채지 못한 듯했다. 단순히 아들이 손녀에게 자신을 만나러 가자고 말하는 줄 알고 있을 것이다. 하지만 나형조와 김형래 두 사람은 밖에서 들리는 대화가 어떤 것일지 알고 있었다. 한참 동안 옥신각신하는 소리가 들렸다. 소리가 작아졌다고 생각했을 때, 노크 소리가 들려왔다.

"오오, 어서 들어와라."

박청만이 간신히 몸을 일으켰다. 나형조와 김형래가 부축하려 했으나 그는 굳이 두 사람의 도움을 받지 않고 혼자 일어나 침대에 걸터앉았다. 몇 년 만에 손녀를 맞이하는 박청만의 얼굴에는 활기가 넘쳤다.

문이 열렸다. 예상과 다르게 박수철과 미래만 방안으로 들어왔다. 아무래도 어머니는 나타나고 싶지 않은 모양이라고, 김형래는 생각했다.

"미래야! 이리 온. 많이 컸구나."

박청만이 두 팔을 벌리고 말했지만 미래는 어리둥절한 표정이었다. 갓난아기 때 본 할아버지이니 미래에겐 당연히 낯선 사람일 뿐이었다.

"할아버지란다. 어서 이리 와보렴."

재차 이어진 재촉에 아이는 동그란 눈을 제 아버지에게로 돌렸다. 박수철이 고개를 끄덕이자 미래는 조심조심 작은 발을 움직여 박청만의 앞에 섰다. 박청만이 미래의 작은 몸을 덥석 끌어안았다.

"할아버지야. 내가 네 할아버지란다. 이제 불러서 미안하다. 미안해."

박청만의 품에 안겨서도 미래는 여전히 어리둥절한 얼굴이었다. 느닷없이 나타난 할아버지의 존재를 어린 미래가 이해하기는 어려울 터였다.

미래를 안은 팔을 풀며 박청만이 박수철에게로 시선을 옮겼다.

"아이를 정말 잘 키웠구나. 정말 잘 키웠어. 고생이 많았겠구나."

박수철은 아무런 대답을 하지 않았다. 지금껏 아이를 키운 것은 임옥분이다. 나형조와 김형래는 그 사실을 알았지만 굳이 끼어들어 박청만의 말을 고쳐줄 생각은 없었다.

"미래야, 잠깐만 나가 있을래?"

박수철이 말하자 미래는 눈을 둥그렇게 떴다가 대답없이 거실로 나갔다. 아이가 완전히 멀어진 것을 확인한 박수철은 그제야 박청만과 눈을 맞췄다.

"여기 계신 두 분께 들었어요. 제가 집을 나간 날 오해가 있었던 것 같더군요."

"아니다. 나야말로 그런 놈에게 아픈 애를 맡겨두고 나가는 게 아니었어. 내 집에서 감히 그런 짓을 벌일 거라고는 상상도 못했다. 다 내 죄야."

"……"

"네가 그런 식으로 집을 나갔다고 해도 내가 어떻게든 찾아냈어야 했다. 이렇게 늦게 찾아서 정말 미안하다. 고생이 많았지? 어디서 어떻게 지냈니?"

"정말 미안하세요?"

박수철은 박청만의 물음을 질문으로 맞받았다. 박청만의

눈이 동그랗게 커졌다가 가늘게 내려앉았다.

"정말이고말고."

"그럼 더 용서를 비셔야 할 분이 계세요."

"그게 무슨 소리냐?"

박청만의 질문에 박수철은 대답을 하지 않고 곧장 방에서 나갔다. 밖에서 또 작은 소란이 일었다. 이후 방으로 되돌아온 박수철은 제 어머니의 손을 잡고 있었다. 임옥분은 손을 잡힌 채로 아들의 뒤에 숨으려 했지만 박수철이 그녀를 잡아당겨 앞에 세웠다.

"당신……!"

박청만이 놀란 얼굴로 목소리를 높였다. 임옥분은 아무런 말도 하지 못하고 고개만 숙이고 있었다.

"당신!"

박청만이 침대에서 벌떡 일어섰다. 하지만 오래가지 못하고 다시 털썩 주저앉았다. 어지러운 모양이었다. 임옥분은 박청만의 기세에 몸을 움츠렸다. 이제 늙고 병든 남편이지만 예전의 나쁜 기억이 그녀를 지배하고 있는 것 같았다.

박수철이 목소리를 높였다.

"어머니께 사과하세요!"

"뭐?"

"이유도 없이 걸핏하면 어머니를 폭행하셨잖아요! 생활비 한번 제대로 주지 않으면서, 매일 가계부 검사를 받아야만 겨우 쥐꼬리만한 돈이나마 쥐여주셨죠! 그래서 어머니가 집을 나가신 거예요. 어머니만 계셨다면 제가 집을 나가는 일도 없었을 거라고요!"

박청만이 시선을 바닥에 떨구었다. 입이 있어도 할말이 없는 모양이었다.

"제가 이 집을 나가서 어떻게 산 줄 아세요?"

어느새 박수철의 목소리는 떨리고 있었다.

"미래를 고아원에 버렸다고요!"

어리둥절한 얼굴로 박청만이 박수철을 올려다보았다. 일그러진 아들의 얼굴을 보고서야 괜히 하는 말이 아님을 알아챈 것 같았다. 경악해 눈을 부릅뜬 아버지를 보며 박수철이 말을 이었다.

"하지만 엄마가 그 사실을 아시고 미래를 데려가 여태껏 키워주셨어요. 제가 어떻게든 빨리 자리를 잡길 바라는 마음에 저한테 그 사실을 알리지도 않고요. 어머니가 아니었다면 미래는 아직까지도 고아원에 있었을 거예요."

박청만은 놀란 눈으로 자신의 아내를 쳐다보았다. 눈길을 피하는 아내를 보며 무슨 생각을 할까. 나형조는 문득 궁금해졌다.

"이게 다 아버지가 엄마를 견디기 힘들 정도로 괴롭혀서 생긴 일이에요. 그러니까 사과하세요. 제가 아니라 어머니께 사과하시라고요!"

박수철의 목소리가 허공을 뒤흔들었다. 그 뒤로 적막이 찾아왔다. 박청만은 잠시 무언가를 생각하는 것 같았다. 그러고는 천천히 몸을 일으켜 침대에서 일어섰다. 다시 어지럼증이 오는지 한번 주저앉기는 했으나 곧 다시 일어섰다. 임옥분은 그 모습을 보고 한 걸음 뒤로 물러서기는 했지만 도망을 가지는 않았다. 간신히 일어선 박청만이 천천히 바닥에 무릎을 꿇었다. 그걸 보는 박수철의 눈동자가 흔들렸고, 임옥분의 눈시울이 붉어졌다. 김형래는 왠지 그래야만 할 것 같아서 등을 돌리고 섰다. 빤히 보고 있는 나형조의 팔을 당겨 그 역시 돌려 세웠다.

"여보, 미안해. 수철이 말대로 다 내 잘못이야. 당신이 집을 나가고 몇 번이나 후회했어. 잘못한 것 알아. 하지만 이 바보 같은 자존심 때문에 결국 미안하다는 말 한마디 없이 이혼 도장을 찍고 말았어. 늦게 말해 미안해. 당신을 때리고 힘들게 한 것 사과할게. 진심으로, 잘못했어."

돌아선 등뒤로 작은 흐느낌이 들려왔다. 그의 사과가 얼마나 그녀의 마음속 앙금을 풀어줄 수 있을지는 알 수 없는 일이었다. 타다닥, 뛰어나가는 소리가 들렸다. 임옥분이 방을 나가는 소리였다. 김형래가 소리나는 쪽을 돌아보니 박수철이 어머니의 뒤를 쫓아나가고 있었다. 박청만은 여전히 무릎을 꿇은 채였다. 어린 미래는 갑작스러운 소동에 놀랐는지 다시 안방으로 들어와선 어리둥절한 얼굴로 할아버지를 내려다보았다. 김형래는 박청만의 팔을 잡아 부축해 일으켜주었다. 다시 침대에 올라앉은 박청만이 깊은 한숨을 쉬었다. 임옥분처럼 울고 있지는 않았지만 그 깊은 한숨에 모든 후회가 담겨 있을 터였다.

두 사람이 안방을 나왔을 때 거실에서는 박수철이 자기 어머니를 달래는 중이었다. 임옥분은 지난 세월 쌓인 모든 고통을 쏟아내듯 울고 있었다. 박수철이 말했다.

"도저히 용서할 수 없으면 안 해도 돼요, 엄마. 이 집에서 나가고 싶으면 그렇게 해요. 엄마가 하고 싶은 대로 하세요."

"그런 게 아니라……"

박수철의 어머니는 말을 쉽게 잇지 못했다. 숨을 꺽꺽 삼키며 몇 번이고 말을 하려다 눈물을 터뜨렸다. 간신히 입을 연 그녀가 한 말은 김형래가 듣기에도 놀라웠다.

"그렇게나 기세가 등등하던 양반이 저렇게 늙고 병까지 든 게…… 너무 불쌍해."

"엄마……"

임옥분은 퍼뜩 고개를 들었다. 그러고는 양손으로 눈물을 쓱쓱 닦았다. 이미 부어버린 얼굴로 애써 웃음을 지었다.

"나도 내가 왜 이런지 모르겠다. 다시 만나면 욕지거리도 해주고 온 동네가 떠나가라 대거리를 해주려고 했는데…… 저 꼴을 보니 불쌍하다는 생각만 드네."

그녀가 그렇게 말했을 때 안방의 문이 천천히 열렸다. 나형조와 김형래는 물론 박수철과 그의 어머니까지 그쪽으로 시선을 돌렸다. 이미 오늘 하루치 기력은 다 써버린 얼굴을 한 박청만이 나오고 있었다. 그는 한 손으로 미래의 손을 잡고 다른 한 손으로는 두꺼운 서류 파일 몇 개를 들고 있었다.

박청만은 임옥분이 앉아 있는 소파 앞까지 와 바닥에 앉았다. 그러고는 들고 온 파일을 내밀었다.

"내 보험이야. 나 죽으면 당신이 받을 수 있게 해줄게."

"누가 그런 것 해달래요!"

임옥분이 언성을 높였다. 그러자 박청만이 주저앉은 채로 얼굴을 바닥에 박았다. 아무래도 무릎을 꿇기는 어려운 상태인 것 같았다.

"내가 사죄할 방법이 이것밖에 없는 것 같아. 죽어서라도 갚을 수 있게 해줘."

임옥분은 한동안 아무런 말을 하지 않았다. 거기에 있는 누구도 임옥분에게 무슨 말이라도 좀 해보라고 하지 못했다. 한참이나 침묵을 지키던 임옥분은 갑작스레 벌떡 일어섰다. 밖으로 나서려는 몸짓에 박수철이 그녀를 잡았다.

"어디 가요?"

"점심시간이 다 됐잖아. 다들 밥이라도 먹어야 하지 않겠니?"

"여보."

"됐어요. 기운 다 빠진 당신 보니까 그동안 뭐에 그렇게 무서워했는지, 내가 다 한심스러워져요. 그러니까 그만해요."

"미안해."

임옥분은 싸늘한 눈으로 박청만을 노려보았다. 그러나 그 눈에는 완전히 냉기만 서려 있지는 않았다. 조금씩 동풍이 불어 들어오고 있는 것 같았다.

박수철의 어머니가 장을 보겠다며 밖으로 나간 뒤 박수철은 아버지를 부축해 다시 안방으로 데려갔다. 미래는 아빠의 티셔츠 끝자락을 잡고 따랐고, 거실에 가만히 서 있기도 어색한 두 사람 역시 박청만의 건강이 걱정된다는 얼굴로 그 뒤를 따랐다. 안방으로 들어간 박청만은 침대 옆에 있던 금고를 열고 다시 서류 파일을 집어넣었다. 그러고는 완전히 지친 얼굴로 침대에 누웠다.

김형래가 박청만과 눈이 마주쳤다. 박청만이 아들에게 말했다.

"이 두 사람이 나를 도와줘서 이렇게나마 가족들을 되찾았다. 며칠 더 있으라고 했으니까 그렇게 알고 있어."

"알아요. 주무세요."

박수철은 이불을 목 아래까지 끌어 아버지를 덮어주었다. 박청만이 눈을 감았다.

잠시 뒤, 박청만도 잠이 든 것 같고, 미래도 피곤했는지 잠이 들었다. 장을 보러 간 임옥분은 아직 돌아오지 않았고, 박수철도 어디에 갔는지 보이지 않았다. 집주인이 잠든 집에 둘이 앉아 있으려니 영 할 것도 없고 대화도 편히 할 수 없어서 나형조와 김형래는 밖으로 나왔다. 안에서는 누가 들을지도 모르니 박청만에게서 언제 돈을 받을 수 있을지도 이야기할 수 없었기 때문이다.

현관문 밖으로 나오자 정원에 있는 박수철이 눈에 들어왔다. 그는 담벼락 아래 감나무 밑에서 담배를 피우고 있었다. 감나무에서는 새잎이 푸릇푸릇 올라오고 있었다. 가을이 되면 열매가 달릴 것이었다. 그 열매를 이 가족들이 즐겁게 나눠 먹을 수 있을까 생각하며 나형조와 김형래는 박수철에게 다가갔다.

"혼자 뭐 하세요?"

나형조가 말을 걸었다. 생각에 빠져 있던 모양인지 어깨를 흠칫하는 게 조금 놀란 눈치였다. 박수철은 담배를 땅에 던지고 발로 비벼 껐다.

"잠깐 생각할 일이 좀 있어서요."

왜 생각할 일이 없겠나. 이제 앞으로 어떻게 해야 할지 분명 고민될 터였다. 이대로 아버지의 집에 같이 살지 어머니와 미래만 데리고 다른 곳에서 살지 결정해야 하는 순간이었다. 박수철의 어머니가 사과를 받았다지만 가족이 다시 함께 사는 문제는 별개의 이야기였다.

"두 분은요?"

"뭐, 별로 할일도 없고 동네 산책이나 하려고요."

"동네가 많이 바뀌었네요. 예전에 살 때와는 완전히 달라요. 저도 길을 못 찾겠더라고요."

박수철이 웃으며 말했다. 김형래와 나형조도 따라 웃었다.

"그러시겠죠."

정적이 흘렀다. 더 할말은 없다. 멍청히 계속 웃을 수도 없었다. 김형래가 타이밍 좋게 입을 열었다.

"그럼 저흰 한 바퀴 돌고 오겠습니다."

"네. 어머니가 곧 저녁상을 봐주실 겁니다. 같이 식사하셔야 하니까 너무 늦게 오지는 마세요."

"알겠습니다. 감사합니다."

살짝 고개를 숙여 인사하고서 두 사람은 대문 밖으로 나섰다. 완연한 봄답게 이제 긴 소매 옷은 살짝 더웠다. 햇살이 따사로웠다. 이런 햇살은 교도소에서는 운동 시간에만 맛볼 수 있었다. 출소했다는 사실에 가짜 사기꾼도, 가짜 대도도 새삼 작은 행복감을 맛보았다.

두 사람은 주택이 밀집되어 있는 쪽으로 발길을 틀었다. 고급 주택의 담 너머에는 꽃나무가 많았다. 걷기 좋아 보이는 길이었다.

"돈 받으면 나형은 정말로 어떻게 할 거야?"

이미 어머니에게로 돌아가기로 한 김형래가 나형조에게 물었다. 나형조는 생각의 변화가 없었다. 더구나 조금 전까지 박수철의 어머니를 보아서 그런지 더욱 결심이 굳어졌다. 아내를 찾아갈 생각은 없다. 아내를 용서할 수 없다.

"내 할일을 찾아야지."

"정말 사기 치고 돌아다닐 거야?"

"사기꾼이 한 팀에서 사라졌으니 그건 어렵겠지."

"그럼 또 자전거 도둑으로?"

"이게!"

놀림을 받은 것 같아 나형조가 인상을 구기며 김형래에게 바짝 다가섰다. 김형래가 작게 낄낄 웃었다.

"난 나형이 집으로 돌아가면 좋겠어."

김형래의 말에도 나형조의 표정은 변하지 않았다.

"김형이 무슨 말을 하고 싶은지 알겠는데, 어머니랑 와이프는 달라. 내 와이프는 지금쯤 어디선가 팔자 좋게 살고 있을 테지."

"내 생각엔 말야……"

김형래가 걸음을 멈췄다. 덕분에 나형조도 걸음을 멈추고 바로 섰다.

"나형 아내가 일부러 신고를 한 것 같아."

"맞아. 내가 그렇다고 말했잖아."

"그게 아니라, 나형 정신 차리게 하려고 일부러 그런 것 같다고."

"뭐?"

"그런 게 아니라면 그냥 이혼하면 되지 왜 신고를 하겠어?
교도소에 있는 동안에 한 번도 안 찾아왔다고 했지? 그렇다
면 이혼 서류를 갖고 오지도 않았다는 뜻이잖아. 어떻게든
나형이 정신 차리게 해서 잘살아보려고 그런 것 같아."

나형조는 팔을 내저었다. 그럴 리가 없다.

"김형 말대로 만약 그런 생각에서 신고한 거면 왜 한 번도
안 찾아왔겠어?"

"그건 모르지만 나형 와이프에게도 생각이 있었겠지."

"생각 같은 소리!"

나형조는 콧방귀를 뀌고는 걸음을 재촉해 앞서 나갔다. 김
형래가 얼른 뒤쫓아가기는 했지만 더이상 말하지는 않았다.
남의 부부 일에 끼어드는 것은 좋지 않다고 판단했는지도 모
른다.

한동안 두 사람은 말없이 걷기만 했다. 나형조는 마음이
복잡했다. 그럴 리가 없다고 단칼에 잘랐지만, 정말로 김형
래가 말한 대로 아내가 그런 생각을 한 건 아닐까 하는 기대
감이 스멀스멀 피어올랐다. 김형래의 말대로 아내는 이혼 서
류를 보내오지 않았다. 그건 정말 자신을 기다리고 있다는
뜻이 아닐까?

"에잇!"

그는 땅에 있는 돌을 걷어찼다.

"꺄!"

비명소리에 놀라 고개를 들었더니 지나가던 중년의 여자가 인상을 쓰며 이쪽을 보고 있었다. 나형조가 찬 돌이 그녀의 발치에 떨어져 있었다. 아마도 그녀의 다리를 때리고 바닥에 떨어진 것 같았다.

"죄송합니다. 어디 다치셨어요?"

"아우, 조심 좀 하세요!"

중년의 여자는 짜증스럽게 외쳤다. 김형래는 얼른 그녀에게로 다가갔다.

"정말 죄송합니다. 많이 아프⋯⋯"

여자의 얼굴을 보던 김형래의 목소리가 잦아들었다. 나형조는 여자를 어디선가 본 것만 같았다. 기억을 더듬던 순간, 떠올랐다.

바로 박수철을 찾아 길을 나서다 박청만의 집 앞에서 본 여자였다.

"잠시만요."

돌을 맞고 불평을 해대며 지나가려는 여자를 나형조가 불러 세웠다. 여자가 약간 인상을 쓴 얼굴로 뒤를 돌아보았다. 따지려면 따져봐라, 나는 잘못이 없다, 그런 생각이 그대로 얼굴에 드러났다. 하지만 김형래는 잘잘못을 따질 생각이 없다. 궁금한 것이 있을 뿐이다.

"실례지만 저기 81번지요. 아는 집인가요?"

여자는 눈을 홉뜨고 김형래를 올려다보았다. 무슨 이유에서 그런 걸 묻는지 캐내려는 것 같았다. 어쨌든 81번지가 어느 집인지 여자는 바로 알아차린 듯했다. 박청만과 무슨 관계일까. 김형래는 궁금했다.

"그 집이 왜요?"

약간은 날 선 목소리였다.

"아뇨. 지난번에 그 집을 기웃거리시던 걸 본 적이 있는 것 같아서요."

여자는 잠시 가만히 김형래를 응시했다. 그녀는 슬쩍 나형조도 보았다.

"그쪽은 누구신데요?"

"아, 저희는 그 댁의 어르신과 아는 사이인데, 잠깐 일이 있어서……"

"지금 그 집에 사람 있어요?"

나형조의 말을 여자가 날카롭게 잘랐다. 그녀의 눈이 사납게 번득이고 있었다. 마치 사냥을 준비하는 매 같기도 했다. 드러난 뻐드렁니가 부리처럼 보이기도 했다.

"네? 그게 무슨……"

"그럼 내가 그 집에 좀 가봐야겠네."

여자는 김형래와 나형조를 지나쳐 왔던 길을 되돌아가며 양팔을 걷어붙였다. 당장이라도 싸울 태세다. 누군지도 모르는 사람에게 괜한 얘길 꺼낸 건 아닐까? 박청만은 죽을병에 걸려 병원에 다녀온 환자다. 개인 간에 문제가 있었던 사람이라면 말을 걸지 않는 것이 좋을 뻔했는지도 모른다. 나중에 박청만이 호통이라도 치는 건 아닌가 싶어 나형조는 얼른 그녀의 팔을 잡았다. 김형래는 여자의 앞으로 슬쩍 가서 섰다. 길을 막아서려는 생각인 것이다.

"무슨 일이신데요? 그 댁 어르신이 지금 편찮으셔서……"

여자가 언성을 높였다.

"아니 아무리 아파도 사람이 말이야, 월세를 이렇게나 밀렸으면 전화라도 받든가, 사정이라도 하든가 해야지! 연락도 안 받고 집에 찾아가도 없는 척이나 하고 말이야! 그래서야 쓰겠어?"

15

나형조의 머릿속이 잠깐 하얗게 비었다. 멍한 얼굴로 있다
가 정신이 퍼뜩 든 듯 입을 열었다.

"월세요?"

"그래요! 아는 사람이라더니 그런 사정은 몰랐나보네. 어
쨌든 집에 있다, 이거죠?"

여자는 성큼성큼 앞으로 나아가기 시작했다. 나형조는 얼
이 빠져 있었다. 김형래가 얼른 나형조의 팔을 붙잡고 흔들
었다.

"이게 무슨 소리야? 그 영감탱이, 수십억 자산가가 아니었
던 거야?"

김형래가 질문했지만 나형조는 얼른 앞으로 뛰어가 여자를 다시 잡았다.

"그, 그래도 보증금은 상당하겠죠? 여기 부촌이잖아요."

여자는 가차없이 소리를 내질렀다.

"보증금은 무슨! 그거 벌써 밀린 월세로 다 까고 남는 것도 없어요. 내 이 영감탱이랑 오늘 꼭 결판을 내야겠어!"

여자는 발걸음을 옮겨 바람처럼 사라져버렸다. 하, 나형조는 어이없다는 듯 웃음을 터뜨렸지만 뒤이어 가슴 아래쪽에서 뭔가 무지근한 게 올라오는 것을 느꼈다. 그것은 곧장 나형조의 가슴을 짓눌렀다.

물론 두 사람은 집을 팔아 한몫 잡기를 바랐던 것이 아니다. 그러므로 노인의 집이 월세든 자가이든 나형조와 김형래로서는 상관이 없다. 약속된 대가만 제대로 받으면 되는 것이다. 그러나 문제는 박청만이 알고 보니 월세가 밀려 보증금도 남지 않을 만큼 돈이 없는 영감이라는 사실이다. 월세를 줄 수 없어 주인이 찾아오면 집에서 숨소리 하나 내지 않고 참고 있던 노인네라는 말이다. 그런 영감에게 김형래와 나형조에게 줄 돈이 있을 리 만무하다.

"뭐야, 땡전 한푼 없는 영감탱이란 말이야?"

나형조가 소리를 버럭 질렀다. 김형래는 썩은 동아줄이라도 잡는 심정으로 머리를 굴렸다.

"우리한테 줄 돈은 따로 있는 거 아닐까? 처음 선금이라고 줬을 때도 금고에서 돈을 꺼냈잖아. 현금이 더 있을지도 몰라. 그리고 생각해봐. 그렇게 가난하면 진작에 집을 옮겼겠지. 왜 여기에 남아 있겠어? 저런 수모를 견디면서 말이야."

김형래의 말도 완전히 틀리지는 않는다. 어쨌든 중요한 점은 노인이 그리 부자가 아니라는 것이다. 나형조는 엄지손톱을 입에 물고 잘근댔다. 이제 와 생각해보니 며칠 묵고 가라는 것도 단순히 친절을 베풀거나 오래 헤어져 살았던 가족들과의 어색함을 상쇄하기 위해 부탁한 것이 아닐지도 모르겠다는 생각이 든다. 그는 결정을 내렸다. 한시라도 빨리 여기서 돈을 받고 떠나야겠다고 말이다.

"여기서 뭐 하고 계세요?"

두 사람은 고개를 돌렸다. 박수철이 서 있었다.

식사가 차려진 식탁에는 무거운 침묵만이 내려앉았다. 박청만과 최대한 멀리 앉아 미래의 식사를 챙겨주고 있는 임옥분이 아들의 눈치를 보고 있을 뿐이었다. 그러나 박수철은 눈을 내리깔고 식사에만 열중했다. 아니, 머릿속으로는 분명 다른 생각에 빠져 있을 것이다.

조금 전, 이 집의 실제 주인을 만났던 도로에서 두 사람은 박수철을 마주쳤다. 다행히 박수철은 아무것도 듣지 못한 것 같았다. 대충 얼버무리려는데 박수철이 물었다.

"두 분은 심부름센터 사람으로는 보이지 않는데…… 어쩌다가 저희 아버지 심부름을 하게 되신 거죠?"

나형조와 김형래는 서로를 마주보았다. 무언의 문답이 오 갔다. 나형조가 박청만과 만난 이야기를 해주었다. 물론 두 사람이 교도소에서 나왔다는 얘기는 할 필요가 없었다. 가장 중요한 이야기는 따로 있었다. 바로 두 사람이 받을 돈이 있 는데 박청만이 주지 않고 미루고 있다는 사실이다. 물론 그 사이 박청만이 세상을 떠날까봐 아들인 박수철에게 미리 이 야기해두자는 계산도 있었다.

"그래서 우리도 지금 당황스럽습니다. 영감님께서 약속하 신 돈이 있는데 그걸 못 받으면 안 된다, 이 말이죠."

"그건 제가 어떻게 할 수 있는 일이 아닌 것 같습니다."

너무나 차가운 어조에 두 사람은 눈을 둥그렇게 떴다.

"아버지가 약속하신 거잖습니까. 아주 모른 척을 하겠다는 말은 아닙니다. 그렇다고 제가 아픈 아버지를 붙잡고 돈 내 놓으라고 따질 수는 없는 노릇 아닙니까? 사실 아버지에게 돈이 있는지도 모르겠고."

속는 기분이 들었다. 박수철은 자기 아버지에게 재산이 얼마나 있는지 확인하고 싶은 것이다. 자기가 궁금한 것을 두 사람에게 떠넘긴 게 분명하다. 찜찜한 기분은 들지만 어쩔 수 없다. 지금 당장 급한 것은 두 사람이기 때문이다.

밥을 먹던 나형조가 김형래의 팔을 슬쩍 쳤다. 김형래는 생각에서 빠져나와 나형조를 보았다. 두 사람이 눈빛을 교환했다. 박수철이 이쪽을 슬쩍 보았다가 다시 시선을 내리까는 것이 보였다. 발로 콱 차주고 싶은 마음이 들었지만 그건 참았다.

김형래가 입을 열었다.

"아 참. 아까 여기 어떤 아주머니 한 분 오지 않았어요?"

"그건 왜?"

박청만의 눈빛이 조금은 날카로워진 것 같았다.

"어떤 아주머니가 저희가 이 집에서 나오는 걸 보고 물으시더라고요. 어르신 계시는지. 왔다 가셨죠?"

"몸도 아파죽겠는데 무슨. 귀찮은 잡상인일 것 같아서 나가보지도 않았는데."

없는 척했다는 뜻이다.

김형래는 짐짓 아무것도 모르는 척 임옥분에게 말했다.

"어머니라도 나가보시죠. 중요한 일이었을지도 모르는데."

박수철의 어머니가 입을 열려고 하자 박청만이 급히 말을 잘랐다.

"내가 나가지 말라고 했어. 노인네한테 중요한 일 있을 게 뭐야. 그냥 잡상인이야. 여긴 하루에도 몇 번씩 그런 사람이 오지. 부자 동네니까 뭐 빨아먹을 게 있다고 생각하는 거야. 신경쓰지 말고 밥이나 먹어."

만약 그가 투수고 그의 말이 공이었다면 기네스북에 오를 정도의 속구였을 것이다. 빠르게 말을 마친 박청만은 얼른 수저를 들고 밥을 크게 떠 한입에 넣었다.

"어르신."

김형래의 부름에 박청만이 고개를 돌렸다.

"저희는 약속한 일이 있어서 내일 바로 떠나야 될 것 같습니다."

그렇게만 말해도 알아들을 것이다. 내일 떠나야 하니 돈을 달라는 뜻이다.

"아니 왜? 조금만 더 있지 않고서. 내가 부탁한 것도 있지 않나."

가족끼리만 있기에는 서먹하다는 말인 듯했다. 하지만 그건 걱정하지 않아도 될 것 같았다. 아들에겐 아버지의 재산이 있느냐 없느냐가 중요한 판국이었다. 아마 어색할 새도 없을 것이다.

나형조가 거들었다.

"저희도 할일이 있어서요."

"그런가."

박청만의 얼굴이 시무룩해졌다. 잠시 생각하는 것 같더니 두 사람을 빤히 보았다.

"내일 하루만 더 있어주면 안 되겠나?"

"내일 하루요?"

그게 무슨 차이일지 나형조와 김형래 둘 모두 알 수가 없었다. 하루 만에 돈을 어디서 구해 오기라도 할 작정인가? 나형조가 김형래에게 눈짓을 했지만 김형래도 어깨를 으쓱할 수밖에 없었다.

"내일은 내가 병원에 가는 날이네. 중요한 검사 결과를 듣는 날이거든. 다녀와서 이야기하세. 그리고 내가 지킬 약속도 있지 않은가."

김형래는 옆에 앉은 나형조가 한숨을 푹 내쉬는 것을 보았다. 한시름 놓은 모양이었다. 박청만은 아직 약속을 잊지 않왔다. 아니, 약속을 어길 상황이 아님을 깨달은 것이다. 여전히 박수철은 별 표정 변화가 없었다.

"수철아. 내일 병원에 같이 갈 거지?"

박수철이 열심히 움직이던 숟가락을 놓고 자신의 아버지를 보았다.

"같이 가주는 거지?"

"네."

박수철이 주저 없이 대답했다. 그러나 아버지를 보고 있지는 않았으며, 숟가락을 다시 들지도 않았다.

밤이 되었다. 모두들 각자 방으로 들어갔다. 김형래는 잠이 오지 않았다. 눈꺼풀은 무거웠지만 잠들지 못했다. 억지로 누워 있으려니 온몸이 쑤시는 것 같았다. 가만히 있지 못하고 뒤척이다가 벌떡 일어나기를 벌써 몇 번째인지 모른다. 교도소에서도 이렇게 시간이 안 가진 않았다. 왜 이런 기분이 드는지 그도 몰랐다. 그 기분의 정체는 불안이었다. 김형래는 자신이 뭔가를 놓친 것 같다는 생각을 끊을 수 없었다.

옆에서 나형조가 코 고는 소리가 들려왔다. 박자가 절묘했다. 코를 두 번 골고 쩝쩝대고는 또 코를 골고 쩝쩝댔다. 둘 중에 하나만 할 수 없나. 잠을 못 자는 이유가 나형조 때문은 아니었지만 아무 생각 없이 잘 자고 있는 나형조의 코를 비틀어주고 싶은 심정이었다.

화장실이 가고 싶었다. 한 시간 전쯤에도 다녀왔는데, 또 요의가 느껴진다. 잠이 오지 않으니 괜히 목이 마르고, 물을 마시다보니 화장실만 들락이게 된다. 그러니 있던 잠도 날아간다. 악순환이다.

화장실에 가려고 일어서려다 김형래는 그대로 멈칫했다. 사위는 고요했다. 공기가 흐르는 소리마저 귀에 들릴 듯싶었다. 그런데도 김형래는 계속 그대로 멈춰 있었다. 분명 자신이 아닌 다른 사람의 인기척을 들었던 탓이다.

─탁.

아주 작은 소리가 분명히 들렸다. 김형래는 나형조를 흔들었다.

"나형, 나형."

"으음."

나형조는 인상을 찌푸리고 몸을 뒤척였다. 그래도 일어나지는 않았다. 김형래는 짜증스러운 듯 아랫입술을 깨물었다가 손을 뻗어 나형조의 코를 바짝 쥐고 비틀어버렸다. 나형조가 비명을 지르려는 순간 김형래가 그의 입을 손으로 막았다. 나형조의 비명이 목구멍 속으로 꾸역꾸역 되넘어갔다.

김형래는 입술 가운데에 검지를 가져다대며 말했다.

"조용."

입이 막힌 채로 나형조가 고개를 끄덕였다. 김형래는 손을
떼며 말했다.

"누가 밖으로 나갔어."

"누가?"

"몰라."

"장난해?"

"아니. 누군지 확인해야겠어."

짜증을 내며 나형조가 손으로 자신의 머리를 마구 흐트러
뜨렸다.

"그냥 잠이 안 와서 나갔나보지. 김형처럼."

"근데 뭔가 찜찜해."

"뭐가?"

"몰라."

"장난해?"

"장난 아니야. 확인해야 될 것 같아."

김형래는 자신의 이 기분을 어떻게 설명해야 좋을지 몰랐
다. 머릿속에는 아까 저녁을 먹을 때의 박수철의 모습이 선
연하게 떠오르고 있었다. 표정이 너무 평온했다. 뭔가 결심

한 것인지도 모른다고 김형래는 느꼈다. 그 '뭔가'를 어떻게 설명해야 할지 난감했다.

"나가보자."

"냅둬. 들어오겠지."

"안 들어오면?"

"안 들어올 이유가 있을 것이고."

나형조는 벌러덩 드러누우며 말에 음을 붙여 흥얼거렸다. 다시 코를 비틀어 쥐려다가 김형래는 나형조를 흔드는 것으로 대신했다.

"만약에 영감님이면?"

"그게 뭐?"

"안 돌아오면?"

잠시 나형조가 침묵을 지켰다. 천천히 일어나더니 의심스러운 눈으로 김형래를 보았다.

"왜 안 돌아와?"

"모든 게 거짓말이라면?"

"우리 줄 돈 없어서 도망간다고? 그런데 가족은 왜 불러들였겠어?"

"빚이 감당할 수 없을 만큼 커져서 가족들을 불러놓고 자기 혼자 도망가는 걸 수도 있잖아."

사실 김형래도 정말 그렇게 믿는 건 아니었다. 그는 지금이 집을 나서는 사람이 박수철일 것 같았다. 하지만 그마저도 논리적으로 설명할 수가 없었다. 그냥 직감이 그렇게 말하고 있었기 때문이다.

어쨌든 다행히도 나형조는 김형래의 말에 불안을 느낀 것같았다. 얼른 일어나 문손잡이를 돌려 열었다. 김형래도 그 뒤를 따랐다.

현관문은 닫혀 있었다. 신발장을 열었다. 박청만의 신발로보이는 것들은 몇 켤레나 있었다. 하지만 박수철의 신발이보이지 않았다. 김형래는 나형조를 향해 나가자고 손짓을 했다. 두 사람은 소리가 들리지 않도록 조심히 현관문을 열고밖으로 나갔다.

대문이 빠끔히 열려 있었다. 두 사람은 그걸 보고 서로 눈빛을 교환하고는 지체 없이 밖으로 달려나갔다. 고개를 다급히 오른쪽 왼쪽으로 돌렸다. 왼쪽으로 이어진 길 멀지 않은곳에 걸어가고 있는 박수철이 보였다. 그를 부르려는 김형래의 입을 나형조가 틀어막았다.

대신 나형조는 달리기 시작했고, 김형래도 그 뒤를 따랐다. 두 사람은 얼마 지나지 않아서 박수철을 잡을 수 있었다. 어깨를 잡고 휙 돌려세우자 박수철은 놀란 얼굴로 두 사람을 보았다.

"어디 갑니까?"

숨을 몰아쉬며 나형조가 물었다. 박수철은 잡힌 손을 거칠게 뿌리쳤다. 눈은 매섭게 변해 있었다.

"상관하지 마세요."

박수철이 다시 걷기 시작했다. 이번엔 김형래가 그 앞을 막았다.

"아픈 아버지를 두고 어디 가는 거냐고요. 말하지 않으면 이대로 끌고 집으로 갈 겁니다."

"당신들이 무슨 상관이야."

박수철은 수적 열세에도 자신의 의지를 굽히지 않았다. 나형조는 그가 입을 쉽게 열지 않을 걸 알고 있었다. 어떻게 해야 이자의 입을 열 수 있을까 생각했다.

답은 금방 나왔다.

"아버지의 돈이 탐나 돌아온 것 아닙니까?"

"남의 일이라고 함부로 하지 말아요. 당신들이 뭘 알아?"

"뭔가 있는 거죠?"

김형래가 다부지게 물었다. 박수철은 김형래를 흘끗 보고는 아랫입술을 깨물었다. 그러고는 내면의 뭔가를 터뜨리듯 소리를 질렀다.

"가족이 보고 싶어서 찾는다고? 그건 다 거짓말이야! 내 간 때문에 나를 찾은 거라고!"

세상에 공짜는 없다. 그러나 사람들은 자신에게만은 특별한 일이 벌어질지 모른다고 생각한다. 사기꾼은 그 틈새에서 탄생한다.

16

박수철은 병원 응급실에서 나형조와 김형래에게 박청만을 부탁하고 의사를 따라간 뒤의 상황을 두 사람에게 이야기했다.

박청만의 담당의라는 교수가 박수철에게 따로 할말이 있다고 했었다. 그가 말한 사안은 바로 간이식이었다. 이제 박청만이 살아날 방법은 간이식밖에 없다. 그러니 아들인 당신이 간이식에 적합한지 검사를 받아보는 게 어떻겠느냐는 제안이었다. 박수철은 혼란스러웠다. 생각할 시간이 필요했다. 왠지 거부감부터 들었다. 이 자리를 피하자, 하는 생각에 교수에게 물었다.

"제가 아들인지는 어떻게 아셨습니까?"

"얼마 전 아버님께서 조만간 아들과 함께 병원에 올 거라고 했습니다. 아드님이 간을 줄 수 있을 거라고요. 같이 병원에 오는 길에 쓰러지신 거라고 생각했는데요."

응급실에 박청만이 실려왔다는 보고를 받은 후 내려와보니 박수철이 있었다. 당연히 박수철이 아들이라는 생각을 했다는 것이다.

박수철은 이상한 기분이 들었다. 박청만이 아버지로서 자신을 찾은 게 아닌 것 같다는 생각이 들었다. 아직 아들을 찾지도 않은 상황에서 의사에게 그런 말을 했다는 건 충분히 의심스러운 일이었다. 병원에 도착했을 때 잠이 든 상태라는 것도 의심스러웠다. 자는 척했던 것 아닐까? 그러자 애초에 실신한 것 자체가 진짜였을까 하는 의심이 들었다.

"그래서 도망을 간다고? 아버지 재산은 어떻게 하고?"

나형조가 물었다. 쓰러져 있던 자세가 의심스러웠다는 이야기나 실은 집이 월세라는 이야기는 하지 않았다. 순수한 의문이 들었다. 이 녀석은 돈보다는 아버지에 대한 미움이 더 큰 걸까?

박수철이 미간을 찌푸렸다. 입술을 일그러뜨렸다. 잠깐 먼 곳을 보았다가 다시 나형조를 보았다.

"자식은 어차피 나 하나예요."

아주 잠깐 동안 두 사람은 그 의미를 이해하지 못하고 멍한 얼굴로 박수철을 보았다. 그러나 곧 알 수 있었다. 어차피 박청만이 죽으면 모든 재산은 박수철에게로 상속된다. 거기다 몇 개씩이나 되는 보험증서도 보았다. 박청만만 죽으면 그의 모든 돈이 자신에게로 굴러들어오는 것이다.

"그럼 어머니랑 미래는?"

"아버지가 돌아가시면 나한테 연락해줄 사람이 있어야 하잖아요."

둘은 기가 막혔다. 김형래가 따지듯 말했다.

"미래는 무슨 죄야? 당신 어머니는? 아버지에 대한 트라우마가 있는데 돌아가실 때까지 옆에서 간호나 하라는 거야? 애를 돌보면서?"

"내가 데려가는 것보다 어머니가 데리고 있는 게 미래한테는 더 안정적일 겁니다. 원래도 어머니가 데리고 있었잖아요. 그리고 트라우마니 뭐니 할 게 뭐가 있어요? 어차피 다 죽어가는 노인네인데. 병원 의사가 그러더군요. 이대로면 정말로 금방 돌아가시고 말 거라고요!"

김형래는 주먹에 힘이 들어갔다. 왠지 이 자식의 얼굴을 치고 싶었다.

"어머니가 아이를 데리고 있는 게 더 안정적일 거라고? 핑계 대지 마! 당신은 돈이 들어올 때까지 엄마와 아이를 버리고 가는 것뿐이라고! 당신도 간이 필요해서 당신을 찾은 저 노인네랑 다를 게 없단 말이야!"

"그래! 적어도 네 어머니와 자식은 데려가!"

나형조가 박수철의 멱살을 잡았다. 박수철은 단번에 그 손을 세게 뿌리쳤다.

"당신들이 남의 집안일에 무슨 상관이야! 당신들은 당신들 갈 길이나 가!"

김형래와 나형조가 서로 눈빛을 교환했다. 두 사람은 좋지 못한 상상을 하는 중이었다. 박수철이 사라진 것을 안 박청만이 다시 아들을 찾아와야 잔금을 주겠다고 억지를 부린다면 어떻게 해야 할지 고민했다. 집도 본인 소유가 아니라는 사실을 알고 있다며 '당신은 돈 한푼 없는 노인'이라고 폭로해버리면 모든 게 물거품이 된다. 정말로 돈이 없다는 사실이 밝혀지면 노인은 배 째라는 식으로 나올 것이 분명했다.

두 사람이 기대할 수 있는 것은 이제 박수철뿐이었다. 정말 안된 일이지만 박청만이 죽어 보험금이 나오면 박수철은 아버지가 약속한 돈이라면서 잔금의 일부나마 줄지도 모른다. 박수철의 마음이 바뀌어 간이식을 해주고 그가 살아난다고 해도 문제 될 것은 없다. 박청만에게는 몇 개씩이나 되는 보험이 있지 않은가. 우리나라에는 보험약관대출이라는 아주 좋은 제도가 있다.

그러나 박수철이 도망가버리면 모든 것은 수포가 된다. 간이식을 받지 못한 박청만이 죽어버리면 이미 도망가버린 박수철은 두 사람과 박청만의 돈 약속을 모르는 체할 것이다. 그렇다고 이 상황에 세 사람의 돈 약속에 대해 구구절절 얘기하고 있을 수도 없다.

방법은 하나였다. 박수철이 도망가더라도 아직은 살아 있는 박청민에게 유서를 받는 것이다. 보험금이 나오면 나형조와 김형래 두 사람에게 약속된 돈을 지급한다는 내용으로 말이다.

그 방법이라면 여기서 도망가는 박수철을 놓아주어도 된다. 하지만 마음이 그렇게 시키지 않았다. 나형조도 그랬지만 김형래는 특히 그 마음이 더 컸다. 박수철의 어머니를 보면 고향에 계시는 엄마가 계속 떠올랐기 때문이었다.

"비겁하게 살지 마. 핑계 대지 말고 어머니도 미래도 데려가. 영감님이 돌아가시면 경찰을 불러서 바로 당신에게 연락이 가도록 해줄 테니 말이야."

"그러니까 당신들이랑 무슨 상관이냐고. 이것 좀 놓고 말하……!"

"안 돼!"

뒤쪽에서 고함이 들려온 것은 그때였다. 세 사람은 동시에 소리가 들린 방향으로 고개를 돌렸다. 그리고 기함했다. 저 멀리 박청만이 달려오고 있었기 때문이다. 단순히 달려온다는 행위가 그들의 심장을 서늘하게 만든 것은 아니었다. 깡마른 몸에 걸쳐놓은 새틴 잠옷이 펄럭이고, 머리는 제멋대로 뻗쳐 엉망이었다. 눈에서는 안광이 번뜩였다. 마치 영화에 나오는 귀신 같은 모습이었다. 그의 얼굴에는 분노와 의지와 삶에 대한 욕망이 들끓었다.

"도망가면 안 돼. 간! 간을 줘야지!"

어느새 코앞까지 온 박청만이 제 아들의 멱살을 잡아 쥐었다. 박수철의 고개가 뒤로 확 젖혀졌다. 박수철은 놀라 팔을 뿌리치려 했지만 쉽지 않았다. 말기 암환자인데다 노인인 박청만의 힘이 왜 이렇게 센지 알 수 없었다. 희번덕거리는 노인의 눈이 무서웠다. 박수철은 이제야 진짜 자신의 아버지를 보는 기분이 들었다. 이틀간 보았던 죄인 같던 눈빛은 모두 사라졌다. 박수철은 아버지가 어머니를 때리던 그 시간으로 던져지는 듯했다.

"이거 놓으세요!"

박수철이 소리쳤지만 박청만은 손을 놓지 않았다. 그는 누가 설명해주지 않아도 박수철이 도망가려 한다는 것을 알고 있었다. 어쩌면 잠도 자지 않고 아들이 집을 나가는지 살피고 있었는지 모른다. 왠지 모를 두려움에 나형조와 김형래는 그를 말리지도 못하고 안절부절 서 있었다.

"놔요! 놓으라고요! 당신이 나한테 해준 게 뭐야!"

박수철은 몸부림쳤다. 그러나 박청만의 손을 완전히 뿌리치지는 못했다. 박청만은 박수철의 멱살을 반대쪽 손으로 다시 움켜쥐었다. 반대쪽 손아귀의 힘도 엄청났다. 다른 한 손은 허공을 가로질렀다. 바람 가르는 소리가 들릴 정도의 속도였다. "억!" 외마디 비명과 함께 박수철이 나가떨어졌다. 박수철의 얼굴에 금방 붉은 기가 올라왔다. 깡마르고 커다란 박청만의 손자국이 아들의 얼굴에 그대로 새겨졌다.

박청만이 다가가 박수철의 멱살을 또 잡았다. 박수철은 그 손길에 이끌려 일어났다. 박청만은 자신의 아들인 박수철을 옆에 있던 나무에 처박듯 밀어젖혔다. 나무에 등을 부딪친 박수철이 "억" 소리를 냈다. 그는 다시 한번 한쪽 손을 휘둘러 박수철의 뺨을 내려쳤다.

"감히 그런 소리를 뱉어? 해준 게 뭐가 있냐고? 내가 너를 낳아줬잖아!"

고개가 한쪽으로 돌아간 박수철이 간신히 입안의 침을 튀어 뱉었다.

"낳아주면 다야? 걸핏하면 엄마나 때리고. 난 학교에 준비물 한번 제대로 사 간 적이 없어."

"그래, 네 어미를 때렸지. 하지만 네가 필요하다는 돈을 안 준 적은 없어!"

"그렇겠지. 대신 왜 필요한지 꼬치꼬치 따졌지. 어떨 때는 선생님한테 전화까지 해서 확인하고 말이야! 내가 창피해서 돈을 달랠 수나 있었겠어?"

"그건 네가 거짓말을 할까봐……!"

박수철이 온 힘을 다해 박청만의 손을 밀어냈다. 박청만이 물러서면서 중심을 잃고 뒤로 벌러덩 나자빠졌다. 그 위에 대고 박수철이 악다구니를 썼다.

"그런 나한테 뭐? 낳아줬으니 간을 달라고? 나는 당신 밑에서 사는 게 지옥 같았어! 단 한 번도 행복한 적이 없어. 내가 이 집을 나간 건 당신 때문이야. 돈 한푼 없이 이 집을 나가서 얼마나 어렵게 살았는지 알아? 그걸 참을 여자가 어디 있어? 이혼한 것도 내가 이 꼴로 사는 것도 다 당신 때문이야!"

박청만이 버둥거리더니 간신히 몸을 뒤집었다. 엎드린 자세에서 일어서려고 했지만 여의치 않은 것 같았다. 나형조와 김형래가 도와줘야 할지 고민하기도 전에 그는 무서운 기세로 기어가 아들의 다리를 잡았다.

"잘못했다. 내가 다 잘못했어. 네가 한 그 고생, 다 나 때문이라고 인정하마! 내가 다 보상해줄게. 날 살려만 준다면 모든 재산을 너한테 주마. 약속해!"

어둠 속에서 박수철의 눈이 빛났다. 그 눈빛은 아버지인 박청만과 닮아 있었지만 스스로는 인지하지 못하는 듯했다.

그런 아비규환의 현장에 폭탄이 떨어졌다.

"다 가짜야. 저 집 월셋집이라고."

폭탄이 떨어진 현장은 침묵으로 가득찼다. 가장 먼저 정신을 차린 것은 나형조였다. 김형래를 보았다. 폭탄을 터뜨려놓고도 침착한 표정이었다.

"무슨……"

박수철이 김형래를 보았다.

"우리가 집주인이라는 아주머니께 확인했어. 그 집은 월세야. 개발되면서 받은 돈으로 보증금을 삼았지만 그 돈도 미납된 월세로 다 깎이고 사라졌어. 다 거짓말이라고."

박수철은 혼란스러운 얼굴로 자신의 아버지를 돌아보았다. 박청만은 고개를 힘껏 가로저었다.

"아냐, 저 말이 거짓말이야! 지금 저것들이 날 모함하는 거라고!"

"그, 그렇지? 거짓말하는 거지? 저 집, 아버지 거 맞지?"

박수철은 현실을 믿고 싶지 않은 듯했다. 박수철의 물음에 박청만은 세차게 고개를 끄덕였다. 박수철이 말했다.

"그럼 지금 당장 집으로 가서 등기권리증 확인시켜줘. 그러면 간이식 해줄게."

박청만은 곧바로 대답하지 못했다. 하, 박수철이 어이없다는 듯 숨을 뱉었다.

"다 거짓말이었어. 이거 봐. 당신하고는 두 번 다시 상종하고 싶지 않아."

"간! 간을 줘!"

순식간의 일이었다. 박청만의 무서운 집념이 그의 전신에 남아 있던 힘을 끌어모은 것 같았다. 박청만은 박수철의 발목을 쥐고 자신에게로 힘껏 당겼다. 그의 다리를 붙들 요량이었을지도 모르지만 불행히도 박수철의 몸이 기우뚱 뒤로 넘어갔다. 중심을 완전히 잃은 박수철은 뒤편에 서 있던 나무에 머리를 박더니 그대로 바닥에 넘어졌다.

나무껍질에 묻은 박수철의 피는 진득하게 맺혀 있다 바닥으로 흘러내렸다. 박수철은 눈을 감고 있었다. 박청만은 손

2인조

253

을 벌벌 떨었다. 이제야 정신이 돌아온 듯했다. 나형조가 천천히 박수철에게로 다가갔다. 박수철의 어깨를 양손으로 쳐보기도 하고 그의 가슴에 귀를 대보기도 했다.

"잘 모르겠어."

"안 돼. 안 돼, 내……"

박청만의 목소리에 힘이 빠지더니 고개가 획 젖혀졌다. 쓰러질 것 같았다. 신이라도 들린 듯 그렇게 힘을 써댔으니 무리도 아니었다. 더 잇지 못한 말끝에 '내 아들'이 있었을지 '내 간'이 있었을지 두 사람으로서는 알 수 없었지만, 얼른 달려가 바닥에 주저앉는 박청만을 부축했다.

혼절할 듯 뒤로 넘어가던 박청만의 고개가 퍽, 둔탁한 소리와 함께 단번에 앞으로 거꾸러졌다. 그의 목을 따라 피가 앞으로 줄줄 흘러내렸다.

나형조와 김형래는 순간 무슨 일이 벌어졌는지 알지 못했다. 앞으로 푹 쓰러지는 박청만을 채 붙잡지 못하고 뒤를 돌아보았다. 얼굴이 하얗게 질린 임옥분이 피가 묻은 큰 돌을 바닥에 툭, 떨구었다.

"아주머니!"

임옥분은 손을 벌벌 떨었다. 자신의 손에 묻은 피를 보더니 그걸 떨쳐내려는 듯 마구 손을 비볐다. 피는 점점 그녀의 손을 물들여갔다.

김형래는 한 손으로 박청만의 뒤통수에서 흘러나오는 피를 막았다. 무슨 지식이 있어서 그런 것은 아니었지만 무섭게 쏟아지는 피를 막아야만 할 것 같았다. 그러고는 임옥분을 향해 소리를 질렀다.

"아주머니! 정신 차리세요!"

그녀는 지금 패닉에 빠져 있는 듯했다. 정신을 차리게 해야 했다. 아주 잠깐 김형래는 이중 누구라도 핸드폰을 가지고 나왔기를 바랐다. 그래야 구급대와 경찰에 신고를 할 수 있으니까.

나형조가 임옥분을 붙잡으려 할 때였다.

"안 돼…… 날…… 죽일 거야."

잘 들리지 않을 정도로 작은 소리로 임옥분이 중얼거렸다. 그녀는 허리를 펴고 일어나 손바닥에 묻은 피를 바지에 쓱 닦았다. 그러고는 자신이 조금 전 던져버린 돌을 주워 들었다. 김형래와 나형조는 그녀가 무슨 일을 하려는지 감도 잡지 못했다. 기분 나쁜 예감이 들었다. 그녀의 눈빛에 심상찮은 빛이 감돌았다.

─퍽!

바닥에 누워 있던 박청만의 얼굴에 돌이 처박혔다. 살기 어린 눈빛을 보고 굳어 있던 김형래가 제지할 겨를도 없었다. 타격의 충격은 출혈을 막아보겠다고 박청만의 뒤통수를 감싸고 있던 김형래의 손바닥까지 전해졌다. 임옥분이 다시 돌을 하늘로 치켜들었다.

"깨어나면 안 돼. 날 가만히 두지 않을 거야."

그녀의 눈빛은 이 세상의 것이 아니었다. 모든 것을 상실한 것 같은, 혹은 아무런 감각도 느끼지 못하는 사람의 눈빛이었다. 박청만의 한쪽 얼굴은 완전히 뭉개져 있었다. 피가 흐르는 것은 물론이고 안구 일부분이 바깥으로 튀어나와 있었다.

그녀를 말려야 했다. 물론 그래야 했지만 김형래는 자기도 모르게 앉은 채로 뒷걸음질을 치고 말았다. 세상에 태어나 처음 본 광경에 경악을 금치 못했다. 나형조가 달려와 일으켜주지 않았다면 김형래 역시 그 자리에서 실신했을지도 모르는 일이었다.

—퍽.

세번째 타격 소리에 두 사람은 정신을 차렸다. 임옥분은 지독했던 전남편을 죽일 작정인 것 같았다. 그를 죽이지 못하면 자신이 죽을 거라 생각하고 있었다. 그녀를 말리려 한 발짝 움직인 순간, 사위가 환하게 밝아졌다. 새벽이 된 것은 아니었다. 강렬한 빛이 그들에게로 쏟아지고 있었다. 인상을 찡그리고 간신히 눈을 떴다. 손차양을 하고서야 빛의 근원지가 경찰차라는 것을 알 수 있었다. 누군가 신고를 한 모양이었다.

"멈춰! 거기 흉기 버려!"

맨 앞에 서 있던 형사가 총을 겨눈 채로 소리를 질렀다. 둘은 그제야 뒤를 돌아보았다. 임옥분은 네번째 타격을 위해 양손으로 돌을 높이 치켜들고 있었다. 그걸 내려찍는 즉시 총이 발포될지도 몰랐다.

"잠시만요! 이분 지금 제정신이 아닙니다. 제발 쏘지 마세요!"

경찰들은 아무 말 없이 이쪽을 주시하고 있었다. 여전히 총구를 겨눈 채였다. 나형조는 두 손을 들고 경찰들을 안심시키려는 듯 고개를 까닥인 뒤 임옥분에게로 다가갔다. 그리고 그녀의 양손에서 돌을 빼앗아 한 발짝 앞에 던져버렸다. 임옥분은 잠시 그대로 있었다. 그녀는 자신에게 무슨 일이 벌어지고 있는지 모르는 것 같았다. 나형조가 한쪽 손을 내려 그녀의 어깨를 쥐었다.

"다 끝났어요."

그 말이 그녀에게는 무엇이었을까? 박청만의 죽음이었을

수도 있고, 자신의 범죄를 깨달은 순간이었을지도 몰랐다. 그녀는 천천히 손을 내렸다. 그러고는 파도가 들이친 모래성처럼 천천히 바닥으로 쓰러졌다.

"아주머니! 아주머니!"

뺨을 가볍게 두드려보았지만 그녀는 눈을 뜨지 않았다. 그녀는 얼굴에 피가 잔뜩 묻은 채로 깊은 잠에 빠져든 사람처럼 평온하게 눈을 감고 있었다. 기이한 감정이었지만 그녀의 평온이 나형조에게까지 전해지는 것 같았다.

나형조는 고개를 들고 경찰들을 보았다. 그들이 이리로 뛰어왔다.

인파 속에는 구급대원들도 있었다. 박수철과 박청만, 그리고 임옥분까지 차례로 들것에 실려 구급차로 옮겨졌다. 아까 총을 들고 서 있던 형사가 김형래와 나형조에게 다가왔다.

"어찌된 일인지 설명을 좀 해주셔야겠습니다."

"그게⋯⋯"

우리를 뭐라고 해야 좋을까. 하지만 당장 그 걱정을 할 필요는 없을 것 같았다.

"서까지 같이 가주셔야겠습니다."

거부할 수는 없었다. 꼼짝없이 이상한 오해를 받게 생겼다. 하지만 두 사람은 여기서 아무 짓도 하지 않았다. 그것만

밝히면 아무리 전과자라 해도 험한 일은 겪지 않을 터였다.

그러나 하늘은 두 사람의 편이 아닌 모양이었다.

길 건너 집에서 문틈으로 내다보고 있던 남자가 이쪽을 향해 달려왔다. "형사님!" 하고 부르는 그의 목소리가 다급했다. 형사는 두 사람을 경찰차로 안내하다가 남자를 향해 돌아섰다. 경찰차 안에 들어가 앉은 김형래와 이제 막 경찰차로 올라타려는 나형조가 남자의 외침을 들었다.

"저 두 사람이 할머니가 돌을 내려칠 때 할아버지를 붙잡고 있었어요!"

17

형사과 내부는 소란스럽고 혼잡했다. 여기저기서 전화벨 소리가 들렸고, 혼란 속에서 자신의 목소리를 전하기 위해 형사들은 서로 목소리를 높였다. 그 와중에도 묵묵히 문서를 작성하는 형사도 있었으며, 재빨리 뛰어나가는 형사도 보였다. 형사들 앞에서 고개를 숙이고 있는 몇몇은 아마 어떤 사건의 용의자일 것이다.

초등학교 교실 세 개를 합친 것 같은 크기의 형사과는 복도를 따라 팀별로 나뉘어 있었다. 나형조와 김형래가 앉아 있는 곳 위에는 '형사3팀'이라고 적힌 아크릴 팻말이 붙어 있었다. 두 사람은 주변을 둘러보지 않았다. 조금은 익숙한 공간이기 때문이었다.

　그렇다고 마음이 편안할 정도는 아니었다. 지금 두 사람은 주변의 상황보다는 자신들의 눈앞에 앉은 형사의 표정에 주목하고 있었다. 그리고 두 사람은 저희의 경찰서 출입 경력에 빗대어 생각해볼 때 이 형사가 자신들을 믿지 않으리라는 것을 어느 정도 예감하고 있었다.

　"목격자가 정확히 봤다고 증언했습니다. 두 분이 박청만씨를 붙잡고 있었고, 아내 되시는 임옥분씨가 돌로 내려쳤다고요. 당신들, 임옥분씨와 공범 아닙니까?"

　"절대 아닙니다. 아까도 말씀드렸잖아요. 저희는 그저 박청만씨와 그 아들이 몸싸움을 벌이다 박청만씨가 쓰러지려고 해서 박청만씨 몸을 붙잡고 있었을 뿐이에요. 그러는 사이에 박청만씨의 전부인이 나타나 돌을 휘두른 겁니다. 그 사람이 잘못 본 거예요."

　안타깝지만 그것을 증명해줄 박청만은 구조대원이 현장에 출동했을 때 이미 사망한 상태였다. 갖은 거짓말과 술수로 아들의 간을 빼내 생명을 부지하려던 그에게 닥친 참혹하고도 아이러니한 죽음이었다. 만약 그가 아들을 불러들이지 않았다면 아내인 임옥분도 오지 않았을 것이고, 그렇다면 고통스럽지만 얼마간은 더 이 좋은 세상을 맛보았을지도 몰랐다.

아니, 어쩌면 애초에 박청만이 임옥분을 때리지 않았다면, 그래서 임옥분에게 트라우마가 없었더라면 그런 일은 벌어지지 않았을 것이다.

"두 분은 임옥분씨와 어떤 관계인가요?"

"어떤 관계라니요. 아무런 관계도 아닙니다."

김형래가 답답한 듯 외쳤지만 두 사람에게 그다지 도움이 되지 않는 대답이었다. 아무런 관계도 아닌 사람이 사건 현장에 같이 있었고, 그것도 모자라 한집에 기거하던 까닭을 설명해주지 못했다.

"그러니까, 그게요……"

나형조는 머리를 벅벅 긁으며 입을 열었다. 자신도 어디부터 어디까지 설명해야 좋을지 알 수 없었다. 이 형사는 우연히 차 사고를 내서 노인의 집에 들어가 보상 대신 아들을 찾아달라는 부탁을 들어줬다는 어이없는 얘기를 그대로 믿어줄까? 당연히 차 사고를 냈으면 보험처리를 했어야지 그게 말이 되느냐고 따질 것이 분명하다. 애초에 그 차가 도난 차량이라는 말은 죽어도 할 수가 없다. 차 이야기는 꺼내지 않는 게 상책이다.

"저희가 그 할아버님이랑 우연히 알게 됐는데 사정이 하도 딱하셔서 아드님을 찾아드리기로 한 거예요. 그래서 어찌어

찌하다가 아들을 찾았는데……"

그다음에야 실제로 있었던 일을 그대로 말할 수 있었다. 어쨌든 박청만은 아들의 간을 노렸고, 그 아들은 박청만의 돈을 노렸다는 것이 결정적인 대목이었다. 그리고 간을 내놓으라며 박청만이 매달리는 바람에 박수철이 중심을 잃고 나무에 머리를 부딪쳐 혼절했으며, 이 광경을 본 그의 어머니 임옥분이 눈이 돌아 남편을 돌로 때렸다는 것으로 이야기를 마무리했다. 사실 이 이야기는 형사에게 벌써 두 번이나 한 것이었다.

"박수철씨의 어머니는 어디 계십니까?"

나형조가 답답해하며 물었다. 그녀가 두 사람의 무고함을 증명해줄 수 있을 것도 같았다. 하지만 두 사람이 경찰서에 잡혀오는 동안 임옥분은 보이지 않았다. 현장에서는 정신을 잃었다 해도 지금쯤이면 충분히 깨어났을 시간이었다.

형사가 대답했다.

"임옥분씨는 아직 병원에 있습니다. 깨어나기는 했지만 전남편 되시는 박청만씨를 처음 한 번 가격한 이후의 일을 기억하지 못하고 있어요. 자신이 박청만씨를 죽였다는 형사들의 말을 듣고 다시 혼절했습니다. 지금은 안정제를 맞은 상태예요."

나형조는 절망스러웠다. 그럼 자신들을 위해 증언해줄 사람은 당분간 없다는 말인가. 잘못하면 꼼짝없이 유치장에 갇힐지도 모른다. 아들을 찾아준 돈도 받지 못했는데 죄까지 덮어쓰게 생겼다. 김형래는 그렇다 치고 나형조는 모범수로 가석방된 상황이다. 만약 여기서 죄라도 덮어쓰면 형량이 늘어난다. 농담이 아니다.

"박수철은요? 지금 어떤 상태입니까? 그 사람이 저희가 왜 그 집에 머물게 됐는지 증언해줄 겁니다. 정말 오해라고요."

형사는 컴퓨터 화면을 보면서 눈썹을 쓰윽 올렸다.

"두 분 모두 전과가 있네요."

나형조와 김형래의 이마가 동시에 구겨졌다. 이런 질문이 결국 나올 줄 알았다. 전과자는 전에 죄를 지어서 형벌을 받은 적이 있는 사람을 말한다. '전에'라는 말이다. 그러나 형사들은 전과자를 현행범과 다르지 않게 취급한다. 한 번 전과를 만든 사람은 계기만 있다면 또 범죄를 저지를 만한 사람이라고 인식하는 게 보통이다.

"겨우 자전거 도둑질 좀 했습니다."

"특수절도에 특수폭행인데요?"

"그게 자전거 좀 훔치려고 커터를 가지고 갔다가……"

변명을 하던 나형조는 깊이 한숨을 쉬었다. 자신이 지금 여기서 무엇을 하고 있는지 한심해졌기 때문이었다. 형사의 시선이 김형래 쪽으로 향했다.

"사기고."

"제가 사기를 치고 싶어서 친 게 아니라, 회사 운영을 하다가 돈을 못 갚아서 그렇게 된 겁니다. 이번 일하고는 전혀 상관없어요."

형사가 키보드에서 손을 떼고 깍지를 꼈다. 그리고 깍지 낀 손 위에 턱을 얹으며 말했다.

"나형조씨는 이 개월 전에 출소했고 김형래씨는 얼마 전에 나왔네요? 두 분, 왜 만난 겁니까?"

무심결에 나형조와 김형래가 서로를 쳐다보았다. 곧 죽어도 '사기 한탕 크게 치려고 했다'는 얘기는 할 수 없다. 김형래가 더듬거리며 말했다.

"그, 그냥 친해져서 만난 겁니다."

"네! 그냥 출소하면 밥 한번 먹자 해서."

흐음, 고개를 갸웃하며 형사는 키보드를 두드렸다. 두 사람 입장에서야 적당히 잘 둘러댔다고 생각했지만 형사는 그렇지 않은지도 모른다. 범죄자들끼리 교도소 안에서 친해져서 사회에 나와서까지 만나는 걸, 형사는 바람직하지 않게 보는 것이 분명하다.

"다시 한번 말씀드리지만……"

나형조가 가장 중요한 얘기로 화제를 돌리려 시도했다. 지금 중요한 것은 자신들이 전과자라는 사실이 아니라, 박청만의 죽음에 아무런 관련이 없으며, 특히나 임옥분이 박청만을 죽이도록 협력했다는 증언은 더더욱 잘못되었다는 사실이었다.

"두 분은 아버지 부탁으로 저를 찾아오셨습니다."

상당히 기운이 없는 목소리가 들려왔다. 하지만 그 맥빠진 목소리는 두 사람을 구할 가장 강력한 목소리이기도 했다. 형시가 소리가 난 쪽을 향해 고개를 들었고, 두 사람도 뒤를 돌아보았다. 머리에 붕대를 감고 있는 박수철이었다.

살았다!

두 사람은 그렇게 외치고 싶은 기분이었다.

박수철과 나형조, 김형래 세 사람은 경찰서 계단을 함께 걸어내려왔다. 나무에 머리를 부딪혀 의식을 잃은 박수철이 병원에서 정신을 차린 뒤 참고인 조사를 위해 경찰서에 오지 않았다면, 두 사람은 아직까지도 형사에게 잡혀 앵무새처럼 같은 이야기를 반복하며 자신들의 무죄를 증명하려 애쓰고 있었을 것이다. 잘못하면 가족에게까지 연락이 갈지도 몰랐다. 김형래는 엄마에게 더 걱정을 끼치지 않아서 다행이라고 생각했고 나형조는 아내에게 자존심이 상할 일이 안 생겨서 다행이라는 생각을 했다. 만약 연락을 받은 아내가 경찰서로 자신을 찾아온다면 어떤 얼굴로 어떤 말을 할지 보지 않아도 생생할 정도였다.

'쯧쯧. 그래. 네가 하는 일이 다 그렇지.'

그랬더라면 정말 나형조의 자존심은 산산이 부서졌을 것이다.

"고맙습니다. 수철씨 아니었다면 꼼짝없이 죄를 뒤집어썼을 거예요."

나형조가 박수철에게 인사를 했다. 뒤에 있던 김형래도 살짝 고개를 숙였다. 박수철은 고개를 저었다.

"아닙니다. 사실을 말한 건데 당연한 일이죠."

그의 목소리에는 힘이 하나도 없었다. 물론 머리를 부딪힌 충격도 아직 남아 있겠지만 그것 때문만은 아닌 것 같았다. 어머니가 아버지를 살해했다는 소식이 그에게는 더 엄청난 충격이었을 것이다.

"어머님은 어떻게……"

"병원에서는 폭행 트라우마로 인해 단기기억상실에 걸린 것 같다고는 하는데 경찰에서는 일단 살인죄로 기소할 것 같습니다. 재판까지 가야겠죠. 사정을 어디까지 봐줄지……"

─깨어나면 안 돼. 날 가만히 두지 않을 거야.

뭔가에 홀린 듯한 임옥분의 말이 김형래의 머릿속에 생생히 떠올랐다. 역시 그녀는 패닉에 빠져 있었던 것이 분명했다. 폭행을 당할 때의 그 고통이 깨어났을 것이었다. 무자비한 남편을 보고 불끈 솟은 화를 참지 못해 돌로 머리를 쳤다. 순간 든 생각은 남편이 깨어나면 안 된다는 것뿐이었으리라. 남편이 깨어나면 자신이 죽는다. 그녀는 제정신이 아닌 와중에서도 살아남기 위해 돌을 휘둘렀을 것이었다.

"혹시 어머님 재판하실 때 증인이 필요하면 저라도……"

김형래가 말하던 그때였다. 박수철이 순간 걸음을 멈추었다. 그는 잊었던 뭔가를 떠올린 듯한 얼굴이었다. 눈을 휘둥그렇게 떴고 입을 다물지 못했다. 그는 두 사람과 함께 있다는 사실조차 잊은 사람처럼 도로를 향해 뛰어들었다.

"택시! 택시!"

어리둥절하게 뒤에 서 있던 두 남자도 "아!" 하고 깨달았다. 미래. 여덟 살밖에 안 되는 아이를 어젯밤부터 집에 혼자 내버려두었다. 심지어 대문도 활짝 열려 있을 것이다. 박수철은 미래가 잘못됐을까봐 두려워하는 기색이었다. 얼굴이 하얗게 질린 것이 떨어진 곳에서도 보였다.

두 남자도 박수철을 향해 뛰었다. 마침 지나가던 택시가 박수철을 보고 멈춰 섰다. 박수철이 조수석에 올라탔고, 두 남자도 황급히 뒷자리에 올랐다. 박수철은 두 사람의 존재를 전혀 신경쓰지 못하고 있었다.

"수매동으로 가주세요."

도로에 합류한 택시가 달리기 시작했다. 조수석에 앉은 박수철은 초조한 듯 엄지손톱을 깨물고 있었다. 나형조가 몸을 운전석 쪽으로 기울이며 말했다.

"기사님, 죄송하지만 더 빨리 좀 가주십시오."

"네."

택시 운전기사가 액셀을 밟았다. RPM이 빠르게 올라갔다. 뒤로 지나치는 벚나무들이 더욱 속도를 높여 사라져갔다.

나형조는 미래가 무사히 집에 있기를 바랐다. 갑자기 어른들이 모두 나가버려 무서운 마음에 혼자서 집을 나서지 않았기만을 바랐다. 차라리 깊이 잠이 들어 아직도 늦잠을 자고 있기를 바랐다. 그에게도 아이가 있었다. 아내가 괘씸해 연락하지 않으면서도 가끔은 아이가 어떻게 커가는지 궁금했다. 돈 많은 아버지가 되어 아이의 앞에 나타날 날만을 기다렸다. 그 아이를 잃는다는 생각을 하면 나형조는 머리가 돌아버릴 것 같았다. 그는 박수철의 기분을 충분히 이해할 수 있는 사람이었다.

드디어 눈에 익숙한 동네의 정경이 보이기 시작했다. 나형조는 택시 기사에게 위치를 알리며 박청만의 집 대문 앞까지 안내했다. 택시가 멈추기 무섭게 박수철이 내려 집안으로 달렸다. 나형조와 김형래도 얼른 내리려 뒷문을 열었다.

"차비는요?"

"아?"

두 사람은 서로의 얼굴을 보았다. 그제야 박수철이 택시비를 내지 않은 것을 알아차렸다. 원망이 들지는 않았다. 아이를 잃어버릴지도 모르는 급박한 상황이니 정신이 없을 것이었다. 나형조는 주머니를 뒤적여 만 원짜리 두 장을 꺼내 택시 기사에게 내밀었다.

"잔돈은 됐어요."

나형조는 "감사합니다!" 하는 택시 기사의 목소리를 뒤로 하고 이미 내린 김형래를 따라 내렸다. 문이 닫히자마자 택시는 빠른 속도로 사라졌다. 김형래가 어이없다는 얼굴로 쳐다보았다.

"잔돈은 왜 됐대?"

나형조가 가진 돈은 박청만에게서 착수금으로 받은 돈이었다. 당연히 그것은 두 사람의 공동재산이다. 지금 잔금도 못 받을 상황에서 자신에게 묻지도 않고 팁을 줘버린 것에 김형래는 신경질이 난 얼굴이었다. 나형조가 머쓱한 얼굴로 대답했다.

"한번 해보고 싶었어."

김형래는 고개를 절레절레 저었다. 하도 한심해서 따질 마음도 들지 않았다. 나형조를 절도로 신고하고 수감된 뒤 한번도 찾아오지 않은 나형조 아내의 마음을 조금은 알 것도 같았다.

안에서 아이의 울음소리가 들렸다. 두 사람은 퍼뜩 정신을 차리고 대문 안으로 뛰어들어갔다. 이미 들어간 박수철은 마당 중앙에서 미래 앞에 자세를 낮추고 앉아 있었다. 두 사람은 안도의 한숨을 내쉬었다. 적어도 아이를 잃어버리는 일은 피했다.

박수철은 미래의 어깨에 두 손을 얹고 있었다. 이제 우는 아이를 안아 달래주는 것이 순서라고 생각했다.

"조용히 해!"

당혹스러운 상황에 두 사람은 박수철을 빤히 보며 입을 벌리고 미간을 찌푸렸다. 울던 미래도 놀랐는지 단번에 입을 다물었다. 아이의 울음이 잦아들자 박수철이 말했다.

"너 할아버지 금고 비밀번호 소리 들은 적 있지?"

나형조는 귀를 의심했다. 지금껏 낯빛이 새하얘져 택시를 타고 온 박수철은 아이를 걱정한 게 아니었다. 자신이 차지해야 할 몫이 있는지 확인하려 잔뜩 긴장했을 뿐이었다.

기가 막혔지만, 한편으로는 나형조도 궁금했다.

박수철을 찾아 이 집에 들어오던 날 분명 박청만은 금고 안에서 자신의 보험증권을 꺼내왔다. 그때 옆에 미래가 있었다. 지난번에 확인했듯 미래는 절대음감을 가졌다. 번호를 누를 때 나는 소리만으로도 비밀번호가 몇 번인지 알아맞힐 수 있는 아이였다. 그 금고 안에는 얼마가 들었을까. 박청만이 사망한 지금 박수철이 받을 수 있는 사망보험금은 얼마일까? 잔금에 대해 이야기한다면 박수철은 그 돈을 줄까?

그런 교활한 생각이 김형래의 머릿속에도 있는 모양이었다. 그는 옆에서 가만히 상황을 주시하고 있었다.

"응?"

미래는 젖은 눈으로 박수철을 보았다. 박수철이 아이의 어깨를 가볍게 흔들었다.

"너 지난번에 할머니 집에서, 번호 누르는 소리만으로도 몇 번인지 다 알았잖아. 맞지?"

아이가 고개를 끄덕이자 박수철의 눈이 빛났다.

"할아버지 금고, 안방에 있는 금고 말이야. 그 비밀번호 소리도 들었지?"

아이는 잠시 가만히 있다가 고개를 끄덕였다.

"그 비밀번호 몇 번인지 알지? 그렇지?"

미래의 시선은 자신의 아버지를 향했지만, 눈동자는 흐렸다. 어쩌면 번호에 대해 생각하는지도 몰랐다. 나형조와 김형래도 마른침을 삼키며 아이의 입이 열리기만을, 아이가 고개를 끄덕이기만을 기대했다.

이윽고 미래가 고개를 끄덕거렸다.

박수철은 안도의 한숨을 쉬었고 김형래와 나형조는 자칫 탄성을 지를 뻔했으나 간신히 참아냈다. 박수철이 침을 꿀꺽 삼키더니 미래에게 물었다.

"몇 번이야?"

"……할아버지랑 할머니는?"

박수철이 인상을 구겼다. 박수철을 만난 처음부터 지금까지 그런 얼굴은 처음이었다. 뭐라 형언할 수 없이 무서운 표정이었다. 아이도 공포를 느꼈는지 어깨를 옹송그렸다.

박수철이 퉤 내뱉듯 무성의하게 대답했다.

"병원에 계셔. 몇 번이야?"

"……89894. 그러고 나서 번호 하나가 더 있었는데 그건 무슨 소린지 몰라."

대답을 듣자마자 박수철은 집안으로 뛰어들어갔다. 겁에 질린 아이가 마당 한가운데에 덩그러니 남았다. 나형조는 욕을 해주고 싶었다. 하지만 자신도 금고에 든 것이 궁금했기에 안으로 뛰었다. 대신 혼자 남은 아이를 안아올려 어깨에 들쳐멧다.

안으로 들어가자 현관문부터 시작된 흙 발자국이 안방까지 이어져 있었다. 신발을 그대로 신고 들어간 모양이었다. 생전 박청만은 현관이 깨끗해야 집안에 복이 들어온다고 했었다. 이제 그 복은 들어오지 않을 것 같다.

두 사람은 미래를 거실에 내려놓고 잠깐 기다리라고 한 다음 안방으로 들어갔다. 박수철은 이미 금고 앞에 앉아 있었다. 89894. 번호를 누른 다음 눈을 깜박였다. 그의 눈이 확인 버튼으로 향했다. 그건 숫자가 아닌 확인 버튼이었기 때문에 소리가 달랐다. 그렇기에 미래가 못 맞힌 것이다. 박수철이 확인 버튼을 누르자 경쾌한 기계음이 들렸다.

박수철은 금고의 문손잡이를 당겼다. 드디어 금고가 열렸다.

18

금고 문이 열리자 박수철과 나형조는 동시에 안을 들여다 보았다. 김형래는 자리가 없어 나형조의 뒤에서 목을 한껏 뺐지만 나형조의 머리가 앞을 가려 보이지 않았다. 잠깐 동안 침묵이 흐른 뒤, 나형조가 고개를 푹 숙였다. 깊은 한숨소리가 불길하게 들려왔다. 김형래는 참다못해 나형조를 밀어 내고 금고 안을 들여다보았다. 가계부로 썼음직한 오래된 장부와 보험증서가 들어 있는 파일 말고는 돈 될 거라곤 하나도 보이지 않았다. 김형래 역시 힘없이 바닥에 주저앉았다.

눈이 반짝거리는 것은 박수철뿐이었다. 그는 손을 뻗어 보험 관련 서류들을 한아름 안아 꺼냈다. 그것들을 바닥에 내려놓고는 내용을 확인하기 위해 파일을 열었다. 그 손을 나형조가 잡았다.

"잠깐."

무슨 짓이냐는 듯이 박수철이 나형조를 보았다.

"말했지만 우리는 영감님한테 당신을 찾아 데려와달라는 부탁을 받았어요. 그 부탁을 그냥 들어줬을 거라고 생각하지는 않겠죠? 착수금을 조금 받은 대신 당신을 찾아오면 나머지를 주겠다고 했어요. 쉽게 말해 우리에게 주기로 한 돈이 있었다, 이 말입니다."

"그런데요?"

생각지 못한 대답이 돌아와 나형조는 당황했다. 그가 예상한 반응은 '얼마인가요?'였다. 액수를 좀더 크게 부를지 솔직하게 말할지만 고민했지 '그런데요?' 같은 말은 전혀 예상치 못했다.

"그, 그런데요…… 라니?"

박수철이 피식 웃었다. 그를 처음 만났을 때 이후로 처음 보는 표정이었다. 그는 명백히 두 사람을 비웃고 있었다.

"저는 그런 얘길 들은 바 없는데요?"

"하지만 당신 아버지가……!"

"증거 있나요?"

"뭐?"

나형조는 그대로 굳었다.

"우리 아버지한테 받아놓은 이행각서라든가 계약서라도 있느냐고요."

그런 건 없다. 나형조는 입을 몇 번 달싹거리다가 결국 꾹 다물었다. 김형래도 아무 말 하지 못했다. 박수철은 표정으로 이미 이야기가 끝났다고 말하고 있었다. 더없이 차가운 저 얼굴에 대고 할말이 아무것도 떠오르지 않았다. 나형조가 부들거리며 주먹을 움켜쥐었다. 김형래는 그 손을 잡았다. 돌아보는 나형조를 향해 고개를 저었다.

사고를 쳐서는 안 됐다. 열은 받지만 더이상 대처할 방법도 없다. 괜한 일로 교도소에 다시 갈 수는 없었다. 나형조의 어깨가 처참하게 가라앉았다. 바닥에 앉아 히죽거리는 박수철의 손에는 핸드폰이 들려 있었다. 계산기 앱이 활성화되어 있었다. 파일을 열어 숫자를 하나하나 입력했다. 아마도 사망보험금을 합산해보는 것일 터다.

김형래는 나형조의 팔을 몇 번이고 끌어 거실로 데리고 나왔다. 처음엔 못 박힌 듯 우뚝 서 있던 나형조도 결국엔 힘없이 끌려 나왔다.

거실로 나온 김형래는 미래와 눈이 마주쳤다.

"할머니는 어디 갔어요? 할아버지는요?"

아이는 두려워하고 있었다. 자다 일어나보니 혼자였고, 아빠라는 인간은 금고 번호를 캐물은 뒤 나몰라라 하고 있다.

간밤에 할머니가 할아버지를 죽였고, 그렇게 된 건 할아버지가 아빠의 간을 노렸기 때문이며, 네 아빠는 지금 할아버지의 사망보험금에 넋이 나가 있다는, 이 참상을 아이에게 설명해줄 수는 없었다.

김형래는 미래 앞에 무릎을 굽히고 앉았다. 손으로 아이의 흐트러진 머리카락을 쓸어넘겨주었다.

"할아버지가 아프서서 할머니가 따라가셨어. 어쩌면 할아버지랑 할머니는 당분간 못 돌아오실지도 몰라. 그러니까 아빠랑 잘 지내."

솔직히 김형래가 하고 싶은 말은 '아빠한테 잘 붙어 있어'였다. 보험금에 눈이 돌아버린 박수철이 딸은 신경도 안 쓰고 어디론가 가버릴까봐 걱정도 되었기 때문이다. 미래는 동그랗고 까만 눈으로 김형래와 나형조를 번갈아 보다가 말했다.

"아저씨들은요?"

"아저씨들은 이제 집에 가야지."

그렇게 말하자 입안이 썼다.

"안녕히 가세요."

미래가 허리를 꾸벅 굽혀 인사했다. 김형래는 아이에게 살짝 웃어주었고, 나형조는 안방 쪽을 한번 노려본 다음 바깥으로 성큼성큼 걸어나갔다. 김형래도 그 뒤를 따랐다.

나형조는 화가 난 듯 차 문을 열고 올라타 문을 쾅 닫았다. 김형래는 차로 향하려다가 다시 박청만의 집을 돌아보았다. 왠지 어두운 그림자가 그 집을 에워싸고 있는 듯한 기분이 들었다.

김형래는 차에 올랐다.

"나는 집으로 갈 거야. 가다가 버스터미널에서 내려줘."

나형조는 말이 없었다. 시동을 걸고는 거칠게 출발했다. 차는 한참을 시내를 향해 달렸다. 김형래가 침묵을 깨고 물었다.

"어디로 갈 거야?"

나형조는 대답하지 않았다. 미간을 찌푸린 채로 묵묵히 앞을 향해 나아가고만 있었다. 김형래는 나형조가 버스터미널의 위치를 알고 가는 것인지 궁금했지만 굳이 묻지는 않았다. 지금 나형조는 잘못 건드렸다가는 터져버릴 폭탄 같았다.

그렇게 십여 분간을 달렸다. 돌연 나형조가 브레이크를 밟았다. 차가 날카로운 소리를 내며 멈추었다. 김형래의 몸이 앞으로 휙 쏠렸다가 돌아왔다. 거의 반사적으로 옆의 손잡이를 부여잡았다. 뒤따라오던 차가 경적을 울리며 나형조의 차를 피해 멀어져갔다.

"뭐 하는 거야?"

김형래가 언성을 높였다. 그러거나 말거나 나형조는 불타는 듯한 눈으로 앞을 응시하고 있었다. 그는 아랫입술을 잘근잘근 깨물고 있었다.

"아무래도 안 되겠어."

"뭐가?"

나형조가 몸을 휙 돌렸다.

"열받지 않아? 그 아들놈한테 노인 보험금이 다 갈 예정인 거?"

"잔금을 못 받은 게 그렇게 억울해?"

"그것만이 아니야. 그 새끼는 아버지가 죽든 말든 상관없는 새끼였고, 자기 딸을 키워준 어머니가 지금 살인죄로 유치장에 있는데도 눈 하나 깜짝하지 않아. 그런 개새끼가 부자가 돼도 괜찮겠느냐고."

"나도 열받아. 하지만 방법이 없잖아."

김형래의 말에 나형조는 눈을 가늘게 떴다.

"방법이 전혀 없는 건 아냐."

나형조가 다시 차를 돌려 돌아온 곳은 박청만의 동네 초입새였다. 사람이 별로 다니지 않는 공터에 차를 세웠다. 나형조가 문득 말문을 열었다.

"보험에 대해서 좀 아는 거 있어? 없어도 이건 알걸? '보험금을 노리고 고의로 살인한 자는 보험금을 수령할 수 없다'는 거 말이야."

"그 정도는 알아. 그게 뭐?"

"참 머리 안 돌아가네."

나형조는 혀를 끌끌 찼다. 아까는 축 처져 있던 그의 어깨가 이제는 원래대로 돌아와 있다. 아니, 조금 더 솟았는지도 모른다.

"우리가 증언하는 거야. 박수철이가 보험금을 노리고 아버지를 죽이려고 엄마와 함께 돌아온 거라고 말이야. 그때 들었지? 목격자가 우리가 박청만을 붙잡고 있었고 박수철의 엄마가 살인한 걸 봤다고. 그때는 새벽이었어. 목격자가 잘못 본 거고 사실 붙잡고 있었던 사람은 박수철이었다고 하는 거지. 그렇게만 되면 박수철은 보험금을 받을 수 없게 돼."

김형래의 미간이 좁혀졌다. 나형조의 말이 그다지 타당하게 느껴지지 않았기 때문이다.

"그렇게 허술한 이야기를 경찰이 믿어줄 것 같아? 박수철

이 자기 어머니와 함께 아버지를 살해하려고 돌아왔다고? 박
수철의 어머니가 절대 아니라고 하면 금방 깨질 이야기인걸.
게다가 박수철이 돈을 노리고 돌아왔다는 것 자체가 말이 안
돼. 경찰에서 우리는 박청만의 부탁을 받고 박수철을 찾아온
사람들이라고 말했잖아. 경찰이 믿지도 않을 거야. 게다가
박수철은 그냥 기다리고만 있어도 보험금을 받을 수 있는 상
황이었다고."

　쯧, 다시 한번 혀를 차며 나형조가 검지를 세웠다.

　"그러니까 김형이 제대로 된 사기꾼이 아닌 거야."

　"뭐?"

　"그걸 경찰서까지 끌고 가면 안 되지. 대신 박수철한테 그
렇게 몰아가겠다고, 너도 보험금 못 받을 줄 알라고 협박하
자는 거야. 걘 지금 경황이 없어서 우리 말을 들을지도 몰
라."

　"……가능하겠어?"

　김형래도 살짝 끌리는 제안이었다. 나형조가 벙긋 웃었다.
표정이 밝다. 사람에게 희망은 그만큼 대단한 것이다.

　"가능하게 만들어야지."

　나형조는 곧장 차에 시동을 걸었다. 그러고는 길을 따라
박청만의 집을 향해 나아갔다. 이제 부자가 되었다고 노래를

부르고 있을 박수철을 향해.

그런데 박청만의 집 가까이 갈수록 이상한 기류가 감지되었다. 안에서 뭔가 요란한 소리가 났기 때문이다.

나형조는 속도를 줄였다. 천천히 집 가까이 차를 모는데 문을 열고 나오는 박수철이 보였다. 박수철은 한쪽 손으로 미래의 손을 잡고 있었다. 하지만 관심은 완전히 다른 데 가 있는 표정이었다. 험상궂게 구겨진 얼굴에 시선은 황황히 어딘가로 향하고 있었다.

나형조는 차를 세웠다. 둘이 함께 차에서 내렸다.

박수철은 대문도 닫지 않은 채 두 사람 쪽으로 미래의 손을 잡고 걸어오고 있었다. 나형조와 김형래를 발견한 것은 두 사람이 조금 더 앞으로 나섰을 때였다. 박수철은 잠깐 멈춰 서서 그들을 노려보고는 미래의 손을 재차 거머쥐고 빠르게 걸음을 옮기기 시작했다. 나형조가 박수철의 팔을 잡았고 김형래는 얼른 대문 쪽으로 가보았다.

정원 한가운데에 일인용 소파와 깨진 화분들이 어지럽게 흩어져 있었다. 이 파편들이 조금 전 소란의 결과물인 모양이었다.

"어디 가는 거지?"

나형조가 물었다. 김형래도 재빨리 나형조의 옆으로 가 섰다. 미래는 조금 겁을 먹은 듯한 얼굴이었다. 아빠가 거칠게 끌고 나와 놀란 모양이었다.

박수철이 나형조에게 잡힌 팔을 거칠게 빼내었다.

"이거 놔."

나형조가 다시 그를 붙잡았다.

"할말이 있어. 들어봐. 당신 아버지 보험금에 대해서야."

박수철은 "하!" 하고 기가 찬다는 듯한 웃음을 터뜨렸다. 그러고는 두 사람을 향해 돌아섰다. 화를 꾹 참듯 침을 삼키자 박수철의 목젖이 크게 아래위로 움직였다. 그는 눈을 잠시 감았다가 떴는데, 웬일인지 눈가가 떨리고 있었다.

"보험금 뭐?"

김형래는 박수철의 태도가 이상하다는 점을 감지했지만 나형조는 그렇지 않은 것 같았다. 그는 그때까지 준비했던 말을 꺼내기 시작했다.

"당신 그거 알아? 보험금을 노리고 살인하면 보험금 수령 자격을 박탈당한다는 거. 물론 당신은 살인을 하지는 않았지만 우리가 그렇게 몰고 갈 거야. 당신이 보험금을 수령할 수 없게 만들 거라고. 그게 싫으면 우리한테 협조……"

"가짜야."

나형조의 말을 무 자르듯 단칼에 자르며 박수철이 짧게 한

마디를 던졌다. 나형조의 입이 꾹 닫혔다. 나형조는 휘둥그렇게 뜬 눈을 껌벅였다. 나형조는 얼굴을 돌려 김형래를 보았다. 이게 지금 무슨 소리인지 아느냐고 묻는 듯한 눈빛이었다. 김형래도 잘 파악이 되지 않아 고개를 저을 수밖에 없었다.

나형조가 다시 물었다.

"뭐라고?"

박수철이 목소리를 높였다.

"씨발! 모든 게 다 가짜였다고! 보험금? 웃기는 소리 하네. 전부 다 해지된 보험이었어!"

침묵이 찾아들었다. 나형조와 김형래는 자신들이 숨을 멈춘 것도 모르고 서 있었다. 귀가 멍했다. 먼저 입을 연 것은 나형조였다.

"거짓말."

"거짓말 같으면 당신이 확인해봐. 집안에 서류 그대로 다 있으니까."

박수철은 아이의 손을 잡고 앞으로 걸어나갔다. 멍하니 서 있던 나형조가 퍼뜩 정신을 차리고 박수철을 따라잡았다. 나형조가 박수철의 팔을 잡았고 박수철이 나형조의 팔을 쳐내었다. 그러나 다시 자리를 뜨지는 않았다.

"보험금에 대해 물어보려고 전화를 했어. 당신 그거 알아? 보험회사 콜센터에 전화하면 고객은 1번, 고객이 아니시면 2번을 눌러주세요, 하고 시키거든. 나는 당연히 1번을 눌렀지. 그리고 아버지 주민등록번호를 눌렀어. 그런데 무슨 말이 나온 줄 알아?"

예상은 되었지만 나형조와 김형래 모두 대답하지 않았다. 박수철은 피식 웃으며 대답했다.

"'거래중인 고객이 아닙니다.'"

"뭔가…… 뭔가 잘못된……"

나형조가 애써 입을 열었다. 그런 그의 얼굴엔 아까의 희망이 보이지 않았다. 박수철은 또박또박 그를 향해 말했다.

"그래서 상담사 연결을 했지. 그리고 확인했어. 해지된 계약이라고. 다섯 건 전부!"

나형조는 충격을 받은 얼굴이었다. 김형래는 하늘을 올려다보았다. 참 기가 막힌 일이었다.

박청만은 아들이 보고 싶어서가 아니라, 간이 필요해 아들을 찾았다. 아들은 간을 줄 생각이 없었다. 어차피 아버지가 죽으면 모든 재산이 자신의 것이니 도망을 가려고 했다. 하지만 아버지의 재산은 한푼도 없었다. 보험 따위는 모두 해지되어 있었다. 어쩌면 그 해약금 중 마지막 남은 돈으로 나형조와 김형래에게 선금을 준 것인지도 모른다.

모든 것이 가짜인 가족이었다. 임옥분만 살인자가 되어버렸다. 이들은 어쩌면 그대로 해체되었어야 할 가족이었는지도 모른다. 억지로 찾아 이어붙일 것이 아니었다.

나형조가 멍하니 있는 사이 박수철이 미래를 끌고 걸어나갔다. 자신이 살던 집으로 돌아가려는 것이다. 어쩌면 자신의 집보다는 나은 어머니의 집을 차지해야겠다고 생각했을지도 모른다. 더이상 그런 것은 알고 싶지 않았다. 김형래는 나형조의 어깨를 두드렸다. 넋이 나간 얼굴로 서 있던 나형조가 고개를 들었다. 김형래와 눈을 마주치고는 어이가 없다는 듯 웃었다. 누가 먼저랄 것도 없이 차에 올랐다.

이제 정말로 모든 것이 끝났다. 두 사람은 교도소에서 나오면서 대업을 이루기 위해 손을 잡았다. 그러나 서로 절도나 사기에 전혀 소질이 없다는 것을 알고 나서는 박청만의 일을 대업으로 삼기로 했다. 이제 그것도 끝났다. 다만 이 일을 통해 김형래는 엄마의 소중함을 깨달았다. 엄마는 이 시간에도 김형래를 위해 애달프게 기도하고 있을 것이다. 그는 이미 한참 전 엄마에게 되돌아가기로 결정했다. 돈 한푼 없이 이런 꼴로 돌아가야 한다니 죄스러웠지만, 엄마는 사기로 돈을 번 아들을 기다리는 게 아닐 것이다.

문제는 나형조였다. 그는 나형조 역시 집으로 가길 바랐다. 나형조는 출소 이후 이 도난 차량을 구해 왔다. 자신이 훔쳤는지 훔친 차를 사 온 건지는 일부러 묻지도 않았다. 하지만 이제 그것이 마음에 걸린다. 그가 더 큰 도둑이 되어가는 중이거나, 아니면 나쁜 조직과 선이 닿은 건 아닐까 걱정되었다.

"나형!"

운전석에 앉은 나형조가 고개를 돌려 그를 보았다.

"이제 어디로 갈 거야?"

나형조는 대답 대신 잠깐 바깥을 보았다. 잠시 멍하니 창밖을 보다가 대답했다.

"집으로 갈 거야."

의외의 대답이었다.

"정말?"

나형조는 다시 김형래를 보며 고개를 크게 끄덕였다.

"이따위 집안을 보니까 우리집이 훨씬 낫다는 걸 알았어. 우리 마누라가 날 신고해서 차라리 다행이라는 걸 깨달았어. 김형 말이 맞아. 마누라는 날 포기한 게 아니야. 치워버리려고 했던 것도 아니야. 내가 더이상 나쁜 짓을 하지 못하게 신고한 거야. 그건 제발 정신을 차려달라는 말이었어. 그러기를 기다리고 있었던 거야. 애를 버린 박수철을 기다리던 그 어머니처럼."

말을 마친 나형조가 시동을 걸었다. 이제 시간이 되었다는 걸 두 사람은 느끼고 있었다. 자신들이 반드시 있어야만 할 곳으로 돌아갈 시간이라는 걸.

"잠깐!"

검은 형체가 돌연 운전석 쪽 창으로 붙어서며 소리를 지르는 바람에 두 사람은 기절할 듯 놀랐다. 김형래는 새된 비명을 질렀고 나형조는 욕설을 내질렀다. 정신을 차리고 보니 창문에 붙어 있는 것은 박수철이었다.

나형조가 창문을 내렸다. 다급한 얼굴로 박수철이 물었다.

"당신들, 우리 아버지한테서 선금을 받았댔죠? 그거 얼마입니까?"

그게 얼마인지 알면 남은 돈이라도 돌려달라고 할 것이 분명했다. 황당하다는 얼굴로 나형조가 김형래를 보았다. 둘이 눈빛을 교환했다.

나형조가 말했다.

"무슨 선금 말이죠?"

"당신들이 아버지한테서, 날 찾아달라는 부탁을 받고……"

이번엔 김형래가 박수철의 말허리를 잘랐다.

"증거 있어요?"

"네?"

"이행각서나 계약서 같은 거, 증거 있냐고요."

받은 대로 돌려주는 것이 두 사람의 방식이었다.

19

주차장을 찾았을 무렵은 이미 해가 어느 정도 기울어진 때였다. 입구에는 '임시주차장'이라는 표지가 붙어 있었고, 꽤 많은 차들이 주차되어 있었다. 제대로 정비되지 않은 주차장이라 흙으로 된 바닥이 여기저기 파여 있어 진입할 때 차체가 크게 흔들렸다. 이곳은 시 소유의 공터로 용도가 확정되기 전 임시주차장으로 사용하고 있는 곳이었다. '임시'이므로 주차선이 없는 것처럼 당연히 CCTV도 없다.

나형조는 차를 가장 안쪽 구석진 자리에 세웠다. 시동을 끄자 조수석에 앉은 김형래가 문을 열었다.

"잠깐."

나형조의 말에 김형래가 도로 문을 닫았다. 나형조는 손을 뻗어 차에 설치된 블랙박스 뒤쪽에 손끝을 갖다대었다. 살짝 누르니 작은 칩이 튀어나왔다.

김형래가 고개를 끄덕였다.

나형조는 칩을 들고 잠시 내려다보았다. 무슨 생각이 들었는지 칩을 블랙박스에 도로 끼우더니 블랙박스 기기를 조작해 영상 하나를 불러냈다.

"뭐해?"

"잠깐만. 뭣 좀 하나 확인하고 가자."

블랙박스의 작은 화면 안에서 영상이 재생되고 있었다. 이제는 익숙한 동네로 차가 진입하는 순간이었다. 나형조는 얼른 버튼 하나를 더 눌렀다. 이번 영상에서는 거리가 뒤로 밀려나고 있었다. 차 후방 카메라 영상인 듯했다.

김형래가 "앗!" 하고 소리를 지른 것은 화면에 박청만이 나타났을 때였다. 차 옆에 붙어 서 있던 박청만이 뒤를 돌아보더니 지팡이를 차바퀴 밑에 쑤셔넣는 것이 분명히 보였다. 하아, 깊은 한숨을 내쉬며 나형조가 운전석 등받이에 몸을 기댔다. 김형래는 잔뜩 흥분했다.

"뭐야, 그럼 애초에 우리가 사고를 낸 것도 아니란 말이야? 그 영감탱이의 자작극에 걸려든 거라고?"

"우리가 놀아났다는 게 맞는 표현이겠지."

"그 노인네는 우리가 어떤 사람인지 몰랐을 거 아니야?"

"모르지. 조잡한 번호판을 알아봤을 수도 있고, 어쩌면 아무나 걸려라 하는 심정이었을지도."

왜 두 사람을 노렸는지, 우연이었는지 계획된 것이었는지는 이제 와 알 수 없다. 나중에 죽어 하늘에서 박청만을 만나면 물어볼 수 있을지도 몰랐다.

김형래가 말했다.

"자기가 속여서 시작한 일 때문에 자기가 죽었네."

"속는 것도 지긋지긋하다."

나형조는 치를 떨며 다시 칩을 빼내 주머니에 넣었다. 적당한 곳에 버릴 생각이다. 그는 몸을 비틀어 뒤쪽에 던져두었던 두 개의 야구 모자를 집어들었다. 모두 검은색으로 하나는 김형래에게 건네어주고 하나는 자신이 깊이 눌러썼다. 김형래도 모자를 쓰고는 조수석 문을 열었다. 나형조도 차에서 내려 곧장 차의 뒤쪽으로 가 트렁크를 열었다. 그러고는 이곳에 오기 전 미리 사둔 공구 가방을 꺼냈다. 적당한 공구 하나를 꺼내고는 트렁크를 닫았다. 그는 아주 익숙한 움직임으로 차량의 번호판을 떼어냈다. 지나가는 사람이라도 있을까 싶어 김형래가 망을 봤지만 특별히 이쪽에 관심을 두는 사람은 없었다.

앞쪽의 번호판까지 마저 뗀 뒤, 나형조는 떼어낸 번호판들을 가방에 넣었다. 이것 역시 적당한 곳에 버릴 생각이다. 뭔가 후련한 얼굴로 나형조가 일어나자 김형래가 다가왔다. 두 사람은 말없이 서로를 보며 웃었다. 김형래가 먼저 손을 내밀었다. 나형조가 그 손을 잡고 악수했다.

"이거."

나형조가 잡고 있던 손을 놓고는 안주머니에서 종이봉투를 꺼내 내밀었다. 누가 봐도 돈이 들었음직한 봉투는 꽤나 두툼했다. 김형래가 나형조를 보았다.

"여관비랑 기름값 같은 거 쓰고 남은 선금이야. 나도 차비는 있어야 해서 십만 원 꺼냈어. 나머지는 김형이 갖고 가."

김형래가 눈을 둥그렇게 떴다. 그는 봉투를 든 나형조의 손을 밀쳐내려 애썼다.

"이걸 왜 내가 다 갖고 가. 같이 고생했는데 나눠야지."

나형조가 웃으며 김형래의 손에 봉투를 쥐어줬다.

"맨손으로 들어가지 말고 소꼬리라도 사 가지고 가서 어머니 끓여드려."

"나형."

"잘 살아, 김형."

나형조가 다시 손을 내밀었다. 어느새 돈봉투를 들고 있게 된 김형래도 할 수 없다는 듯 그 손을 잡았다. 그러고는 가볍게 흔들며 말했다.

"우리 다신 보지 말자."

"좋지."

"나형도 잘 살아."

"물론."

두 사람은 천천히 손을 놓았다. 나형조는 가볍게 미소를 짓고는 모자를 더 푹 눌러쓴 채 빠른 걸음으로 주차장을 벗어났다. 주차되어 있는 다른 차들에 설치되어 있을 블랙박스를 피하려는 것이었다. 그 뒷모습을 물끄러미 보다가 김형래 역시 모자를 푹 눌러쓰고는 걸음을 옮기기 시작했다.

주차장을 빠져나오면서 그는 주머니에 손을 넣어 핸드폰을 꺼냈다. 그러고는 저장된 전화 목록을 열었다. 1번으로 등록되어 있는 그 번호의 주인은 교도소에 있는 동안 너무나 그립고 걱정되던 사람이었다.

'엄마.'

그는 통화 버튼을 눌렀다. 신호음이 몇 번 이어졌다. 화면에 뜬 자신의 번호를 보고 너무 놀라서 차마 전화를 받지 못하는 엄마의 모습이 눈앞에 선연했다. 마침내 핸드폰 너머에서 떨리는 목소리가 들려왔다. 그 목소리를 듣는 순간 김형래는 굳어 있던 마음이 다 녹아내리는 것을 느꼈다.

"엄마, 죄송해요."

걸음을 옮기는 김형래의 머리 위로 어슴푸레한 하늘이 펼쳐졌다.

나형조는 터미널 인근 모텔에서 하루 묵고 집으로 출발할 계획이었다. 아내의 집은 제선시에 있다. 지금 버스를 타면 자정이 훌쩍 넘어서야 도착할 것이다. 택시도 없을 시간이라 자고 있던 아내가 너무 놀랄 것 같았다. 하룻밤을 묵고 다음 날 아침 첫차를 탈 생각이었다.

그날 밤은 잠이 잘 오지 않았다. 아내를 생각하니 긴장이 되는 것 같기도 하고 가슴이 떨리는 것 같기도 했다. 그리고 조금은 기도하는 마음도 들었다. 김형래가 말해줬던 대로 아내가 자신을 신고한 것이나 그동안 면회 한 번 오지 않았던 것은 스스로 정신을 차리고 돌아오길 바라는 마음 때문이었기를 바랐다. '정말 미워서 이혼하자는 말을 하면 어쩌지?' 하고 생각했지만 곧 고개를 저을 수 있었다. 만약 아내가 정말로 자신에게 질려버렸고 두 번 다시 보고 싶지 않은 마음이었다면 김형래의 말대로 이혼 서류를 먼저 보내왔을 것이었다. 그녀는 자신을 기다리고 있는 거라고 나형조는 확신했다.

한 시간도 채 잠을 자지 못하고 뜬눈으로 밤을 지새운 채 모텔을 벗어났다. 곧장 매표 기계에서 표를 끊어 차에 올랐다. 네 시간은 가야 했다. 버스에서 내려 택시를 타고 집까지 가면 10시 30분쯤이면 도착할 것 같았다. 아내는 그때 뭘 하고 있을까? 자신을 어떤 얼굴로 어떻게 맞이해줄까? 아주 잠깐이지만 남은 돈을 전부 김형래에게 준 것을 후회했다. 꽃한 다발값이라도 더 떼어놓을걸. 하지만 출소한 주제에 꽃을 사 가는 건 어쩐지 재수없어 보일지도 모른다.

마음이 수십 번 이리저리를 헤매는 동안 차는 빠르게 고속도로를 달렸다. 밤에 한숨도 자지 못한 나형조는 까무룩 잠에 빠져들었다. 그대로 꿈을 꾸었다. 아내와 같이 있는 꿈이었는데 깨어나보니 둘이서 뭘 했는지 기억이 나지 않았다. 그래도 기분이 좋은 걸 보면 좋은 꿈이었던 모양이다. 너무 일찍 깬 것이 아쉬울 지경이었다.

네 시간을 달려 드디어 제선시 시외버스터미널에 도착했다. 택시를 타고 집 주소를 말했다. 택시가 출발했다. 나형조는 무심결에 택시미터를 보고 깜짝 놀랐다. 기본요금이 사천팔백 원이었다. 돈이 없는 건 아니지만 자신이 없는 동안 택시비가 많이 올랐다. 그만큼 길었던 시간을 아내 혼자서 보냈을 걸 생각하니 더욱 미안한 마음이 들었다.

십여 분을 달려 택시가 멈춰 섰다. 가슴이 터질 만큼 뛰었다. 택시비를 지불하고 차에서 내렸다. 그의 집은 담이 낮았다. 웬만큼 키가 큰 사람이면 도로에서도 담장 너머가 보일 정도였다. 나형조는 빨래를 널고 있는 아내를 발견했다. 탁탁 야무지게 빨래를 터는 소리가 들려왔다. 아내는 삼 년 동안 하나도 변하지 않은 모습이었다. 예전과 같은 모습으로, 그대로인 집에서 자신을 기다려준 그 한결같은 마음이 고마웠다.

"여보."

용기를 내어 불러보았지만 목소리가 작았던 모양이다. 아내는 여전히 빨래를 너는 데 집중하고 있었다.

"여보."

다시 한번 목청을 높여 불렀다. 순간 아내의 움직임이 딱 멈추었다. 자신보다 키가 좀더 작은 아내가 고개를 꺾어 이쪽을 보았다. 시선이 마주쳤다. 가슴이 울렁였다.

아내는 놀란 듯 입을 벌리고 서 있다가 퍼뜩 정신을 차리고 대문 쪽으로 다가왔다. 나형조도 대문 앞에 바짝 섰다. 대문이 열리고 아내의 손이 먼저 다급히 나왔다. 나형조도 감격한 마음으로 그 손을 잡으려 했다.

그리고 직후, 나형조는 눈 깜짝할 새에 대문 안 마당으로 들어가 있었다. 단순히 들어간 것이 아니라, 마당에 패대기쳐져 있었다. 아내가 젊었을 적 유도 선수였던 것을 잠깐 잊었다. 등을 타고 오르는 격통에 신음하고 있을 때 아내가 다가와 옆에 털퍼덕 주저앉았다. 나형조는 순간 그녀가 손으로 자신을 누르려는 줄 알고 화들짝 놀라 몸을 일으켰다. 그러나 아내는 나형조를 제압하지 않았다. 암바를 걸어오지도 않았다. 대신 그를 때렸다. 작은 주먹으로 그의 가슴을 두드렸다. 하나도 아프지 않았지만 속은 쓰렸다. 닭똥 같은 눈물이 아내의 두 눈에서 뚝뚝 떨어졌다.

"왜 이제 와? 벌써 한참 전에 출소한 거 내가 알고 있었는데 왜 이제 와?"

"미안해. 미안해."

나형조는 아내를 조심스레 끌어안았다. 작은 몸이 자신의 품안으로 쏙 들어왔다. 마치 태어날 때부터 서로를 위해 맞춰진 사람들 같았다. 아내를 끌어안고 나형조는 안도의 한숨을 내쉬었다. 자신의 생각이 맞았다. 아내는 자신을 기다리고 있었다.

"난 정말 당신이 또 어디 가서 사고 칠까봐……"

그 말에는 조금 뜨끔했다. 사고를 친 정도는 아니지만 박청만에 대한 이야기는 하지 않는 게 좋을 것 같았다. 그 얘기를 하자면 너무 길고 기막히다. 그리고 애초에 김형래와 함께였다는 말도 할 수 없었다. 대업을 이루자면서 의기투합했던 사실은 죽을 때까지 비밀이었다.

"잠깐 정리해야 할 일이 있었어. 마음의 정리도 필요했고."

나형조는 대충 뭉개고 들어가자는 심보였다. 아내는 다행히도 꼬치꼬치 캐물으려 하지 않았다. 그녀는 나형조를 조금 더 힘껏 안았다.

"내가 당신 신고한 것 때문에 돌아오지 않는 줄 알았어."

"내가 당신 마음 모를 것 같아? 나를 정신 차리게 해주려고 그런 거잖아."

"알고 있었어?"

"그럼."

나형조는 아내의 정수리를 자신의 턱 아래로 비비적거리며 대답했다.

"그리고 나 이제 정신 차렸어. 앞으로는 당신을 위해, 가족을 위해 살 거야. 당신 같은 사람이 내 가족이라는 게 얼마나 다행인지 깨달았거든."

나형조는 아들의 간을 취하려 했던 박청만의 욕망과 아버

지가 죽거나 말거나 돈만 생각하던 박수철의 탐욕을 떠올리
며 몸서리를 쳤다.

"다행이야. 고마워."

두 사람은 그렇게 한참 동안 서로를 끌어안고 있었다. 나
형조는 문득 김형래가 어머니와 재회했을지 궁금했지만 곧
괜찮을 거라고 생각하고는 행복한 미소를 지었다.

"아, 참! 애는?"

"어린이집 갔지. 당신, 우리 애가 어떻게 생겼는지도 모르
지?"

아내가 안방으로 들어가 액자 하나를 들고 왔다. 조그마한
아이가 풍선을 들고 서 있었다.

"아들이구나."

"……딸이야."

아내가 인상을 굳히며 대답했다.

점심시간이 되자 아내가 나형조를 위해 장을 봐온 식재료
로 식사를 준비했다. 평소 나형조가 좋아하던 제육볶음과 싱
싱해 보이는 상추가 상에 올랐다. 아내의 특제 쌈장이 맛깔
스럽게 한 자리를 차지했다. 나형조는 입맛을 다셨다. 교도
소에서 나오는 음식은 영 입맛에 맞지 않았다. 국은 싱겁고

반찬은 짰으며 반찬으로 고기가 나와도 금속제 식판 위에 몇 점 올려진 것뿐이었다. 아내는 너무 급히 차려 반찬이 없다고 말했지만 나형조에게는 푸짐한 한 상처럼 보였다.

"진짜 맛있다."

나형조는 상추에 제육을 듬뿍 얹어 크게 한 쌈을 싸 입에 넣었다. 제대로 씹기도 힘들 지경이었지만 아내의 음식을 먹어본 것도 얼마 만인지 모른다. 그런 나형조를 보며 아내도 뿌듯한 미소를 지었다. 나형조는 음식을 꾹꾹 씹어 힘껏 삼키고는 말했다.

"나, 내일 당장부터 할 수 있는 일을 찾아볼게. 농사든 공사판 노동이든 가리지 않고 닥치는 대로 할 거야. 당신, 그동안 많이 힘들었지?"

아내는 고개를 저었다.

"너무 급히 생각하지 마. 천천히 알아봐. 오랫동안 성실히 할 수 있는 일로 말이야. 정말로 이제 남의 물건은 탐내지 말고. 알았지?"

막 돌아온 남편에게 말은 안 했지만 내심 걱정이 됐던 모양이다. 나형조는 고개를 끄덕이며 약속했다. 그리고 속으로 다짐했다. 앞으로는 절대 아내를 힘들게 할 일은 하지 않을 것이다. 자신을 이렇게 정신 차리게 해주고 다시 받아준 아내에 대한 고마운 마음을 평생 두고두고 갚을 생각이었다.

아내가 말했다.

"나 오후에는 마트 캐셔로 알바 다니고 있어."

그동안 생활비를 거기서 벌어 쓴 모양이었다.

"돈 아예 없는 것도 아니니까 당신이 할 수 있는 일을 천천히 찾아봐."

"응. 고마워."

슬쩍 손을 내밀어 아내의 손을 잡았다. 아내는 쑥스러운 듯 미소를 지었다. 나형조는 활짝 웃으며 아내의 손을 잡은 채로 마당을 내다보았다. 담장 너머의 벚꽃이 눈이 부시도록 만개해 있었다. 따뜻한 바람이 불었다. 벚꽃이 바람을 따라 눈처럼 날렸다. 그 순간 가슴 한구석이 뭉클했다. 어쩌면 이게 행복일지 모른다고 나형조는 생각했다.

"계십니까?"

갑자기 들려온 남자의 걸쭉한 목소리가 분위기를 깼다. 나형조는 아내를 보았다. 이 시간에 누가 올 사람이 있느냐고 시선으로 물었다. 아내는 잘 모르겠다는 듯 고개를 저으며 어리둥절한 얼굴로 천천히 일어섰다. 문가로 다가갈수록 아내의 얼굴이 어두워졌다. 아내는 힐끔힐끔 나형조를 보았다. 혹시 나형조가 사고라도 치지 않았나 걱정하는 모양이었다.

나형조는 밝은 얼굴로 어깨를 으쓱했다. 아내가 안심하는 것 같았다.

"누구세요?"

"경찰입니다. 문 열어보세요."

나형조를 휙 돌아보는 아내의 고개에서 바람소리가 날 것만 같았다. 나형조는 정말 모른다는 얼굴을 했다.

"문 여세요."

경찰이라고 말한 남자가 엄중한 목소리로 경고했다. 아내는 천천히 대문을 열었다.

대문 앞에는 남자 두 명이 서 있었다. 한 명이 안으로 들어오며 한눈에 집안 전체를 훑었다. 그러다 나형조를 발견한 그의 시선이 멈칫했다. 다른 한 명도 안으로 들어오자 아내는 자기도 모르게 뒤로 물러섰다.

"무슨 일이시죠?"

형사들은 아내를 한 번도 보지 않았다. 못이라도 박힌 것처럼 시선을 나형조에게 고정하고는 곧장 걸어왔다. 나형조는 밥 먹던 숟가락을 놓치듯 상 위에 내려놓았다. 머릿속이 돌연 새하얗게 변했다.

"나형조씨?"

"네?"

"이 차, 아시죠?"

두 사람 중 키가 작은 형사가 사진 한 장을 내밀었다. 그걸 본 순간 심장이 쿵 떨어졌다. 아는 차다. 너무 잘 알아서 문제인 차였다. 바로 어제까지 그가 끌고 다니던 차였으니까.

"도난으로 신고된 차에서 나형조씨의 지문이 다수 발견되었습니다."

"그게……"

"뭐라고?"

아내의 새된 목소리가 들려왔다. 아내는 성큼성큼 나형조와 경찰들이 있는 쪽으로 걸어왔다. 아까까지 눈물을 뚝뚝 흘리던 눈은 이제 호랑이가 목표물을 발견했을 때의 그것과 같았다. 가까이 다가온 아내가 부들부들 떠는 것이 느껴졌다.

"자전거 도둑질로도 모자라 이젠 차를 훔쳤다고?"

"그, 그게……"

"이런!"

아내가 펄쩍 뛰었다. 그녀의 다리가 나형조의 옆구리에 정통으로 박혔다. 나형조는 트럭에 부딪힌 것 같은 충격을 느꼈다. 오장육부가 입으로 튀어나올 것 같았다. 놀란 것은 형사들도 마찬가지였다. 한 명은 나형조를 잡아야 할지 말아야 할지 결정을 내리지 못하고 있었으며 다른 한 명은 말려야겠다고 확신한 듯 아내의 팔을 붙잡았다.

아내의 괴성은 그대로 한참이나 이어졌다.

에필로그

너무나 익숙한 풍경이 나형조와 김형래의 앞에 펼쳐져 있었다. 나형조와 김형래는 경찰서 안에 나란히 앉아 맞은편 형사의 질문에 또박또박 대답하는 중이었다. 형사는 주로 나형조에게 질문했다. 차를 훔친 주범이 나형조였기 때문이다.

"훔친 차인 거, 알았어요?"

이번엔 옆에 앉은 김형래에게 물었다. 김형래는 나형조를 돌아보았다. 나형조가 미안하다는 듯 고개를 숙였다.

"……죄송합니다."

김형래의 사과는 나형조의 도둑질을 알고 있었다는 인정이나 다름없었다. 형사는 그의 대답을 조서에 입력했다. 그러고는 잠깐 시계를 보더니 말했다.

"조금 쉬죠. 물 좀 갖다주겠습니다."

"네."

두 사람은 저자세로 고개를 숙였다. 형사가 일어나 정수기로 향했다. 두 사람은 고개를 들고 그 모습을 빤히 보았다. 옆은 돌아보지 못하고 나형조가 사과했다.

"김형 미안. 지문을 지워야 한다는 걸 깜박했어."

"됐어. 가짜 대도가 그렇지 뭐."

한때 나형조가 했던 표현을 그대로 되돌려주는 말이었다.

"소꼬리는 샀어?"

"울 엄마 쓰러졌어."

"미안."

"이제는 정말 두 번 다시 보지 말자."

"응."

두 사람은 물을 가지고 돌아오는 형사를 바라보며 불구속 수사가 가능할지 물어봐야겠다고 동시에 생각했다.

    가만히 있어도 지치는 습한 계절엔 정해연의 소설 같은 쾌적한 장르물이 제격이다. '출소하기 참 좋은 날씨군.' 의정부 교도소 앞에서 하늘을 올려다보며 혼자 생각하는 김형래의 말투부터 〈신세계〉의 독보적인 캐릭터 '이중구'와 닮아 피식 웃었다. 영화 캐릭터의 비장함과는 어울리지 않게 이 캐릭터들은 싱겁고 수다스럽고 분주하다. 김형래와 나형조, 서로를 김형과 나형이라고 부르는 두 범죄자는 각자의 장기를 살려 범죄로 인생 역전을 해보려 한다.

    이제 막 2인조가 된 교활한 사기 전과자와 흉악한 절도 전과자는 갑자기 오른 땅값으로 벼락부자가 된 사람들이 가득

할 법한 동네를 목적지로 정했다. 이곳에서 부유하고 어수룩'할' 시한부 독거노인 박청만과 우연한 사고로 엮이게 된 이들은 '돈은 줄 테니 내 부탁을 들어달라'는 그의 말을 받아들인다. 두 사람은 서로의 장기를 발휘해 이 노인의 아들과 손녀를 찾아내야만 한다. 범죄자들이 습관처럼 몸을 부풀려 체급을 과시하며 닥쳐오는 사건의 진상을 향해 다가가는 동안 독자는 이 2인조가 발견하는 자잘한 증거를 하나씩 주워담으며 빠르게 책장을 넘기게 된다.

한국 미스터리 소설의 계보에 길이 남을 반전이 있는 소설 『홍학의 자리』에서 작가는 기존의 공식에 익숙한 독자의 기대에 펀치를 날렸다. 『2인조』에서도 범죄자 둘이 활약하는 버디물을 기대한 독자가 걸려 넘어지기 쉬운 자잘한 반전을 촘촘히 배치해 자신의 장기를 한껏 만개해 보인다.

서점 직원이 반가워하는 정해연의 여름 신작 소설. 서로를 배신하고 독자의 기대도 배신하는 인물들의 활약에 웃고 놀라다 이야기의 끝에 도달하면 주변 습도가 5%쯤 낮아질지도 모르겠다.

김효선(알라딘 한국소설 담당 MD)

.

2인조

1판 1쇄 2024년 7월 26일
1판 2쇄 2024년 8월 28일

지은이 정해연

책임편집 박을진 | **편집** 한나래 김유진 김미혜
표지디자인 김문비 | **본문디자인** 유현아
저작권 박지영 형소진 최은진 오서영
마케팅 정민호 서지화 한민아 이민경 안남영 왕지경 정경주 김수인 김혜원 김하연 김예진
브랜딩 함유지 함근아 박민재 김희숙 이송이 박다솔 조다현 정승민 배진성
제작 강신은 김동욱 이순호 | **제작처** 영신사

펴낸곳 (주)문학동네 | **펴낸이** 김소영
출판등록 1993년 10월 22일 제2003-000045호

주소 10881 경기도 파주시 회동길 210
문의 031-955-1918(편집) 031-955-2696(마케팅) 031-955-8855(팩스)
전자우편 elixir@munhak.com | 홈페이지 www.elmys.co.kr
인스타그램 @elixir_mystery | X(트위터) @elixir_mystery

ISBN 978-89-546-5816-4 (03810)